MIRA®

Der Preis dieses Bandes versteht sich einschließlich
der gesetzlichen Mehrwertsteuer.

Umwelthinweis:
Dieses Buch wurde auf chlor- und säurefreiem Papier gedruckt.

Marie LeBlanc

Gefährliche Abwege

Roman

MIRA®

MIRA® TASCHENBUCH
Band 75020
1. Auflage: Juli 2006

MIRA® TASCHENBÜCHER
erscheinen in der Cora Verlag GmbH & Co. KG,
Axel-Springer-Platz 1, 20350 Hamburg

Das Buch wurde auf der Grundlage der ZDF-Telenovela „Tessa – Leben für die Liebe“ verfasst. Mit freundlicher Genehmigung des ZDF.

Konzeption/Reihengestaltung: fredeboldpartnergmbh, Köln
Umschlaggestaltung: pecher und soiron, Köln
Titelabbildung: Christoph Assmann

Satz: Buch-Werkstatt, Bad Aibling
Druck und Bindearbeiten: Ebner & Spiegel, Ulm
Printed in Germany
ISBN 3-89941-270-2

www.mira-taschenbuch.de

1. KAPITEL

Beschwingt ging Marcel die Straße entlang. Die Sonne schien ihm ins Gesicht und er genoss es, die Wärme der Strahlen auf seiner Haut zu spüren. Er konnte sich nicht erinnern, wann er sich das letzte Mal so gut gefühlt hatte. Alles war ganz einfach gewesen, vollkommen unkompliziert. Dabei war er zunächst ziemlich nervös gewesen und das nicht ohne Grund. Er hatte heimlich bei einem Kaiserschnitt aufgefangenes Nabelschnurblut zu einem Labor transportiert. Allerdings war dies kein normales Labor gewesen, sondern eines, das auf eine Art mit Stammzellen forschte, die den in Deutschland geltenden Gesetzen widersprach. Allein der Gedanke daran verursachte Marcel eine Gänsehaut. Die Frau war unter Narkose gewesen, hatte nichts davon mitbekommen. Sie würde ihr Baby überglücklich in die Arme schließen, nicht ahnend, dass aus der Nabelschnur etwas Blut aufgefangen worden war. Die Mengen bei dieser Methode waren klein, aber nichtsdestotrotz kostbar.

Marcel spürte, dass dies ein schicksalhafter Tag für ihn sein könnte, der Beginn einer strahlenden Zukunft für ihn selbst. Der Scheck, den er für den kleinen Beutel mit dem Blut bekommen hatte, brannte auf seiner Brust. Die Summe, die dort in dicken schwarzen

Lettern stand, hatte ihn im ersten Moment sprachlos gemacht, doch das ließ er sich vor seinem Geldgeber natürlich nicht anmerken. Marcel überlegte gerade, ob er nach Hause fahren oder irgendwo ein Glas Champagner trinken sollte, als sein Handy klingelte. Er zog es aus seiner Jacketttasche und meldete sich gut gelaunt. „Marcel Borchert."

„Es wird Zeit, dass du dich mal wieder bei mir blicken lässt", drang eine wohlbekannte Stimme an sein Ohr. „Dein letzter Besuch ist mir schon wieder viel zu lange her ... Ich habe Sehnsucht nach einer Schulter zum Anlehnen, du verstehst, was ich meine."

Marcel verdrehte die Augen. Auf Patricia hatte er jetzt wirklich keine Lust. „Hallo, wie geht's dir?", presste er mühsam hervor. Seine gute Laune war schlagartig wie weggewischt.

„Komm, sei ein Schatz und mach's mir nicht so schwer. In einer Stunde bei mir im Büro, dann ist in der Uni kaum noch Betrieb. Und du solltest ein bisschen Zeit mitbringen, damit wir es uns richtig nett machen können, ja? Bis gleich, ich freu mich auf dich." Sie legte auf.

Marcel stieß einen unterdrückten Fluch aus und kickte wütend mit der Schuhspitze einen Stein weg, der auf dem Bürgersteig lag. Er hasste es, sich von Patricia wie ein kleiner Junge herumkommandieren zu lassen. Am Anfang war ihre Affäre ja nicht unspannend gewesen, das Wissen, etwas zu tun, was außer ihnen beiden niemand erfahren durfte, hatte der Sache einen gewissen Reiz gegeben. Doch der war längst verflogen …

Marcel hatte sein Auto erreicht und stieg ein. Missmutig gab er Gas und fuhr eilig mit quietschenden Reifen los.

Es dauerte nicht lange, bis er die Uni erreicht hatte. Nun eilte er durch die Flure, den Blick gesenkt. Nicht nötig, dass zu allem Überfluss noch irgendjemand auf ihn aufmerksam wurde. Bevor er in Patricias Büro verschwand, warf er schnell noch einen Blick zurück über die Schulter. Der Gang lag leer und still da, weit und breit war niemand zu sehen. Erleichtert atmete Marcel auf. Er klopfte einmal kurz an und trat ein, ohne eine Antwort abzuwarten.

Patricia erwartete ihn bereits. Sie saß hinter ihrem Schreibtisch, die Spitze eines Negligés blitzte unter ihrem streng wirkenden Blazer hervor. „Hast mich ganz schön lange warten lassen." Schmollend schob sie die Unterlippe vor.

Marcel fand dieses mädchenhafte Getue völlig unangebracht – schließlich war Patricia mit ihren fünfzig Jahren eine reife Frau. Ihre langen Haare, die sie in einem dunklen Braun färbte, fielen ihr in weichen Locken über die Schulter. Wie immer war sie perfekt geschminkt, trug teure Sachen und eine Wolke edlen Parfüms umhüllte sie. Er musste zugeben, dass sie eine attraktive Frau war. Ihr Alter sah man ihr nicht an. Marcel trat zu ihr, beugte sich herab und drückte ihr einen Kuss auf die Wange.

Sofort schlang sie ihre Arme um seinen Hals und zog ihn an sich.

„Nein, bitte. Lass!“ Marcel machte sich von ihr frei. Er ließ sich auf das Sofa sinken, auf dem sie beide schon so manche Stunde miteinander verbracht hatten. Eigentlich war ihre Verbindung immer in erster Linie ein Deal gewesen, aus dem sie beide ihren Vorteil zogen. Jeder von ihnen hatte das gewusst, auch wenn es nicht offen ausgesprochen worden war. Und jetzt, da Marcel durch Patricia, eine an der Uni hoch angesehene Professorin und Mitglied im Vergabegremium, das gut dotierte Stipendium in dem Forschungslabor bekommen hatte, verlor er die Lust, weiter mitzuspielen. Der Reiz, den Patricia einmal auf ihn ausgeübt hatte, war verflogen. Er sah sie an, und in seinem Blick lag kein Begehren mehr, allenfalls noch Sympathie. „Sorry, aber die Zeiten sind vorbei, in denen du mich nach Lust und Laune zu dir bestellen konntest. Gewöhne dich daran, dass ich nicht mehr für dich zur Verfügung stehe.“ Er bemerkte, wie seine Worte sie verletzten, doch er musste es ihr in dieser Deutlichkeit sagen. Sie sollte begreifen, dass sie sich nicht wieder sehen würden. Und er hasste es, sich mit sentimentalen Lügen aufzuhalten, die doch die schlichte Wahrheit nicht verschleiern konnten. Tiefere Gefühle hatten – zumindest auf seiner Seite – ohnehin nie irgendeine Rolle gespielt.

Patricia war blass geworden, ihre Unterlippe bebte. „Was bildest du dir ein?" fuhr sie ihn an. Sollte das ein neuer Trick von ihm sein, aus ihr das Äußerste ihrer Verführungskunst herauszulocken? Patricia stand auf und kam hüftenschwingend auf ihn zu. „Meinst du, du kannst mich jetzt einfach so abservieren? Das kann nicht dein Ernst sein. Du weißt genau, was du mir zu verdanken hast." Sie glitt neben ihn auf das weiche Leder des Sofas, fuhr ihm lockend über das Bein. „Ich habe dir zu diesem Stipendium verholfen, ich allein. Ohne mich hättest du nicht die geringste Chance gehabt." Allmählich begann sie wütend zu werden, denn Marcel zeigte keinerlei Reaktion. „Also erweise dich gefälligst als ein wenig dankbar", fauchte sie ihn an. Fest packte Patricia ihn am Kragen seines Sakkos. Beinahe hatte es den Anschein, als wolle sie ihn schütteln, besann sich dann aber anders. Ruckartig ließ sie ihn los. „Und sei ehrlich. Es hat dir doch auch immer Spaß gemacht, oder?"

Marcel zog es vor, darauf nicht zu antworten. Er wollte Patricia nicht vollends gegen sich aufbringen. Fürs Erste hatte er mit ihr abgeschlossen, doch man konnte nie wissen, ob sie einem nicht noch mal nützlich sein würde, später, wenn sie sich wieder beruhigt und ihre Wunden geleckt hatte. Deshalb versuchte er es zur Abwechslung mit ein paar Schmeicheleien, vielleicht schluckte sie die Abfuhr dann leichter. „Patricia, es liegt nicht an dir, ich finde dich noch immer ungeheuer attraktiv. Aber es geht so nicht weiter. Ich denke, es wäre das Beste, wenn wir uns nicht mehr sehen."

Patricia, die damit begonnen hatte, sein Hemd aufzuknöpfen, hielt mitten in der Bewegung inne. „Du meinst es also wirklich ernst?"

Marcel nickte. „Ja."

„Ist es wegen einer anderen Frau? Hast du eine Jüngere kennen gelernt?" Patricias Augen flackerten. Sie spürte den schmerzhaften Stich der Eifersucht in ihrem Herzen. Ihr Alter war ihr wunder Punkt. Dank Marcel war es ihr gelungen, sich wenigstens für ein Weilchen wieder jung und begehrenswert zu fühlen. Darauf wollte sie nicht verzichten.

Marcel winkte ab. „Wie gesagt, es hat nichts mit dir zu tun. Ich bin fast am Ende meines Studiums, wie du weißt. Das Stipendium ist spannend, aber auch sehr arbeitsintensiv. Und so ganz nebenbei sollte ich langsam mal anfangen, mich auf meine Prüfungen vorzubereiten, wenn ich einen guten Abschluss machen will – und das *will* ich. Ich schaffe es einfach nicht mehr, das alles unter einen Hut zu bringen. Verstehst du mich?"

Patricia sah ihn forschend an. Sie merkte, dass er ihr nicht die Wahrheit sagte, schließlich war sie nicht dumm. Er machte besser nicht den Fehler, sie zu unterschätzen. „Du willst mich also einfach abschieben, ja?“ stieß sie in hilfloser Wut hervor.

„Was heißt hier abschieben? Es ist vorbei, das ist alles.“ Marcel zuckte mit den Schultern. „Mach es uns doch nicht unnötig schwer. Wir haben schließlich beide von Anfang an gewusst, dass unsere Affäre nicht für die Ewigkeit ist.“

Patricia starrte ihn an wie versteinert.

„Was bist du nur für ein berechnender Mistkerl! Wie konnte ich so dumm sein, auf dich reinzufallen? Das Stipendium war alles, was du je von mir wolltest, na klar. Ich muss blind gewesen sein, mir vorzumachen, es sei anders.“

In ihrer Verzweiflung ballte sie die Hände zusammen und wollte auf ihn einschlagen, doch Marcel hielt ungerührt ihre Arme fest. Sie war nicht stark genug, um sich gegen ihn zu wehren. Unsanft stieß er sie von sich weg und stand auf. „Ich denke, zwischen uns beiden ist alles gesagt.“ Ohne sich noch einmal nach Patricia umzusehen, ging er zur Tür und zog sie hinter sich zu.

Auf dem Flur hielt er einen Moment inne. Er konnte Patricia drinnen weinen hören, doch das war ihm egal. Besser sie gab sich nicht länger Illusionen hin. Ihre gemeinsame Zeit war abgelaufen. Das Stipendium konnte sie ihm nicht mehr nehmen und der Scheck, den er heute bekommen hatte, war erst der Anfang, das spürte Marcel. Alles lief bestens!

Marcel fuhr, um sich umzuziehen, in die alte Jugendstilvilla, in der er nun schon seit fast fünf Jahren lebte. Nach allem, was er an diesem Tag erlebt hatte, tat es besonders gut, das kühle Wasser auf der Haut zu spüren. Er trocknete sich ab und ging ins Schlafzimmer hinüber. Dort holte er seinen teuersten Anzug aus dem Schrank, zog ihn an und betrachtete sich zufrieden im Spiegel. Er sah aus wie ein Sieger: jung, erfolgreich und smart, genau so wie er es sich wünschte.

Heute wollte er feiern, Menschen um sich haben, und er wollte es sich richtig gut gehen lassen. Entspannt schlenderte er ins Wohnzimmer hinüber und goss sich einen Cognac ein. Um in seine Lieblingsbar ‚Dr. Med.' zu gehen, war es noch zu früh. Vor dreiundzwanzig Uhr brauchte man dort gar nicht anzukommen, wenn man ein bisschen Spaß haben wollte. Marcel machte es sich auf der teuren Relaxingliege bequem, die den Mittelpunkt des großzügigen Raumes bildete, und blickte sich um. Er hatte wirklich Glück gehabt. Das alles hier war sein Reich, in dem so viele schöne und kostbare Sachen unter einem Dach versammelt waren. Echte Kunst an den Wänden gehörte natürlich dazu, genauso wie die Kerzenständer aus Silber. Alles in diesem Haus strahlte kühle Eleganz aus, einen edlen und kostspieligen Geschmack, den er sich selbst niemals hätte leisten können.

Tatsächlich gehörte nur ein Bruchteil der Sachen ihm selbst, denn direkt zu Beginn seines Studiums hatte er sich bei einer wohlhabenden älteren Dame einquartiert, die die meiste Zeit im Ausland lebte, ihr Erbe unter die Menschen brachte und das Leben genoss. So waren sie sich schnell einig geworden. Marcel zahlte so gut wie keine Miete und durfte in der Villa alles nach seinem Geschmack verändern. Die ältere Dame ihrerseits war froh, dass das Haus während der langen Perioden ihrer Abwesenheit nicht leer stand und jemand da war, der sich um alles kümmerte. Die Villa zu verkaufen, hätte sie nicht übers Herz gebracht, denn hier hatte sie früher mit ihrem verstorbenen Mann gelebt. Nun hielt sie es allein dort nicht mehr aus. Wenn sie in der Stadt war, dann genoss sie Marcels Gesellschaft, lud ihn zum Essen und zum Theater ein. So profitierten sie beide von der Regelung.

Marcel nahm einen langen Schluck aus seinem Cognacglas. Er war so in Gedanken gewesen, dass er jetzt erst das Blinken des Anrufbeantworters bemerkte. Ob das eine Nachricht seiner reichen Gönnerin war? Nachdenklich legte er die Stirn in Falten. Ihr letzter Besuch lag erst ein paar Wochen zurück, eigentlich konnte sie es nicht sein. Oder war es etwa Patricia, die darum betteln wollte, dass er seinen Entschluss rückgängig machte und wieder zu ihr zurückkam? Er drückte die Abhörtaste und lauschte.

Es war keine der beiden Frauen. Die Stimme seiner Exfreundin Sabine erklang. „Hallo Marcel, ich bin's. Ich weiß, wir gehen getrennte Wege, aber es gibt da etwas, das du unbedingt erfahren solltest. Es ist wirklich wichtig, bitte glaube mir. Ich muss dringend mit dir reden, deshalb sei so gut und melde dich so schnell wie möglich bei mir. Tschau und bis dann."

Marcel runzelte die Stirn, machte aber keinerlei Anstalten, nach dem Telefonhörer zu greifen. Es lag schon ein paar Monate zurück, dass er die Beziehung zu Sabine beendet hatte. Als Ärztin mit eigener Praxis hatte sie ihn in Kreise eingeführt, zu denen er ansonsten niemals Zugang gefunden hätte. Hier in dieser Stadt war es noch wichtiger als in anderen Städten, Geld zu haben, um ein gewisses Ansehen zu genießen, das hatte Marcel schnell gelernt. Zunächst war zwischen ihnen beiden auch alles gut gelaufen. Marcel hatte sich wohl in ihrer Nähe gefühlt und ihre Art von Humor gemocht.

Sabine hatte keinen Hehl daraus gemacht, dass sie ihn gerne heiraten wollte, doch dazu hatte er sich beim besten Willen nicht durchringen können. Ihr gegenüber hatte er behauptet, er fühle sich einfach noch zu jung, einen solchen Schritt zu wagen. Sabine hatte das akzeptiert, aber versucht, ihn fester an sich zu binden, indem sie ihm anbot, eine Zusatzausbildung in Hypnosetherapie zu finanzieren.

Marcel hatte zugestimmt, den Lehrgang an einem privaten Institut aber noch nicht absolviert.

Irgendwann jedoch war Sabine immer misstrauischer geworden, fragte ihn aus, mit wem er sich traf und wohin er ging. Offenbar ahnte sie, dass Marcel sie betrog – und sie hatte Recht. Damals war gerade die heiße Phase kurz vor der Vergabe des Stipendiums gewesen und Marcel hatte sich bei Patricia mächtig ins Zeug legen müssen, um ihre Entscheidung, sich für ihn einzusetzen, in die richtige Richtung zu lenken – was ihm dann auch gelungen war.

Marcel stellte sein inzwischen leeres Glas mit einem Klirren auf dem Tisch ab. Mit einem Blick in den Spiegel prüfte er noch einmal sein Aussehen, dann verließ er das Haus. Vielleicht würde er Sabine irgendwann zurückrufen, aber nicht heute. In der Bar war es bereits brechend voll, als er gegen Mitternacht dort ankam. Marcel entdeckte schnell einige bekannte Gesichter. Bernd und Peter, zwei Kommilitonen von ihm, die er durch sein Stipendium kennen gelernt hatte, kamen auf ihn zu und klopften ihm auf die Schulter.

„Hallo Jungs“, begrüßte Marcel die beiden. „Heute gehen die Drinks auf mich.“

„Mensch, super." Peter gab gleich dem Kellner ein Zeichen. „Dreimal Schampus bitte!"

Bernd musterte Marcel neugierig. „Gibt es was zu feiern?" Er zog ihn in eine Ecke, in der noch drei Plätze an der Theke frei waren.

„Kann man so sagen", grinste Marcel. Marcel wusste, dass sich die beiden wahrscheinlich am nächsten Morgen kaum noch an ihre Begegnung mit ihm würden erinnern können – sie waren für ihre Feierfreudigkeit berühmt und berüchtigt. Marcel war das gerade recht. „Das Leben ist kurz und man soll es in vollen Zügen genießen – und genau das habe ich heute vor. Was dagegen?"

„Ganz und gar nicht." Peter und Bernd wechselten einen Blick. „Wir werden unser Möglichstes tun, um dich dabei zu unterstützen."

Es dauerte nicht lange und es gesellten sich noch ein paar nette Mädchen zu ihnen, Bekannte von Peter und Bernd. Zusammen lachten sie und amüsierten sich prächtig.

Marcel verlor jedes Zeitgefühl. So wurde es ein langer, langer Abend, der immer lustiger wurde, je mehr Alkohol floss.

Als er am nächsten Morgen aufwachte, weil die Sonne durch das Rollo an seinem Fenster hindurchblitzte, fühlte sich Marcel wie erschlagen. Er versuchte aufzustehen, doch sein Kopf pochte unerträglich und er sank auf sein Kissen zurück. Marcel presste die Hände gegen die Schläfen und hoffte, dass der Schmerz nachlassen würde, doch der tat ihm den Gefallen nicht. Marcel stöhnte auf. Ein Blick auf den Wecker, der neben seinem Bett stand, sagte ihm, dass es für ihn höchste Zeit war, aus den Federn zu kommen. Er wurde im Labor erwartet und die Kollegen verließen sich auf ihn. Marcel ärgerte sich über sich selbst. Heute war einer der zwei Vormittage in der Woche, an denen er dort im Rahmen seines Stipendiums zu Forschungsarbeiten erwartet wurde. Er hoffte nur, dass er in dem kläglichen Zustand, in dem er sich befand, überhaupt zu etwas nütze sein würde.

Marcel zwang sich mit eiserner Disziplin aufzustehen und schlüpfte in die erstbesten Klamotten, die er finden konnte – einen Merinopulli und eine Jeans. Schnell machte er sich einen Kaffee, um wenigstens einigermaßen wach zu werden. Dann musste er los.

In dem Labor, das eng mit der Uni zusammenarbeitete, herrschte reges Treiben. Jeder Stipendiat wurde von einer Art Tutor betreut, der ihm über die Schulter guckte und bei Fragen zur Verfügung stand.

Heute war es Marcels Aufgabe, einige Experimente mit Mäusen durchzuführen – und er hasste diese kleinen Viecher.

Unschlüssig stand er vor dem Käfig mit den weißen

Tieren, die zu Versuchszwecken im Labor gehalten wurden. Eines von ihnen musste es nun treffen. Marcel wusste, dass dem pelzigen Vierbeiner der kleine Pikser wahrscheinlich weniger ausmachte als ihm die Tatsache, das Tier anfassen zu müssen.

Als ihm von hinten jemand auf die Schulter klopfte, fuhr Marcel erschrocken zusammen. Seine Nerven waren an diesem Morgen nicht die besten. Mit weichen Knien und einer leichten Übelkeit im Magen drehte er sich um.

Vor ihm stand Assistenzarzt Bernd Westhoff, sein Tutor. Westhoff war ein großer, kräftiger Kerl, den so schnell nichts aus der Fassung brachte. Er strahlte Ruhe und Gelassenheit aus. Außerdem war er mit einem ausgeprägten Sinn fürs Praktische gesegnet, was ihm in der Forschung sehr zu Nutze kam. „Hallo Marcel, kann ich Ihnen irgendwie behilflich sein?“ fragte Westhoff sichtlich verwundert. Normalerweise führte Marcel die ihm aufgetragenen Aufgaben nicht so zögerlich aus. „Ist Ihnen heute irgendeine Laus über die Leber gelaufen?“

„Äh, nein.“ Marcel geriet ins Stottern. „Wie kommen Sie darauf?“

„Na, Sie stehen hier schon seit über zehn Minuten rum und starren die Mäuse an. Kann doch wohl nicht sein, dass ein junger, starker Mann wie Sie vor diesen Tierchen Angst hat, oder?“

„Hab' ich auch nicht." Marcel schluckte. Wenn Bernd Westhoff wüsste, wie sehr er diese schrecklichen Viecher schon seit seiner frühsten Kindheit verabscheute – und aus welchem Grund, dann würde er sicher nicht so reden. Aber bestimmt kam dieser Mann aus gutbürgerlichen Verhältnissen und konnte sich selbst in seinen wildesten Fantasien nicht vorstellen, wie Marcel hatte hausen müssen, als er klein war. Niemand konnte sich das vorstellen ... Marcel riss sich zusammen. Er wollte sich vor Westhoff keine Blöße geben. Und wie meist, wenn Marcel sich schwach und verletzbar fühlte, hielt er Angriff für die beste Verteidigung. „Wo denken Sie hin?" tat er betont fröhlich und klatschte in die Hände. „Ich kann mich an den süßen Kleinen einfach nicht satt sehen. Gar nicht so einfach, sich für eins der Tierchen zu entscheiden."

Kommentarlos griff Westhoff in den Käfig und hielt Marcel eine Maus unter die Nase. „Hier, versuchen Sie's doch mal mit der."

Widerwillig nahm Marcel ihm das Tier ab. Seine Gesichtsfarbe war um eine Nuance blasser geworden und es kostete ihn einige Mühe, das Zittern seiner Hände so weit unter Kontrolle zu bringen, dass es niemandem auffiel. Er war froh, dass er einen antiseptischen Gummihandschuh trug und deshalb nicht unmittelbar mit dem Fell des Tieres in Berührung kam. Mit der einen Hand drückte er die Maus auf den Tisch und hielt sie fest, damit sie nicht allzu sehr zappelte, mit der anderen Hand griff er nach einer kleinen Spritze. Es fiel ihm leicht, den spitzen Dorn in die Maus eindringen zu lassen, denn er wusste genau, wo er ihn ansetzen musste. Schnell füllte sich das Röhrchen mit Blut und Marcel entspannte sich allmählich. Fast war es überstanden. Er zog die Spritze raus und beförderte das Tier so schnell wie möglich zurück in den Käfig. Schweißperlen glitzerten auf seiner Stirn, er spürte, dass seine Kleidung feucht an seinem Körper klebte – doch er hatte es geschafft. Im Vergleich dazu waren die nachfolgenden Experimente ein Klacks, so viel stand für Marcel fest.

Sein Tutor nickte anerkennend. „Na bitte, ging doch alles glatt. Wenn Sie hier nachher fertig sind, dann kommen Sie doch bitte mal in mein Büro, damit ich Ihnen die als Nächstes anstehenden Projekte kurz darlegen kann. Wir wollen bei den Mäusen jetzt auch versuchen, aus deren Haut Stammzellen zu bilden. Wir denken, dass diese sich besonders gut für die Produktion von Muskelzellen eignen. Das wird eine spannende Sache." Er lächelte entschuldigend. „Aber da gibt es noch viele Unwägbarkeiten und Fragen. Ihre Aufgabe wird es sein, uns dabei zu helfen, einige zu beantworten." Er nickte ihm aufmunternd zu. „Es ist allen Verantwortlichen hier aufgefallen, wie gewissenhaft Sie arbeiten und wie engagiert Sie sind. Deshalb habe ich noch eine kleine Überraschung für Sie. Also bis gleich in meinem Büro."

Marcel nickte und hielt sich aufrecht, bis Bernd Westhoff gegangen war, dann stürmte er auf die Toilette und übergab sich. Danach fühlte er sich etwas besser.

Mehr oder weniger konzentriert erledigte er, was an diesem Tag noch anstand. Im Wesentlichen bedeutete das, Tabellen abzugleichen und Daten in Listen zu übertragen. Dies war der Teil seiner Arbeit, den Marcel am meisten schätzte. Die wissenschaftliche Theorie forderte ihn heraus, natürlich auch die praktische Umsetzung, doch die durften gerne auch andere übernehmen. Er, Marcel, wollte die Medizin voranbringen, nichts und niemand würde ihn dabei aufhalten können. Das hatte er sich geschworen, in einer der dunkelsten Stunden seines Lebens, damals, als seine ältere Schwester mit nur neunzehn Jahren an multipler Sklerose gestorben war.

Er hatte sich unendlich hilflos gefühlt, unfähig ihr zu helfen. Die Ärzte hatten nichts für sie tun können, sie hatten kläglich versagt. Als seine Schwester starb, war seine Entscheidung gefallen. Er wollte Medizin studieren, es besser machen als die anderen, für die er nur Verachtung empfand. Zwar hatte Marcel sich schließlich für den Schwerpunkt Sportmedizin entschieden, aber die Stammzellenforschung war immer sein ganz besonderes Steckenpferd geblieben.

Mittlerweile verfolgte er die Entwicklung auf diesem Gebiet allerdings längst nicht mehr nur aus idealistischen Gründen, sondern auch, weil er erkannt hatte, dass damit eine Menge Geld zu machen war – sehr, sehr viel Geld sogar. Das hatte ihn schon immer gereizt, vielleicht mehr noch als alles andere. Geld war der Schlüssel zur Welt, es schenkte einem Anerkennung, Erfolg und Sicherheit. Durch Geld konnte er, wenn nötig, Menschen für sich instrumentalisieren. Bevor er zu Bernd Westhoff in dessen Büro ging, machte Marcel noch einmal einen Abstecher in den Waschraum, um sich etwas kaltes Wasser übers Gesicht laufen zu lassen. Die mehr oder weniger durchfeierte Nacht – mehr als maximal drei Stunden Schlaf hatte er nicht gehabt – steckte ihm noch ganz schön in den Knochen. Kritisch betrachtete er sich im Spiegel. Die leichten Schatten unter seinen Augen sah nur, wer ganz genau hinschaute, aber ansonsten machte er einen fitten Eindruck. Marcel war mit sich zufrieden.

Bernd Westhoff deutete auf den Stuhl vor seinem Schreibtisch und Marcel setzte sich. Der Tutor holte tief Luft. „Ich gratuliere Ihnen. Sie leisten bei uns erstklassige Arbeit und das wissen wir zu schätzen. Deshalb haben wir uns entschlossen, Ihnen anzubieten, auch über das Ende des Stipendiums hinaus hier im Labor tätig zu sein, wenn Sie möchten. Wir denken da an eine Verlängerung bis zu Ihrer Abschlussprüfung." Erwartungsvoll blickte Westhoff ihn an.

Die Gedanken in Marcels Kopf überschlugen sich. Die Stammzellenforschung, die hier im Labor betrieben wurde, war spannend, sicher – aber er hatte gerade erst die *andere* Seite dieser Forschung kennen gelernt und sie faszinierte ihn noch weitaus mehr. Wenn ihm gelang, was ihm vorschwebte, war er ein gemachter Mann.

Dennoch wollte er Westhoff nicht vor den Kopf stoßen. Marcel überlegte, wie er möglichst freundlich ablehnen könnte. Er räusperte sich verlegen. „Vielen Dank, das ist ein großartiges Angebot, über das ich mich sehr freue. Allerdings steht mir, wie Sie wissen, schon bald eine harte Prüfungsphase bevor, und ich kann mir beim besten Willen nicht vorstellen, wie ich das alles schaffen soll. Ich fürchte beinahe, dass ich meiner Verantwortung hier dann nicht mehr zu hundert Prozent gerecht werden kann." Bedauernd wiegte Marcel den Kopf hin und her. „Nehmen Sie es mir bitte nicht übel."

„Nein, sicher nicht." Westhoff zog die Brauen in die Höhe. Bisher war es noch nicht vorgekommen, dass ein Stipendiat eine solche Chance ausschlug. Aber dieser Marcel Borchert war ohnehin anders als die anderen Studenten, das war ihm längst aufgefallen. Von dem Mann ging irgendetwas aus, das ihm manchmal eine regelrechte Gänsehaut verursachte, ohne dass er hätte sagen können, woran das lag.

Zwischen den Männern war alles gesagt. Westhoff stand auf und auch Marcel erhob sich. Sie schüttelten einander die Hände und wussten beide, die Entscheidung war längst gefallen.

2. *KAPITEL*

In dieser Nacht erwachte Marcel von lautem Schreien. Es dauerte eine Weile, bis er begriff, dass es seine eigenen waren. Nicht zum ersten Mal wurde er auf diese äußerst unschöne Art und Weise aus dem Schlaf gerissen. Er hasste das, doch schon seit seiner Kindheit, eigentlich seit damals, als seine Schwester gestorben war, peinigten sie ihn immer wieder – die Albträume. Es gab Zeiten, Jahre sogar, da verschwanden sie beinahe, ließen ihn in dem trügerischen Glauben, sie seien endlich, endlich verschwunden. Doch dann tauchten sie plötzlich wieder auf, mit der gleichen erbarmungslosen Scheußlichkeit wie eh und je. Es war, als lägen sie jederzeit heimtückisch auf der Lauer und warteten nur darauf, in einem unerwarteten Moment zuzuschlagen.

Seit Marcel in der Villa lebte, waren die Intervalle zwischen den Albträumen immer länger geworden. Er nahm an, dies lag an dem Luxus, der ihn dort umgab und den er so sehr genoss. Er brauchte die Gegenwart schöner, edler Dinge wie die Luft zum Atmen, denn sie half ihm, zu vergessen, wo er eigentlich herkam – wenigstens die meiste Zeit. Nur manchmal in der Nacht bahnten sich die Erinnerungen den Weg zurück in sein Bewusstsein. Und waren sie erst einmal da, ließen sie sich so schnell nicht wieder abschütteln.

Das waren die Momente, in denen er die kleine, schäbige Wohnung, in der er aufgewachsen war, wieder vor sich sah. Dann hatte er wieder diesen eigenartigen Geruch aus einer Mischung von altem Bratfett und Waschpulver in der Nase, der so charakteristisch gewesen war für diesen furchtbaren Ort. Auch jetzt noch, mit all den Jahren Abstand, fühlte er, wie Übelkeit in ihm aufstieg – wie immer, wenn er daran dachte.

Seine Schwester und er, sie beide hatten sich ein Zimmer teilen müssen, die Mutter übernachtete auf dem Sofa im Wohnzimmer. Mehr Platz gab es nicht, alles war eng und hässlich. Niemand konnte sich zurückziehen oder ein Fleckchen ganz für sich allein haben, wenn er das Bedürfnis danach hatte. Nichts blieb vor den anderen verborgen, es gab keine Geheimnisse. Die Mutter hatte ihre halterlosen Strümpfe, die sie abends anzog, wenn sie ausging, über der Heizung getrocknet. Und auch ihre diversen Männerbesuche waren den Kindern nicht verborgen geblieben.

Jeden einzelnen Tag, den er dort lebte, verfluchte Marcel. Die meiste Zeit überließ die Mutter ihre Sprösslinge sich selbst, war entweder arbeiten oder trieb sich in den umliegenden Kneipen herum, um das Elend zu vergessen. Längst hatte sie den Kampf und die Hoffnung aufgegeben, dass sich noch einmal etwas ändern würde. Seit Marcels Vater sie sitzen gelassen hatte, als sie mit seinem Sohn schwanger war, bekam sie ihr Leben nicht mehr in den Griff. Daran hatte sich bis zu ihrem Tod vor einigen Jahren nichts geändert. Marcel war zu der Trauerfeier nicht erschienen und er bereute es nicht. Was hätte er dort gesollt? Diese Frau war ihm immer fremd geblieben und das war ihre eigene Schuld gewesen.

Bei der Erinnerung an seine Kindheit schauderte Marcel unwillkürlich. Normalerweise verbot er es sich, in die Vergangenheit zurückzublicken – nur wenn ihn wieder ein Albtraum quälte, konnte er sich diesem Teil seines Lebens nicht entziehen. Er schloss die Augen und versuchte, sich zu beruhigen. Das alles war nur ein Traum gewesen, der nichts, rein gar nichts, mit seinem jetzigen Leben zu tun hatte. Das sagte er sich immer wieder.

Langsam fiel er erneut in einen unruhigen Schlaf. Er wälzte sich hin und her, zerwühlte die Kissen und verstrickte sich in Bilder, die durch seinen Kopf zuckten. Der Albtraum fand seinen schrecklichen Höhepunkt in einer Fortsetzung.

Aus den Tiefen seines Unterbewusstseins tauchte das Gesicht einer jungen, hübschen Frau auf, die aussah wie ein Engel. Lange, blonde Haare fielen ihr bis zur Hüfte, ihre wasserblauen Augen lächelten zärtlich. Liebevoll strich sie einem kleinen Jungen über die Haare. Der Kleine strahlte und klammerte sich ganz fest an ihre Beine, als wolle er sie am liebsten niemals wieder loslassen. Doch plötzlich veränderte sich der Ausdruck im Gesicht der jungen Frau. Schmerz und Entsetzen waren darin zu lesen, dann ein Hilfe suchender Blick zu dem kleinen Jungen, der dastand wie versteinert. Ohne recht zu begreifen, was geschah, musste der Knirps mit ansehen, wie seine ältere Schwester seinen Armen entglitt, zu Boden sank und sich dort vor Schmerzen krümmte. Dann, nach einer unendlich langen Zeit, rührte sie sich nicht mehr, lag da wie eine Puppe. Und nun erkannte der Junge zu seinem maßlosen Entsetzen, dass sie tatsächlich zu einer riesigen Puppe geworden war.

Dies war der Moment, in dem Marcel erneut aus dem Schlaf auffuhr. Er zitterte am ganzen Körper. Mit weichen Knien schwang er sich aus dem Bett und holte sich eine Flasche Wasser aus dem Kühlschrank in der Küche. Er öffnete sie und trank in langen, gierigen Schlücken. Ganz allmählich verschwand der schale Geschmack in seinem Mund.

Er wusste, nun war nicht mehr daran zu denken, in dieser Nacht noch einmal ein Auge zuzutun. Deshalb entschloss er sich, ins Wohnzimmer zu gehen und sich ein Fotoalbum anzusehen, das zu den wenigen Dingen gehörte, die er damals aus seinem Elternhaus mitgenommen hatte. Marcel setzte sich aufs Sofa und kuschelte sich in eine Decke, er fühlte sich wie damals, als er wirklich noch der kleine Junge gewesen war. Erst neun Jahre war er alt, als seine Schwester starb. Marcel wusste gar nicht, wann er sich die Bilder das letzte Mal angesehen hatte, es musste eine halbe Ewigkeit her sein. Aber in dieser Nacht hatte sich Sandy so nachdrücklich bei ihm zurückgemeldet, dass er sich diesem Ruf einfach nicht entziehen *konnte.*

Marcel strich sich durch die Haare, die ihm wirr ins Gesicht hingen. Würden ihn diese grässlichen Schuldgefühle, die ihn so peinigten, denn niemals verlassen? Warum hatte er ihr damals nicht helfen können?

Er öffnete das Album und betrachtete das erste Bild. Seine Schwester Sandy war der einzige Mensch, dem er jemals bedingungslos vertraut hatte. Immer war sie für ihn da gewesen, wenn er sich einsam gefühlt oder Hilfe gebraucht hatte. Sandy hatte solch ein großes Herz gehabt – und so viel Liebe. Sie spielte mit ihm, tröstete ihn, wenn er traurig war, und las ihm Geschichten von guten Feen vor, die angeblich immer auf ihn aufpassten.

Erbittert presste Marcel die Lippen aufeinander. Damals hatte er mit der ganzen Inbrunst seines jungen Herzens an diese Geschichten geglaubt. Wie dumm und naiv er gewesen war. Auf Sandy hatte niemand aufgepasst, als sie es so dringend gebraucht hätte. Sie litt höllische Qualen wegen der heimtückischen Erkrankung ihres Nervensystems, die ihr in immer dichter aufeinander folgenden Schüben das Leben zur

Hölle machte – und er konnte nichts für sie tun. Er hielt ihre Hand, als er sie in der Klinik besuchte, und versuchte ihr gut zuzureden, obwohl er selbst eine Heidenangst hatte, sie zu verlieren.

Tränen traten Marcel in die Augen. Das nächste Foto in dem Album zeigte Sandy, als sie sich schon kaum noch bewegen konnte. Trotzdem versuchte sie tapfer zu sein. Marcel klappte das Fotoalbum mit einem Knall wieder zu. Er ertrug es nicht, noch weitere Bilder von ihr anzuschauen. Die Ärzte hatten gesagt, der Stand der Medizin sei eben noch nicht weit genug, möglicherweise sei die Stammzellenforschung in zehn oder zwanzig Jahren so weit, Menschen mit multipler Sklerose zu helfen. Marcel lachte zynisch. Nichts davon war eingetreten. Die Schulmedizin tappte nach wie vor im Dunkeln, war weit davon entfernt, die Krankheit heilen zu können.

Marcel wusste nicht mehr, wie lange er so dagesessen und in Erinnerungen versunken gewesen war, als sein Handy klingelte. Es durchschnitt die Stille auf brutale Weise und holte ihn schlagartig ins Hier und Jetzt zurück. Er ging ins Schlafzimmer, wo es auf dem Nachttisch lag, und meldete sich mit belegter Stimme. „Marcel Borchert." Ein Blick auf seinen Wecker sagte ihm, dass es mittlerweile neun Uhr morgens war.

„Hier Werner Schaffrath, kommen Sie bitte umgehend in mein Büro in der Klinik. Dann erfahren Sie

Genaueres." Der Mann hängte auf, ohne eine Antwort abzuwarten.

Sofort war Marcel hellwach, ein Schub Adrenalin schoss unversehens durch sein Blut, sein Herz begann schneller zu schlagen. Schaffrath war Assistenzarzt an der Uniklinik und hatte zusätzlich einen Lehrauftrag angenommen. Bei den Studenten erfreute er sich großer Beliebtheit. Dennoch waren sie beide nicht bei einer Vorlesung aufeinander aufmerksam geworden. Schaffrath war alles andere als eine gewöhnliche Bekanntschaft. Marcel spürte, wie sich die Härchen in seinem Nacken aufrichteten. Plötzlich hatte er es ungeheuer eilig.

Nervös lief Schaffrath in seinem Büro auf und ab. Immer wieder fuhr er sich durch seine kurz geschnittenen, strohblonden Haare, die ihm widerborstig vom Kopf abstanden, und redete auf Marcel ein, der vor dem Schreibtisch Platz genommen hatte. „Also, ich hoffe, Sie haben mich verstanden. Größte Geheimhaltung ist natürlich nach wie vor eine Selbstverständlichkeit", erklärte er mit Nachdruck. Er vergewisserte sich mit einem Blick in Marcels Gesicht, dass der ihm zustimmte. Schaffrath sprach weiter. „Das Nabelschnurblut, das ich morgen nach den beiden Kaiserschnitten auffangen werde, muss umgehend fortgebracht werden, wie immer eingefroren. Meine Kunden warten bereits dringend darauf.

Die Abnehmer sitzen hier in der Stadt, Sie müssen also nicht reisen. In künftigen Fällen kann dies allerdings durchaus notwendig sein." Er hielt inne, überlegte einen Moment. „Ich habe geschäftliche Kontakte in ganz Deutschland", fuhr er nicht ohne Stolz fort. „Und wenn ich die ‚Ware' habe, dann muss sie ihren Zielort schnellstens erreichen. Das wäre dann – wie beim ersten Mal – Ihr Anteil an der Sache und er erfordert ein hohes Maß an Flexibilität. Glauben Sie, dass Sie dieser Aufgabe auch weiterhin gewachsen sind?"

Marcel hatte sehr genau zugehört und versucht, auch zwischen den Zeilen zu lesen. Nun nickte er. „Kein Problem", antwortete er leichthin. „Aber, was machen wir, wenn Sie im Ausland sind?" Wahrscheinlich würde das recht häufig der Fall sein, denn Schaffrath flog regelmäßig in die USA und blieb dort manchmal über Wochen. Was genau er dort machte, wusste Marcel nicht, aber er hatte so eine Ahnung. In den USA waren die gesetzlichen Bestimmungen wesentlich laxer als in Deutschland. Schaffrath, das nahm er an, beschaffte sich dort Substanzen, die es hier zu Lande nicht gab, weil sie aus Experimenten stammten, die in Deutschland gar nicht möglich gewesen wären.

Schaffrath blieb stehen und zog verärgert die Augenbrauen in die Höhe. Er schätzte es ganz und gar nicht, wenn sich ein anderer seinen Kopf zerbrach. „Dann müssen Sie es selbst machen!" fuhr er ihn daher ziemlich ungehalten an. „Sie beschaffen sich das Blut, bevor die Nabelschnur weggeworfen wird. Sie wissen ja, wo Sie die entsprechenden Sammelbeutel finden. Machen Sie sich keine Gedanken, ich werde dafür sorgen, dass Sie die Gelegenheit haben, sich das Blut unbemerkt zu besorgen. Ich verfüge über die entsprechenden Kontakte zu den Ärzten in der Uniklinik, wir sind ein eingespieltes Team. Die Jungs werden Sie lange genug allein lassen, damit Sie Ihren Auftrag ausführen können. Alles klar?“ Schaffrath schaute immer wieder verstohlen auf seine Armbanduhr, dann wanderte sein Blick zum Telefon hinüber. Keine Frage – offenbar stand er unter ziemlichem Druck.

Marcel hatte davon gehört, dass es öffentliche und private Nabelschnurbanken gab, und es reizte ihn, herauszufinden, ob Schaffrath auch mit denen in unsaubere Machenschaften verwickelt war. Auf jeden Fall war dies ein lukratives Geschäft. Er hielt es jedoch für besser, den Assistenzarzt, der nur ein paar Jahre älter war als er selbst, nicht darauf anzusprechen. Schaffrath würde sich nicht einfach in die Karten schauen lassen. Bestimmt ergab sich eine geeignetere Gelegenheit. „Sie können sich auf mich verlassen, das wissen Sie “, erklärte er stattdessen mit fester Stimme.

„Gut, dass Sie das so sehen und nicht schon vergessen haben, was ich gegen Sie in der Hand habe. Sonst müsste ich Sie nämlich daran erinnern. – Und wer will das schon, nicht wahr?" Ein selbstgefälliges Grinsen huschte über seine Züge und das ließ ihn noch verschlagener aussehen. Er lobte sich nur selten selbst, aber dieser Coup, mit dem er sich Marcel Borchert geschnappt und zu seinem Handlanger und Komplizen gemacht hatte, der war ihm wirklich gut gelungen. Den Studenten mit der Affäre unter Druck zu setzen, die er mit seiner attraktiven Professorin unterhielt, das war ein perfekter Schachzug gewesen. Dadurch hatte er ihn jetzt in der Hand, konnte mit ihm machen, was er wollte, ohne die Sorge haben zu müssen, von ihm verraten zu werden. Denn durch seine Mitarbeit machte sich Marcel natürlich ebenso strafbar wie er selbst. „Wenn man es mir so einfach macht wie Sie, dann bleibt mir doch beinahe gar nichts anderes übrig, als die Gelegenheit beim Schopfe zu fassen, Herr Borchert. Ihre regelmäßigen Besuche bei der Dame waren schon auffällig genug." Anzüglich schnalzte er mit der Zunge und schien sich köstlich über seine Anspielung zu amüsieren. „Da brauchte ich mich nur noch ein wenig an Ihre Fersen zu heften und eins und eins zusammenzuzählen, als das Stipendium völlig überraschend an Sie vergeben wurde."

Am liebsten hätte Marcel ihm einen Schlag ins Gesicht verpasst, doch er beherrschte sich. Schaffrath hatte ihm nach einem seiner Rendezvous mit Patricia aufgelauert und ihn zur Rede gestellt. Schnell war klar gewesen, was der Assistenzarzt wollte. Das Ganze war nichts anderes als eine schnöde Erpressung gewesen. Marcel betrachtete den Mann mit unverhohlener Wut. Er würde Mittel finden, sich an diesem feisten Typen mit den unnatürlich geröteten Wangen zu rächen. Seine Zeit würde kommen. Schaffrath sollte sich nur nicht zu sicher fühlen. Wer zuletzt lachte, lachte am besten.

„Lassen Sie uns nicht mehr davon reden", tat Marcel betont zerknirscht. „Zwischen uns ist alles klar. Ich werde alles genauso machen, wie Sie es verlangen." Sollte Schaffrath ruhig glauben, ihn in der Tasche zu haben, Marcel war das ganz recht.

„Gut, dann ist so weit alles besprochen." Viel sagend nickte Schaffrath zur Tür hinüber, eine Geste, die eindeutig war. „Und jetzt habe ich eine Menge zu erledigen ..."

„Ja, natürlich." Marcel stand auf und machte Anstalten zu gehen, doch als er die Tür gerade erreicht hatte, rief ihn Schaffrath noch einmal zurück.

„Einen Moment, mir fällt gerade ein, da gibt es eine Kleinigkeit, die Sie vielleicht wissen sollten." Er bemühte sich, so beiläufig wie möglich zu klingen.

Marcel ahnte, dass dies nur Tarnung war. Wahrscheinlich würde der Mann nun erst zum eigentlichen Punkt kommen.

„Wenn Sie Ihre Sache gut machen und sich meines

Vertrauens würdig erweisen, dann überlege ich mir, ob ich Sie nicht Schritt für Schritt in den Stand meiner Forschung einweihen werde." Er machte eine Kunstpause, während der er Marcel nicht aus den Augen ließ. „Natürlich hieße das auch, dass Sie mit der Pharmaindustrie und meinen Leuten dort zu tun bekämen. Also, strengen Sie sich an. Sie sind ein kluger Kopf und zudem nicht mit Skrupeln belastet, die zu andauernden, nervenaufreibenden Diskussionen führen. So etwas schätze ich. Vielleicht könnten wir als Team noch ein ganz anderes Pensum schaffen als ich allein. Einen schönen Tag."

Marcel trat nun endgültig aus dem Büro, der Kopf schwirrte ihm. Gerade hatte sich – für ihn völlig unerwartet – eine ganz neue Perspektive aufgetan. Dies konnte der Beginn einer glänzenden und vor allen Dingen finanzstarken Zukunft werden, vorausgesetzt, er machte alles richtig. Allein die Aussicht darauf versetzte Marcel in einen Zustand fiebriger Erregung. Jede Faser seines Körpers war angespannt, bereit zu reagieren, bereit zu kämpfen. Schaffrath beging einen riesigen Fehler, wenn er ihm so viel Einblick in das Geschäft gewährte. Er öffnete dem Feind selbst die Pforte. Irgendwann würde Schaffrath die Quittung für seine Erpressung bekommen. Marcel wusste zwar noch nicht, auf welche Weise, aber die richtige Gelegenheit würde schon kommen.

Diese neuen Aussichten hatten ihn in ein regelrechtes Hochgefühl versetzt. Die Schrecken der Nacht und des frühen Morgens waren längst vergessen.

Mittlerweile war es Abend geworden und er schritt auf den Eingang der Villa zu. Plötzlich löste sich eine Gestalt aus den Schatten des Gebüschs davor und trat auf ihn zu. Marcel erschrak. Im ersten Moment dachte er an Einbrecher oder einen Überfall, dann jedoch konnte er allmählich Konturen erkennen. Es war eine Frau.

Augenblicke später stand seine Exfreundin Sabine vor ihm. Ihre Augen waren vom vielen Weinen dick geschwollen. „Gut, dass du endlich da bist“, stieß sie hervor. Sie trat auf ihn zu, in der Hoffnung, dass er sie in die Arme nehmen würde, doch Marcel machte keinerlei Anstalten.

„Was machst du hier?“ fragte er stattdessen irritiert. „Ich habe mich richtig erschreckt.“

„Tut mir Leid, das wollte ich nicht. Aber wir haben etwas zu besprechen, glaube mir. Kann ich nicht für einen Moment mit reinkommen?“ bat sie mit Nachdruck. Es war nicht zu übersehen, dass Sabine mit ihren Nerven am Ende war.

„Ist es denn wirklich so wichtig? Ich wäre jetzt eigentlich gern allein.“ Ablehnend verschränkte er die Arme vor der Brust. „Und eines sage ich dir direkt. Es ist aus zwischen uns – und das bleibt auch so. Wenn du darüber mit mir diskutieren willst, dann ist das sinnlos."

„Nein, nein, das will ich gar nicht", beeilte sie sich zu sagen.

„Aber es betrifft dich genauso wie mich. Bitte, lass es dir doch erklären – aber nicht hier draußen." Pure Verzweiflung stand ihr ins Gesicht geschrieben. Sacht zupfte sie ihn am Ärmel seines Mantels. „Wenn du mich nicht mit reinnehmen willst, dann lass uns zu dem Italiener um die Ecke gehen. Dort können wir wenigstens einigermaßen ungestört reden." Früher waren sie oft dort zum Essen gewesen, man kannte sie und würde ihnen sicher wieder den alten Tisch in der Nische geben, abseits von den anderen Gästen.

„Ehrlich gesagt, sehe ich nicht, wozu das gut sein sollte. An meiner Entscheidung wird sich nichts ändern."

„Darum geht es auch gar nicht. Es ist etwas geschehen, womit keiner von uns beiden gerechnet hat." Hilflos hob sie die Schultern und ließ sie wieder sinken. „Ich hatte dir doch schon eine Nachricht auf dem Anrufbeantworter hinterlassen, damit du mich zurückrufst. Offenbar hast du das Band nicht abgehört. Und da ich nicht mehr wusste, was ich noch tun sollte, bin ich eben hierher gekommen und habe auf dich gewartet."

Es dämmerte Marcel, dass sie Recht hatte. Seine Verärgerung wich allmählich echter Irritation. Eigentlich war

Sabine immer eine ruhige und souveräne Frau gewesen, die nicht zu solch überreizten Aktionen neigte, wie etwa ihren Ex vor der Haustür abzufangen. Vielleicht hatte sie ihm ja wirklich etwas Wichtiges zu sagen. Marcel dachte kurz nach. Wenn sie zu dem Italiener gingen, dann war es wenigstens kein Problem, sie wieder loszuwerden. Er konnte jederzeit gehen, wenn es ihm zu viel wurde, und sie würde ihn nicht davon abhalten können. Nahm er sie mit rein in die Villa, dann konnte das schon schwieriger werden. „Okay, lass uns zu ‚Gianni' gehen. Dort ist bestimmt noch nicht viel los."

Sabine atmete sichtlich auf.

Wie erwartet, war das Restaurant noch nicht stark besucht und sie bekamen den Tisch in der Nische.

Sabine bestellte nur ein Wasser und auch Marcel war durch die angespannte Situation jeder Appetit vergangen. Er orderte einen Weißwein und lehnte sich zurück.

Offensichtlich wusste Sabine nicht recht, wie sie mit dem Gespräch beginnen sollte, denn sie rutschte unruhig auf ihrem Stuhl hin und her.

In ihrer Not schlang Sabine die Finger ineinander, so fest, dass die Knöchel weiß hervortraten. Ihr sonst so hübsches Gesicht sah zum ersten Mal, seit er sie kannte, alt und abgekämpft aus. Sabine war zweiundvierzig. Heute Abend sah sie aus wie zweiundfünfzig. Marcel stellte dies mit schonungsloser

Ehrlichkeit fest, zog es aber vor, nichts dergleichen zu erwähnen.

Sabine kämpfte mit sich und schließlich gab sie sich einen Ruck. „Es gibt eine Neuigkeit, die ich zuerst auch nicht glauben konnte“, begann sie stockend. „Aber es besteht kein Zweifel, ich habe einen Test gemacht. Marcel, ich …“ Sie hielt erneut inne und sah ihn mit einem Ausdruck im Gesicht an, der irgendwo zwischen Hoffen und Bangen lag. „Ich bin schwanger, Marcel.“

Marcel zuckte die Achseln. „Na und? Warum erzählst du mir das? Ich freue mich für dich und hoffe, du wirst glücklich.“

Sabines Mund klappte auf und wieder zu. „Das ist alles, was du dazu sagst?“ Fassungslos starrte sie ihn an.

„Ja, wieso?“

„Aber *du* …“ Sabines Stimme brach. Sie brachte keinen Ton mehr heraus. Natürlich hatte sie nicht mit Begeisterungsstürmen gerechnet, aber mit einer solchen Reaktion ebenso wenig.

Erst als er sah, wie nun vollends alle Farbe aus ihrem Gesicht wich, begann er zu begreifen, ganz langsam zwar, doch unaufhaltsam. „Und wer ist der Vater?“ fragte er ahnungsvoll.

Tränen glitzerten in Sabines Augen. „Na *du!* Wer denn sonst!“ Sie musste sich sehr zusammenreißen, um ihrer Verzweiflung nicht vor allen Leuten freien Lauf zu lassen.

Marcel hatte das Gefühl, als habe man ihm gerade mit der geballten Faust ins Gesicht geschlagen. Wie war das möglich? Er beugte sich zu ihr vor, damit er flüstern konnte und um sie herum niemand mitbekam, worum es ging. „Aber wir haben doch immer verhütet, das kann doch gar nicht wahr sein!"

„Doch. Erinnerst du dich nicht? Das letzte Mal als wir zusammen waren, da habe ich ein Antibiotikum gegen meine Bronchitis genommen. Und dieses Medikament hat die Wirkung der Pille offenbar aufgehoben. Im entscheidenden Moment habe ich einfach nicht daran gedacht. Es tut mir Leid. Aber eigentlich war mein Zyklus auch fast am Ende ..." Nun konnte sie nicht länger verhindern, dass ihr die Tränen über die Wangen liefen. Sabine kramte ein Taschentuch aus ihrer Jeans hervor und wischte sich das Gesicht ab. Ihr Make-up war verschmiert, doch das war ihr in diesem Moment völlig egal.

Marcel richtete sich auf seinem Stuhl wieder auf, setzte sich kerzengerade hin. So konnte er wenigstens räumlich etwas Distanz zwischen sich und Sabine schaffen. „Ich kann nur hoffen, dass du das nicht absichtlich so eingefädelt hast, weil du gehofft hast, mich so halten zu können. Das wird nämlich nicht funktionieren." Kalte Wut stand nun in Sabines Augen. Am liebsten hätte sie ihm eine Ohrfeige verpasst. „So etwas traust du mir zu?"

„Du bist Ärztin, wie kann einem da solch ein dummer Fehler unterlaufen? Das verstehe ich nicht." Er legte die Stirn in Falten und schüttelte den Kopf.

„Du wusstest doch auch, dass ich das Antibiotikum verschrieben bekommen habe. Aber wir sind trotzdem schwach geworden. Wir haben beide eine Dummheit gemacht."

„Gut, da hast du wahrscheinlich Recht", gab er zu. „Aber eines sage ich dir ganz klar: Solltest du dich für das Kind entscheiden, dann musst du das allein durchziehen. Ich werde zahlen, wenn es sein muss. Mit mehr Unterstützung kannst du allerdings nicht rechnen. Es tut mir Leid."

„Soll das heißen, du willst mich mit dieser Sache allein lassen?" Seine Kaltschnäuzigkeit machte Sabine Angst. So abweisend und gefühlskalt kannte sie ihn noch gar nicht.

Doch Marcel blieb stur. „Was habe ich mit diesem ‚Unfall' zu tun?" Er wusste genau, dass Sabine während seiner Zeit keine Männer nebenher gehabt hatte, dafür war sie gar nicht der Typ. Doch einen Versuch war es allemal wert.

„Immerhin bist du der *Vater.* Du und niemand sonst." Ihre Stimme klang ungewohnt schrill. „Schließlich hast du auch deinen Teil dazu beigetragen."

Auf keinen Fall wollte Marcel, dass die anderen Gäste auf sie aufmerksam wurden. Das würde alles nur noch schlimmer machen, als es ohnehin schon war. „Beruhige dich doch bitte“, versuchte er sie zu beschwichtigen. „Uns wird schon etwas einfallen. Für mich ist diese Neuigkeit schließlich sehr überraschend.“ Er kaute auf seiner Unterlippe herum und starrte in sein Weinglas. „Du darfst das Kind natürlich auf keinen Fall kriegen, so viel steht ja wohl fest. Ich meine, ohne dir zu nahe treten zu wollen, du bist nicht mehr die Jüngste. Da ist das Risiko nicht gerade klein, dass das Kind krank zur Welt kommt. Und selbst wenn es gesund ist. Du hast hier in der Nähe niemanden wohnen, der sich um das Baby kümmern könnte, wenn du in der Praxis bist. Du bräuchtest auf jeden Fall ein Kindermädchen – und das ist teuer. Davon, dass du keine Zeit mehr für dich selbst und deine Hobbies haben würdest, gar nicht zu reden.“

„Nun ja, ich kann mir auch nicht vorstellen, wie ich als allein erziehende Mutter die Praxis weiterbetreiben soll. Sie ist meine Existenz, ist alles, was ich habe. Sicher, deshalb ist es wohl besser, wenn wir Schritte einleiten, bevor es zu spät ist.“

Marcel nickte. Dann jedoch fuhr ihm eiskalt der Schreck in die Glieder. „In der wievielten Woche bist du denn?“

„In der zehnten. Sehr viel Zeit bleibt also nicht mehr“, gab sie kleinlaut zu. Insgeheim hatte ein kleiner Teil von ihr, verborgen im hintersten Winkel ihres

Herzens, gehofft, er würde anders reagieren. Wenn er gesagt hätte, okay, zusammen schaffen wir das, lass uns mit dem Baby noch einmal von vorn anfangen, vielleicht hätte sie zugestimmt, obwohl es natürlich Wahnsinn gewesen wäre. Marcel würde niemals zum Vater taugen und sie selbst war nicht mehr die Jüngste. Das Risiko, ein krankes Kind zur Welt zu bringen, war in ihrem Alter nicht zu unterschätzen. Das alles wies in eine Richtung. „Okay, dann willst du also, dass ich abtreibe“, stellte sie so sachlich wie möglich fest.

„Ja, siehst du eine andere Möglichkeit?“

Sabine schüttelte den Kopf. „Es ist die einzig vernünftige Lösung.“ Sie nippte an ihrem Wasser, um ihn nicht merken zu lassen, wie aufgewühlt sie war.

Eine Weile sagte keiner von ihnen ein Wort.

Dann holte Sabine tief Luft. „Kennst du jemanden, der den Eingriff machen würde? Es muss jemand sein, der absolut verschwiegen ist. Als Ärztin kann ich mir kein Gerede erlauben und die Kollegen, die ich kenne, kann ich auch unmöglich fragen.“

Marcel dachte angestrengt nach. Er trank sein Glas mit einem großen Schluck leer. Vielleicht gab es da eine Möglichkeit … Das musste er aber erst noch abklären, bevor er zu viel versprach. „Ich werde mich darum kümmern, du kannst dich darauf verlassen.“

„Danke.“ Sabine lächelte schwach. „Das ist nett von dir.“ Am besten brachte sie den Eingriff, der ihr nun bevorstand, so schnell wie möglich und ohne viel Aufhebens hinter sich. Damit war dann die Geschichte mit Marcel ein für alle Mal abgeschlossen und es gelang ihr vielleicht irgendwann, ihn zu vergessen. Sie hoffte es sehr. Nun wollte sie nur noch eines: in ihre gemütliche Wohnung fahren und sich ihrem Schmerz hingeben, ganz für sich allein. Auch wenn sie ein nüchtern denkender, moderner Mensch war, eine Abtreibung war ein Schritt, der sie unendlich traurig machte. Sie hatte ein schlechtes Gewissen und schämte sich zutiefst. Sabine bereute, was geschehen war, bereute ihre Unachtsamkeit, doch nun war es passiert. Nichts ließ sich mehr rückgängig machen.

Auch Marcel hatte es plötzlich sehr eilig, sich zu verabschieden. Er bezahlte und versprach, sich bei ihr zu melden, sobald er mit dem Arzt Kontakt aufgenommen hatte, der ihnen vielleicht helfen konnte.

Dann ging jeder von ihnen seines Weges.

Jetzt nach Hause zurückzukehren, kam für Marcel nicht in Frage. In der Villa würde ihm nur die Decke auf den Kopf fallen. Zielstrebig schritt er deshalb auf den nahe gelegenen Park zu, die Hände tief in den Taschen seines Mantels vergraben. Es war wirklich eine Ironie des Schicksals, dass ausgerechnet er mit einem von ihm gezeugten Kind nichts zu tun haben wollte. Er hatte seinen Vater nie kennen gelernt, weil der seine

Mutter aus genau diesem Grund verlassen hatte – er wollte dieses Kind nicht, das in ihrem Bauch wuchs. Wie sich die Situationen glichen …

Mit einem Anflug von Verbitterung presste Marcel die Lippen aufeinander. Sein Leben lang hatte er darunter gelitten, ohne Vater aufgewachsen zu sein. In so vielen Situationen hatte er die energische Hand eines Mannes vermisst, der ihn mit Strenge und zugleich Verständnis zur Ordnung rief, ihm half, seinen Weg zu finden, und die Familie stärkte. Wenigstens dieses Schicksal würde dem ungeborenen Leben in Sabines Leib nun erspart bleiben.

Zum ersten Mal dämmerte ihm, dass seine Mutter, als sie damals mit ihm schwanger gewesen war, sich für einen schweren Weg entschieden hatte. Eigentlich hätte er ihr dafür dankbar sein müssen, aber er konnte es nicht. Er konnte sich zwar dunkel an Gutenachtgeschichten und Gutenachtlieder vor dem Schlafengehen entsinnen, aber das waren Erinnerungen an die Zeit, bevor seine Mutter begonnen hatte, jeden Abend in der Kneipe und nicht mehr zu Hause zu verbringen. Mittlerweile war alles, was er für diese Frau empfand, Hass und Verachtung, weil sie ihm und Sandy zugemutet hatte, in Elend, Dreck und Armut zu leben. Meist hatte es zwar dafür gereicht, dass sie genug zum Essen auf dem Tisch hatten, aber das war dann auch schon alles gewesen.

Und sein Vater, er könnte ihm über den Weg laufen, Marcel würde ihn nicht einmal erkennen. Immerhin hatte das Ganze den Vorteil gehabt, dass er sich nun, als erwachsener Mensch, völlig frei entfalten konnte, ohne Rücksicht nehmen zu müssen auf die Gefühle seiner Familie. Er brauchte sich bei niemandem für sein Tun und Lassen zu rechtfertigen, niemand redete ihm rein, er traf seine Entscheidungen allein, nur sich selbst gegenüber zur Loyalität verpflichtet. Und so sollte es auch weiterhin sein, dies war sein Weg.

Er würde sich kein schlechtes Gewissen einreden lassen, auch nicht von Sabine. Schließlich hatte er ihr nie etwas vorgemacht. Sie wusste immer, dass er kein Familienmensch war. Sie musste diese Tatsache eben schlucken und sehen, wie sie damit klarkam.

Inzwischen war Marcel völlig durchnässt, denn es hatte angefangen zu regnen. Wenn er sich nicht bald entschied, geheizte Räume aufzusuchen und sich etwas Trockenes anzuziehen, dann erkältete er sich sicher. Also blieb ihm nichts anderes übrig, als der Stimme der Vernunft zu gehorchen. Eine Grippe war im Moment wirklich das Letzte, was er gebrauchen konnte.

Nicht mehr ganz zwei Wochen blieben ihm also, um einen Arzt aufzutreiben, der den Eingriff machen würde. Als Erstes wollte er sein Glück bei einem Gynäkologen versuchen, einem Bekannten von Schaffrath. Der Assistenzarzt hatte den Namen Martin Behringer einmal im Zusammenhang mit dem Stammzellenhandel erwähnt. Moralische Bedenken und unnötige Fragen waren von Seiten dieses Mannes also vermutlich nicht zu erwarten. Dies wäre dann sein Anteil zur Bereinigung des Debakels, das er ohne Zweifel mit herbeigeführt hatte, wenn auch nicht im vollen Bewusstsein des Risikos, das er einging. Aber Marcel machte Sabine keinen Vorwurf. Er war sicher, dass sie selbst ebenso wenig wie er in diese Notlage hatte geraten wollen.

In der Branche genoss Behringer einen ausgezeichneten Ruf. Er galt als ausgesprochen erfahren. Hinzu kam, dass Behringer mit einigen interessanten Forschungsprojekten betraut war, eine Tatsache, die es für Marcel umso interessanter machte, den Mann näher kennen zu lernen. Vielleicht gelang es ihm auf diese Weise sogar, das Angenehme mit dem Nützlichen zu verbinden.

Je länger Marcel darüber nachdachte, desto besser gefiel ihm der Gedanke, sich an Martin Behringer zu wenden. Sobald er in der Villa war und sich umgezogen hatte, würde er den Gynäkologen anrufen.

Wer bei der ersten kleinen Schwierigkeit, die ihm im Leben begegnete, den Kopf hängen ließ, der hatte verloren. Nur wer sich wehrte und sich zu helfen wusste, der hatte eine Chance, erfolgreich zu sein. Schon sehr früh hatte Marcel das erkannt. Seine Zähigkeit und sein Durchhaltevermögen waren die Eigenschaften, auf die er am stolzesten war. Natürlich waren auch gute Beziehungen wichtig, doch die durfte man auf keinen Fall mit Freundschaften verwechseln. Überhaupt, Marcel hatte die Erfahrung gemacht, dass Freundschaften einen nicht weiterbrachten. Sie konnten einen sogar schwächen, weil sie verlangten, dass man sein Hauptaugenmerk nicht ausschließlich auf sich selbst richtete. Deshalb war Marcel noch nie darauf erpicht gewesen, enge Kontakte zu anderen Menschen zu pflegen. Sie mussten funktionieren, wenn er sie brauchte. Alles andere mochte vielleicht gut für Menschen sein, die kein klares Ziel hatten, aber nicht für ihn, Marcel Borchert.

Von einer ungewollten Schwangerschaft seiner Ex ließ er sich nicht in die Knie zwingen. Mit neu erwachtem Kampfgeist betrat er die Villa, schon wieder voller Zuversicht. Das kleine stimmungsmäßige Zwischentief gehörte der Vergangenheit an.

Wenig später griff Marcel zum Telefonhörer. Er hatte es sich auf seinem Lieblingsmöbelstück bequem gemacht – der Relaxingliege im Wohnzimmer. Er genoss es, sich darauf zu fläzen, denn von dort aus hatte er einen perfekten Blick auf gleich mehrere Zimmer seines Reichs. Marcel hatte sich seine Worte schon zurechtgelegt und überlegt, wie er strategisch am günstigsten vorging.

Nun tippte er die Nummer von Martin Behringer in

sein Handy. Er hatte sie ganz einfach über die Auskunft bekommen. Marcel musste ein paarmal läuten lassen, doch dann meldete sich der Gynäkologe. Marcel war erleichtert. Behringer war also zu Hause.

„Hallo, Dr. Behringer, mein Name ist Marcel Borchert“, begann er in einem äußerst liebenswürdigen Ton. „Sie kennen mich nicht, aber ich weiß, dass Sie mit Werner Schaffrath zusammenarbeiten.“ Er hörte, wie der Mann am anderen Ende der Leitung scharf einatmete. Schnell sprach Marcel weiter. „Damit haben wir etwas gemeinsam. Dann und wann erledige ich ebenfalls für Herrn Schaffrath Dinge, für die ihm selbst die Zeit fehlt. Aber das ist nicht der Grund für meinen Anruf. Es geht um ein privates Problem, eine heikle Angelegenheit, über die ich gerne mit Ihnen sprechen möchte. Ich bin sicher, Sie können mir helfen – und es soll Ihr Schaden nicht sein.“

„Ich kann mir beim besten Willen nicht vorstellen, wovon Sie reden“, kam es ohne Zögern vom anderen Ende der Leitung. Es war nicht zu überhören, wie unangenehm dem Mann diese Unterhaltung war, und er schien sie so schnell wie möglich beenden zu wollen.

Aber Marcel blieb hartnäckig und wurde deutlicher. „Nun, ich weiß von Herrn Schaffrath, dass Sie Gynäkologe sind. Meine Exfreundin ist in einer, nun ja, einer ungewollten Notlage – und ich zwangsläufig dadurch leider auch. Jedenfalls denke ich, gemeinsam könnten wir eine Lösung finden, die für uns alle, Sie eingeschlossen, von Vorteil ist. Vielleicht kann ich zu Ihnen kommen und wir sprechen dort über die Details?"

Ein langes Schweigen war die Antwort. Offenbar dachte Behringer nach. Schließlich räusperte er sich. „So einfach, wie Sie sich das vorstellen, ist das nicht. Ich werde als Erstes einmal Werner Schaffrath anrufen und ihn fragen, ob er Sie wirklich kennt und ob er Sie für vertrauenswürdig hält. Sollte dem so sein, melde ich mich bei Ihnen. Und dann machen wir einen Termin aus und Sie kommen in meine Praxis. Allein."

„Ja, gut, von mir aus. Ich habe nichts dagegen. Aber eines ist ganz wichtig – die Zeit drängt, wenn Sie verstehen."

Behringer lachte. „Entschuldigen Sie, aber das sagen alle, die etwas von mir wollen. Ich werde mich zu nichts drängen lassen, dazu besteht keine Veranlassung. Ich wünsche Ihnen noch einen schönen Abend. Sie hören von mir – oder nicht. Falls ich mich nicht melde, hat es keinen Sinn, wenn Sie noch einmal versuchen, Kontakt mit mir aufzunehmen, das sage ich Ihnen gleich. Auf Wiederhören." Dr. Behringer legte auf.

Auch Marcel beendete die Verbindung. Er war nachdenklich geworden. Offenbar blieb ihm diesmal nichts anderes übrig, als abzuwarten. Leider gehörte Geduld nun wahrlich nicht zu seinen Stärken.

3. KAPITEL

Es war schneller gegangen, als er erwartet hatte. Schon am Nachmittag des kommenden Tages saßen sich Marcel und Martin Behringer in dessen Praxis gegenüber.

Der Gynäkologe hatte Marcel außerhalb der Sprechstunde bestellt – eine Vorsichtsmaßnahme, die in ihrer beider Interesse war. Nicht nötig, dass irgendjemand unversehens die heiklen Details ihrer Unterhaltung mitbekam.

Unverhohlen schaute Marcel sich um. Die Praxis war hell und lichtdurchflutet. In den weitläufigen Räumen konnte man sich beinahe verlaufen. Jeder, der hereinkam, spürte sofort, dass hier ein ebenso erfahrener wie erfolgreicher Arzt arbeitete. An nichts war gespart worden, stellte Marcel sachkundig fest. Überall waren edelste Materialien verwendet worden, die medizinische Ausstattung war erstklassig. Marcel war ehrlich beeindruckt. Dieser Martin Behringer schien kein Mann zu sein, der sich mit kleinen Fischen abgab, nur das Beste schien gut genug für ihn zu sein. Offenbar hatten sie beide etwas gemeinsam.

Verstohlen maßen sie einander mit Blicken, versuchten sich möglichst unauffällig ein Bild von ihrem Gegenüber zu machen.

Marcel fand Behringer recht sympathisch. Sportlich

und braun gebrannt, sah er jünger aus, als er war. Er schätzte ihn auf fünfundfünfzig. „Ich habe Ihnen am Telefon ja schon gesagt, worum es geht“, begann er vorsichtig, um nicht direkt mit der Tür ins Haus zu fallen. Der Mann durfte sich nicht allzu sehr bedrängt fühlen, sonst lehnte er wohlmöglich gleich ab.

Behringer nickte knapp, schwieg aber ansonsten.

Notgedrungen fuhr Marcel fort. „Meine Exfreundin ist bereits in der zehnten Schwangerschaftswoche. Der Eingriff muss also sehr bald durchgeführt werden.“ Marcel hielt kurz inne, aber Behringer zeigte keine Reaktion. Unbehaglich rutschte er auf seinem Stuhl ein wenig nach vorn, öffnete an seinem Hemd den oberen Knopf, um besser Luft zu bekommen. Plötzlich fand er es sehr stickig in dem Raum. Tief atmete er ein. „Das ist das eine. Zum anderen ist uns beiden, meiner Ex und mir, sehr daran gelegen, dass *niemand* von der Sache erfährt. Wir müssen uns auf absolute Geheimhaltung verlassen können. Das ist das Allerwichtigste und auch der Grund, weshalb ich mich an Sie gewendet habe.“ Fragend sah er Behringer an.

„Kein Problem.“ Behringer wirkte beinahe amüsiert. „Wie Sie sich denken können, bin ich selbstverständlich ebenso sehr wie Sie daran interessiert, dass eine mögliche Abtreibung geheim bleibt.“ Er war in Gedanken längst viel weiter. „Gehen wir die Punkte einmal der Reihe nach durch“, fuhr er energisch fort. „Ist Ihre

Ex bei einem Frauenarzt gewesen? Oder hat sie den Schwangerschaftstest bei sich zu Hause gemacht?"

„Sie war bei keinem Arzt", antwortete Marcel, ohne zu zögern. „Sie ist sehr umsichtig. Im Falle einer Schwangerschaft sollte niemand etwas davon wissen."

„Gut, das ist sehr wichtig." Behringer schien zufrieden, ließ Marcel jedoch nicht aus den Augen. „Allerdings muss sie bei mir, sollte ich mich dazu entscheiden, den Abbruch durchzuführen, eine Einverständniserklärung unterzeichnen, die ich hier in der Praxis bei meinen Unterlagen deponiere – nur um mich abzusichern, natürlich."

Sofort wurde Marcel hellhörig. „Wozu soll das gut sein?" fragte er scharf. Wollte Behringer etwas in der Hand haben, um seine ‚Kunden' nachher unter Druck setzen zu können? Fast wollte er schon wieder aufstehen und gehen. Vielleicht war es doch keine gute Idee gewesen, hierher zu kommen. Allerdings, an wen sollte er sich dann wenden?

Der Gynäkologe schien seine Gedanken lesen zu können. Abwiegelnd hob er die Hände. „Es kommt gelegentlich vor, dass schwangere Frauen durch die Hormone so durcheinander geraten, dass sie nachher bereuen, was sie getan haben. Ich gehe davon aus, bei Ihrer Ex wird das nicht der Fall sein, doch ich mache keine Ausnahmen. Schließlich muss ich mich absichern."

Marcel sah ein, dass es keinen Sinn machen würde,

sich zu weigern. Umso genauer musste er wissen, was auf ihn zukam. „Aber dieses Papier wird doch hoffentlich nach einer gewissen Frist beseitigt“, hakte er noch einmal nach. Behringer sollte nicht glauben, er, Marcel Borchert, ließe sich für dumm verkaufen.

Behringer blieb gelassen und nickte. „Vier Wochen nach dem Eingriff geht der Schrieb durch den Reißwolf. Wenn Sie wollen, dürfen Sie sich davon selbstverständlich gern mit eigenen Augen überzeugen.“

„Ja, das werde ich tun.“ Marcel war einigermaßen beruhigt. Schließlich sollte dieser Gynäkologe ihm einen Gefallen tun, da war es nicht angebracht, ihm die Regeln diktieren zu wollen. Trotzdem würde er auf der Hut sein.

„Außerdem brauche ich eine Bescheinigung darüber, dass Ihre Ex ordnungsgemäß an einem Beratungsgespräch teilgenommen hat. Das kann von ‚pro familia‘ oder sonst einer anerkannten Organisation sein. Wie sie die bekommt, ist mir egal, nur darf sie auf keinen Fall wirklich ein solches Gespräch führen. Sonst bin ich aus der Sache raus.“

Nachdenklich rieb sich Marcel das Kinn. „Ja, ich denke, das dürfte kein Problem sein. Eine Freundin von ihr … Na ja, ich werde ihr das sagen. Wann könnten Sie die Abtreibung denn vornehmen?“

„Das kommt darauf an. Da gibt es verschiedene Möglichkeiten“, erwiderte Behringer geheimnisvoll.

„Wieso? Ist es eine Frage des Geldes?“ Eine andere Erklärung war für Marcel nicht denkbar. Entschlossen reckte er das Kinn. „Machen Sie sich keine Sorgen, ich bin bereit, wenn es sein muss, mir den Eingriff etwas kosten zu lassen.“ Dank des Schecks, den er erst vor kurzem für den Deal mit dem Nabelschnurblut bekommen hatte, war ihm das zum Glück möglich.

Doch Behringer sprach weiter in Rätseln. „Auch was das Finanzielle angeht, gibt es einen gewissen Spielraum.“

Irritiert zog Marcel die Brauen in die Höhe. „Ich verstehe nicht ganz.“

Ein nachsichtiges Lächeln huschte über die Züge des Arztes. Marcel war ein Anfänger. Offenbar hatte er längst noch nicht erkannt, was in einigen Praxen und Laboren gang und gäbe war. Das ganze Ausmaß der Vernetzungen, die Vielzahl der Interessengemeinschaften, die sich am lukrativen Geschäft mit Stammzellen beteiligten, all dies schien dem jungen Mann bisher verborgen geblieben zu sein. Natürlich war es nicht leicht, den ganzen verwobenen Filz zu durchschauen – und das war auch gut so. Behringer entschloss sich, ein wenig deutlicher zu werden, ohne zu viel preiszugeben. „Nun, wenn Sie der Wissenschaft einen Dienst erweisen wollen, dann könnte diese Abtreibung für Sie unter bestimmten Umständen sogar ganz kostenfrei sein.“ Er blickte Marcel fest in die

Augen. Würde er schockiert sein von seinem Angebot oder biss er an? Noch kannte er ihn nicht gut genug, um dies einschätzen und aufs Ganze gehen zu können.

Die Vorstellung war reizvoll, keinen Cent hinblättern zu müssen – doch was genau steckte dahinter? Marcel machte sich keine Illusionen. Immerhin war Behringer ein geschäftlicher Kontakt von Schaffrath. Er musste einen triftigen Grund haben, ihm so etwas vorzuschlagen, zumal er dadurch seine Approbation gefährdete. Marcels Neugierde war geweckt.

Behringer suchte nach den richtigen Worten. „Sie kennen doch Schaffrath und seine ganz persönliche, wie soll ich sagen, seine persönliche ‚Liebhaberei' …" Er machte eine viel sagende Pause und wartete ab.

Ganz allmählich begann Marcel zu ahnen, worauf der Gynäkologe hinauswollte. Aber war das wirklich möglich? Sollte Behringer es auf den abgetriebenen Embryo abgesehen haben, um ihm Stammzellen zu entnehmen? Im ersten Moment war Marcel geschockt. Der Gedanke daran machte ihn sprachlos. Stammzellenforschung, das war etwas, das schnell und relativ einfach Geld einbrachte – nicht mehr und nicht weniger. Niemals wäre er jedoch im Traum darauf gekommen, dass seine eigenen Gene, Zellen, an deren Entstehung er maßgeblich beteiligt gewesen war, dafür in Frage kommen würden. Schlagartig begriff er, dass es Behringer genau darum ging. Klar, diesen Schritt zu gehen, war nur folgerichtig. Er blickte in die kühlen Augen seines Gegenübers – und damit waren auch die letzten Zweifel über dessen Absichten verflogen.

„Dann wissen Sie doch, wie kostbar Stammzellen sind und dass es leider noch immer viel zu wenig davon gibt“, fuhr Behringer ungerührt fort. „Sicherlich muss ich Ihnen nicht erklären, welch erstklassige Gelegenheit dies wäre, den Bestand etwas aufzustocken.“

„Schon, ja, ja.“ Marcels Gesichtsfarbe wechselte von hochrot zu kalkweiß. Er kam sich vor wie ein dummer kleiner Junge und er hasste es, so vorgeführt zu werden. Marcel geriet ins Stottern. „Aber … Also …“

Behringer unterbrach ihn mit einer ungeduldigen Handbewegung. „Ich kenne eine Menge Labore, die sich darum reißen und eine beachtliche Summe dafür auf den Tisch blättern würden. Und da die Abtreibung dieses Fötus nirgendwo registriert wird, wäre er eine ideale Quelle, die sich ohne jede Einschränkung und ohne unnötigen Papierkram nutzen ließe – für uns Wissenschaftler und Forscher ein geradezu paradiesischer Umstand.“

Natürlich, der Mann hatte Recht. Wieso war er nicht selbst darauf gekommen? Trotzdem blieb da ein unschönes Gefühl in seiner Magengegend. Eigentlich war Marcel nicht zimperlich und moralische Bedenken lagen ihm in der Regel fern. Doch dieser Fötus war auch ein Teil von ihm und trug seine Erbinformationen in sich. Die Vorstellung, dass damit experimentiert wurde, gefiel ihm nicht. Und natürlich durfte Sabine auf keinen Fall irgendeinen Verdacht schöpfen, sonst machte sie ihm die Hölle heiß. Marcel zögerte. „Das käme nur in Frage, wenn ich erfahre, was mit den Stammzellen geschieht und wo sie eingesetzt werden – dann vielleicht. Ja, unter diesen Umständen könnte ich mir eventuell vorstellen, der Sache zuzustimmen." Das ungute Gefühl blieb, doch es kam noch ein anderes hinzu – freudige Erregung.

„Denken Sie in Ruhe darüber nach." Behringer presste seine Fingerspitzen gegeneinander und betrachtete sie nachdenklich. Ihm war keinerlei Anspannung anzumerken. „Wie Sie wissen, sind der Forschung in Deutschland durch Gesetze enge Grenzen gesetzt. In den USA ist das ganz anders. Deshalb sind uns die Wissenschaftler dort um einige Schritte voraus, und wir müssen sehen, dass wir nicht den Anschluss verlieren. Und schließlich sind wir Menschen doch alle nur eine Ansammlung von Zellen, die Summe unserer Gene. Alles andere ist meiner Meinung nach sentimentaler Unsinn." Neugierig musterte er sein Gegenüber. „Oder wie sehen Sie das, Herr Borchert?"

Marcel konnte sich einer gewissen Faszination der Worte des Mannes nicht entziehen. Es war konsequent gedacht. Nur dann, wenn man sich von all den anerzogenen und in der Gesellschaft üblichen Hemmungen befreite, war es möglich, große und wirklich bahnbrechende Fortschritte zu machen. Und zwar in einem Maße, das Marcel erst jetzt begann, klar zu werden. Manipulationen ungeahnter Größenordnung wären denkbar und Ärzte würden die Bezeichnung ‚Götter in Weiß' zu Recht tragen.

Er bat sich eine gewisse Bedenkzeit aus und machte einen Spaziergang durch einen nahe gelegenen Park. Als er schließlich zu Behringers Praxis zurückkehrte, spürte er ein Kribbeln auf seiner Haut. Ja, er war bereit, endgültig alle Bedenken, die ihm noch geblieben waren, über Bord zu werfen.

Entschlossen hielt er Behringer die Hand hin. „Gut. Ich glaube, wir werden uns einig."

Ohne zu zögern, schlug der Gynäkologe ein.

Schon in zwei Tagen sollte die Abtreibung stattfinden. Marcel rief Sabine noch aus der Praxis von Martin Behringer an, um ihr die gute Nachricht mitzuteilen.

„Sabine Petersen", meldete sie sich bereits nach dem ersten Klingeln des Telefons. „Hi, ich bin's. Marcel. Es geht alles klar. Übermorgen um achtzehn Uhr kannst du in die Praxis von Dr. Martin Behringer kommen." Er nannte ihr die Adresse. „Alles läuft diskret und unauffällig ab, mach dir keine Sorgen. Für den Arzt ist das ein Routineeingriff." Er hielt inne, lauschte, ob Sabine etwas dazu sagen wollte, doch sie schwieg. „Allerdings musst du dir bis dahin eine Bescheinigung besorgen, in der steht, dass du dich hast beraten lassen – natürlich ohne irgendwo wirklich hingegangen zu sein. Das müsste doch funktionieren, oder?“

„Ja, klar.“ Sabines Stimme klang leise. „Muss ich sonst noch irgendwas machen?“

„Nein, ich habe alles geregelt. Ach ja, eine Erklärung wirst du dort unterschreiben müssen, dass du mit allem einverstanden bist. Das ist schon in Ordnung, ich habe das abgecheckt. Fang dort bloß keine Diskussionen an.“ Er holte tief Luft. „Du wirst es dir doch nicht noch anders überlegen, oder?“

„Nein, keine Sorge.“ Sabine biss sich auf die Lippen. Schon wieder, wie so oft in den letzten Tagen, musste sie gegen die aufsteigenden Tränen ankämpfen. „Du glaubst gar nicht, wie gern ich diesen Eingriff schon hinter mir hätte“, brachte sie mühsam hervor.

„Du hast es ja bald überstanden.“ Marcel merkte nichts von ihren Qualen. „Wenn du aus der Narkose erwachst, ist alles wieder gut, und du kannst anfangen, das ganze Debakel zu vergessen – so, wie ich es auch tun werde“, fügte er hinzu. „Also, bis dann.“ Eine Kleinigkeit gab es da allerdings noch, die er ihr mitteilen musste, und er hoffte, sie hatte nichts dagegen. „Ich werde übrigens übermorgen auch in der Praxis sein, wundere dich nicht. Ich will nur sichergehen, dass alles gut läuft.“

„Danke.“ Sabine legte auf.

Marcel hatte nicht den Eindruck, dass sie sich wunderte, ihn bei Behringer zu treffen. Wahrscheinlich hielt sie es sogar für eine nette Geste, ein Zeichen seines Verantwortungsbewusstseins. ... Ein listiges Lächeln huschte über sein Gesicht.

Schon seit einer ganzen Weile lief Marcel unruhig in seinem geräumigen Arbeitszimmer auf und ab. Er war von Dr. Behringer aus direkt in die Villa zurückgekehrt. Immer wieder blickte er ungeduldig auf das Display seines Handys. Schaffrath hatte ihn heute anrufen und in die Uniklinik bestellen wollen. Dort wartete der neue Auftrag, wieder als Kurier des Nabelschnurbluts, auf ihn. Hoffentlich hatte es keine Probleme bei einem der beiden Kaiserschnitte, die Schaffrath plante, oder gar bei der Entnahme der kostbaren Flüssigkeit gegeben.

Schaffrath war zwar sehr professionell, das hatte Marcel bei den wenigen Einsätzen, die er bisher für ihn gemacht hatte, schon bemerkt. Doch natürlich konnte immer irgendetwas schief gehen – eine kleine Unachtsamkeit, ein dummer Zufall, das reichte schon aus.

Marcel entschloss sich, direkt zur Uniklinik zu fahren, vielleicht konnte er dort etwas in Erfahrung bringen.

Er hatte seinen Wagen gerade erreicht, als sein

Handy klingelte. Schaffrath war am Apparat. Er klang gehetzt. „Leider hat sich der zweite Kaiserschnitt etwas verzögert, es gab kleinere Komplikationen. Deshalb bleibt uns jetzt weniger Zeit als angenommen. Wir haben nur maximal zehn Minuten."

Marcel fragte nicht lange nach. Er beendete die Verbindung, sprang in seinen Wagen und gab Gas.

Er hielt sich erst gar nicht damit auf, einen Parkplatz zu suchen, sondern stoppte direkt vor dem Hintereingang der Klinik. Marcel griff nach der gut abgepolsterten schwarzen Ledertasche, die auf dem Beifahrersitz lag. Für Zwecke wie diese hatte er sie von Schaffrath bekommen.

Marcel stürmte nach drinnen, erreichte das Treppenhaus und nahm mehrere Stufen gleichzeitig. Er kannte sich gut aus in den weitläufigen Gängen, deshalb dauerte es nicht lange, und er hatte sein Ziel erreicht. Treffpunkt war das Büro des Assistenzarztes. Marcel stieß die Tür auf.

Ruckartig drehte sich Schaffrath zu ihm um. „Ein Glück, *Sie* sind es!"

Marcel war beunruhigt. Der Assistenzarzt schien befürchtet zu haben, irgendeinem anderem gegenüberzustehen. Hatte er Marcel etwas verschwiegen, das dieser besser wissen sollte?

Hastig schob Schaffrath die beiden Auffangbeutel mit dem Nabelschnurblut in die Tasche, die Marcel ihm hinhielt. Schweißperlen glitzerten auf seiner Stirn, seine Unterlippe zitterte. Kein Zweifel – der Mann war fix und fertig. Marcel registrierte dies mit einigem Befremden. Doch jetzt war nicht der Zeitpunkt, sich darüber Gedanken zu machen.

„Los, beeilen Sie sich!“ drängte Schaffrath. „Sehen Sie zu, dass Sie mit dem Zeug von hier verschwinden. Bringen Sie es in die Stresemannstraße 145, das Labor heißt ‚Meditec‘. Ihr Ansprechpartner dort ist ein gewisser ‚Herr Müller‘. Natürlich ist das nicht sein wirklicher Name, das brauche ich Ihnen ja wohl nicht ausdrücklich zu sagen.“

„Alles klar.“ Marcel war schon fast durch die Tür. Im Hinausgehen sah er gerade noch, wie der Assistenzarzt mit einem Seufzer auf seinen Schreibtischstuhl sank und sich über die Stirn wischte.

Auf dem Weg nach draußen blickte sich Marcel einige Male um, aber niemand folgte ihm. Trotzdem blieb eine gewisse Beunruhigung. Weshalb hatte Schaffrath solche Angst gehabt? Wahrscheinlich würde er es niemals erfahren, denn ganz sicher weihte ihn der Assistenzarzt nicht ein. Zum ersten Mal bekam Marcel eine Ahnung davon, dass das Geschäft mit dem Blut nicht nur einträglich, sondern auch ausgesprochen gefährlich war. Er würde vorsichtig sein müssen.

Zum Glück lief alles reibungslos. Marcel fand das Labor ohne Probleme und auch die Übergabe ging ohne Schwierigkeiten vonstatten. Marcel war erleichtert. ‚Herr Müller' bezahlte in bar, er brauchte den Umschlag mit den Scheinen nur noch in Empfang zu nehmen und zu zählen – so schätzte er es. Vielleicht hatte er sich durch Schaffraths Nervosität doch ein wenig verrückt machen lassen.

Als Marcel an diesem Tag nach Hause kam, entdeckte er in seinem Briefkasten ein Schreiben von dem Ausbildungsinstitut, in dem er sich für Kurse in Hypnosetherapie angemeldet hatte. Das lag allerdings schon ein Weilchen zurück. Marcel hatte Sabines Angebot, ihm diese Zusatzausbildung zu finanzieren, schon fast vergessen und war nun ziemlich überrascht darüber, dass sie trotz der Trennung offenbar bei ihrem Wort geblieben war.

Wahrscheinlich hatte sie einfach vergessen, den gezahlten Betrag zurückzufordern.

Damals war es ihr letzter verzweifelter Versuch gewesen, sich einen Platz in seinem Herzen zu ergattern, wenn er ihr diesen schon nicht freiwillig einräumte. Zuvor hatte Marcel ein paarmal erwähnt, dass er sich für eine solche Ausbildung interessierte. Durch Handzettel an der Uni hatte er davon erfahren und war gleich Feuer und Flamme gewesen.

Sabine witterte deshalb eine Chance. Dabei war zu diesem Zeitpunkt längst alles verloren gewesen. Je stärker sich Sabine um seine Zuneigung bemüht hatte, umso mehr war er auf Abstand gegangen.

Zum Glück lag der ganze nervtötende Beziehungshickhack ja nun hinter ihm. Allerdings dachte Marcel nicht im Entferntesten daran, deshalb auf diese Zusatzausbildung zu verzichten. Er stand auf der Teilnehmerliste, also waren die Kursgebühren anscheinend beglichen worden.

Marcel trat ans Fenster seines Wohnzimmers und blickte hinaus. Er sandte Sabine eine Kusshand zu – großzügig war sie schon immer gewesen.

Gut gelaunt machte er sich eine Flasche Wein auf. Er schätzte ein gutes Tröpfchen und in dem Keller der Villa lagerte ein recht ansehnlicher Vorrat davon. Marcel goss sich ein Glas ein und ging zu seinem Schreibtisch hinüber. Er setzte sich und begann die Unterlagen, die ihm zugeschickt worden waren, eingehend zu studieren.

Und wieder konnte er sich einer gewissen Faszination nicht entziehen. Die Inhalte des Lernprogramms waren auf wenigen Seiten kurz beschrieben. Die Leute des Instituts empfahlen, sich durch die Lektüre einiger Broschüren auf den Kurs vorzubereiten.

Marcel ließ seinen Blick über die beigefügte Teilnehmerliste gleiten und stutzte. Einen Namen darauf kannte er: Peter Bauer, der Kommilitone, mit dem er erst vor kurzem einen ziemlichen Absturz im ‚Dr. Med.‘ erlebt hatte. Hätte er dem Kerl gar nicht zugetraut, dass er sich für so etwas interessierte. Und es schien nicht das erste Angebot des Instituts zu sein, das Peter wahrnahm, denn sein Name tauchte auch im Begleittext noch einmal auf, zusammen mit einem knappen Statement, wie gut es ihm gefallen hatte.

Marcel überlegte kurz, dann griff er zum Telefonhörer und wählte Peters Nummer.

Es dauerte ein wenig, bis der sich meldete. „Hier Peter, hallo“, ertönte es recht mitgenommen vom anderen Ende der Leitung. Die Stimme klang kratzig und gepresst, als gelänge es ihm kaum, einen Ton hervorzubringen.

„Hallo, altes Haus“, tat Marcel betont fröhlich. Vor anderen – und besonders bei oberflächlichen Bekanntschaften – gab Marcel gern den unverwüstlichen Sonnyboy. Nicht nötig, dass irgendjemand hinter die Fassade blickte. „Du hörst dich aber gar nicht gut an. Bist du krank?“

„Nein, nein, kann man so nicht sagen“, druckste Peter herum. „Das sind noch die Nachwehen eines ziemlich gelungenen Abends und einer heißen Nacht. Na ja, eigentlich hat die Party auch noch den halben Tag gedauert, jedenfalls bin ich erst heute Mittag gegen zwei Uhr in die Federn gekommen.“ Er kicherte. „Hat aber riesigen Spaß gemacht, schade, dass du nicht auch dabei warst. Hätte dir bestimmt gefallen. Die Frauen waren absolut erstklassig, das hat man nicht alle Tage."

Ungeduldig verdrehte Marcel die Augen. Wenn dieser Typ einmal ins Reden kam, dann hörte er so schnell nicht mehr auf. Das machte ihn manchmal zu einer ziemlichen Nervensäge, aber auch zu einer ausgezeichneten Informationsquelle. Marcel wartete, bis Peter eine kurze Atempause einlegte. „Hört sich toll an", beteuerte er eilig und bemühte sich gleich im Anschluss, seiner Stimme einen bedauernden Klang zu geben. „Ich nehme an, unter diesen Umständen hast du keine Lust, mit mir essen zu gehen? Ich würde dich sonst zu ‚Gianni' einladen – du weißt doch, der Italiener bei mir um die Ecke."

Die Antwort kam prompt und fiel genauso aus, wie Marcel es erwartet hatte.

„Oh doch, gern. Ich habe ziemlichen Hunger und außerdem geht es mir bestimmt direkt viel besser, wenn ich etwas Kräftiges im Magen habe. Eine Pizza oder ein ordentliches Steak, das könnte mir schon gefallen", erklärte Peter unbefangen und ohne jeden Anflug von Bescheidenheit. Er feierte die Feste, wie sie fielen.

Marcel ahnte, dass der Abend kostspielig werden könnte. Wenn Peter irgendwo etwas abstauben konnte, dann zögerte er nicht und langte direkt richtig zu. Aber das spielte jetzt keine Rolle. „Okay, dann sagen wir in einer Stunde bei ‚Gianni'."

„Alles klar."

Marcel legte auf. Er war gespannt, was Peter über das Institut ausplauderte. Es konnte nicht schaden, zu wissen, worauf man sich einließ. Marcel war gerne für alle Eventualitäten gewappnet – und das funktionierte nur, wenn man immer ein bisschen mehr wusste als andere.

Als Marcel bei ‚Gianni' ankam, wurde er schon erwartet. Peter las bereits interessiert die Speisekarte. Als Marcel sich zu ihm setzte, blickte er auf. „Hallo, da bist du ja." Er sah noch ein wenig unausgeruht aus, schien sich aber ansonsten recht gut erholt zu haben, denn er sprühte nur so vor Unternehmungsgeist. „Du, Marcel, Bernd hat mich eben angerufen. Er ist später noch im ‚Dr. Med.'. Was hältst du davon, wenn wir nachher kurz dort vorbeischauen?"

Zwar stand Marcel im Moment gar nicht der Sinn danach, doch er bemühte sich, nicht direkt so abweisend zu sein. „Mal schauen, wie ich mich nach dem Abendessen fühle."

Um nicht direkt zu deutlich zu zeigen, weshalb er ihn hierher eingeladen hatte, plauderte Marcel zunächst über dies und das. Er ließ sich Peters letzte Abenteuer ausführlich erzählen und lenkte dann das Gespräch allmählich zu dem eigentlichen Punkt, der ihn interessierte. „Stell dir vor, ab kommender Woche habe ich einen Zusatzkurs belegt. Ist eine ziemlich abgefahrene Sache."

Peter sah ihn mit großen Augen ahnungslos an.

„Kann mir noch gar nicht vorstellen, wozu das gut sein soll", fuhr Marcel fort. „Hypnosetherapie. Kannst du dir darunter etwas vorstellen?"

Peter verschluckte sich beinahe an einem Stück Filetsteak, das er sich gerade in den Mund gesteckt hatte. „Sicher kann ich das. Was für ein Glück, dass du gerade mich danach fragst." Er strahlte über das ganze Gesicht.

„Ach ja? Wieso das denn?" Still grinste Marcel in sich hinein. Anscheinend spielte er das unwissende Unschuldslamm recht gut.

„Na, weil ich auch schon verschiedene Kurse auf dem Gebiet der Hypnose gemacht habe", sprudelten die Worte nur so aus Peter heraus. „Das war super, sag ich dir. Und ich habe mich wieder zu einem angemeldet. Es ist wirklich faszinierend, in wie vielen Bereichen der Medizin Hypnose heute schon angewendet wird." Er lachte unbekümmert. „Als ich zum ersten Mal davon gehört habe, hielt ich das für einen Witz, für den Hokuspokus irgendwelcher Spinner. Aber das ist es nicht." Genüsslich leckte er sich über die Lippen.

Er bemerkte Marcels prüfenden Blick nicht, zu sehr war er damit beschäftigt, die kulinarischen Köstlichkeiten auf seinem Teller zu verspeisen und möglichst keinen Krümel übrig zu lassen.

„Ich habe gehört, gerade für Studenten, die sich besonders für Sportmedizin interessieren, kann es sinnvoll sein, sich mit dieser Methode zu beschäftigen", forschte Marcel weiter.

Peter nickte eifrig. „Genau. Mit Hypnose kannst du beachtliche Leistungssteigerungen bei Sportlern erreichen. – Willst du etwa unter die Cracks gehen und um Medaillen kämpfen?" Er schob sich einen Löffel mit Eis in den Mund.

Marcel selbst hatte nur einen Salat gegessen. Beim Anblick des gesunden Appetits seines Bekannten wurde ihm ganz flau im Magen. Es war ihm ein Rätsel, wie ein einzelner Mensch so viel verdrücken konnte – und dabei schlank und rank blieb. Leider schien Peter während der Nahrungsaufnahme nicht so auskunftsfreudig wie sonst zu sein. Marcel musste noch einmal nachhaken. „Kennst du auch andere Bereiche, in denen diese Therapie angewendet wird? – Ich bin nämlich nicht sicher, ob es sich für mich wirklich lohnt, zu diesem Kurs zu gehen", log er.

Peter schüttelte den Kopf. „Mach das auf jeden Fall. Ich habe es nicht bereut. Es war das ‚Braid-Institut', das ich besucht habe – eine Einrichtung, die nach dem Erfinder des Begriffs der Hypnose benannt worden ist. Und da habe ich erfahren, dass man auf diese Weise zum Beispiel seine Konzentration verbessern kann. Ich habe es ein paarmal probiert und seither fällt es mir tatsächlich leichter, mich auf Prüfungen vorzubereiten." Peter hatte alles aufgegessen, nun begann er unruhig zu werden. Ernste Themen ermüdeten ihn schnell.

Marcel war enttäuscht. Peter hatte ihm bisher nichts Neues erzählt. Es war Marcel nicht gelungen, ihm etwas wirklich Interessantes zu entlocken. Der Einsatzbereich, der ihn am meisten reizte, war noch gar nicht zur Sprache gekommen. Deshalb versuchte er es mit einer letzten Frage. „Ich habe mal gehört, man kann damit auch verdrängte Erinnerungen wieder ins Bewusstsein zurückholen. Stimmt das?"

Peter zuckte die Achseln. „Keine Ahnung. Aber warum sollte das nicht funktionieren?" Vergnügt verzog er das Gesicht zu einer Grimasse. „Nur, wer will das schon? Wenn ich an meine ganzen Exfreundinnen denke, dann bin ich ganz froh, dass sich der Schleier des Vergessens über sie gelegt hat."

Mühsam rang sich Marcel ein Lächeln ab. Peter schien wirklich nur zwei Themen zu haben, die ihn *wirklich* interessierten: Feiern und Frauen. Bestimmt würde Peter auch an diesem Abend wieder im ‚Dr. Med.' rumsitzen und sich sinnlos betrinken. Aus diesem Mann würde niemals ein ernst zu nehmender Mediziner werden. Für alle potenziellen zukünftigen Patienten blieb nur zu hoffen, dass er überhaupt gar nicht erst die Abschlussprüfung bestand, geschweige denn eine Approbation bekam.

Für Marcel stand fest, er würde Peter nicht in die Bar begleiten. Er wollte zu Hause im Internet weiter zum Thema Hypnose recherchieren. Außerdem interessierte er sich für die Lebensläufe der Dozenten des ‚Braid-Instituts'.

Je länger sich Marcel mit dem Thema Hypnosetherapie beschäftigte, desto euphorischer wurde er. Es war sehr interessant, was er im Internet dazu fand. Auf einmal erschien ihm seine Zukunft in einem ganz neuen, aber umso reizvolleren Licht: Er würde kein Schaf in der Herde sein, sondern derjenige, der die Richtung bestimmte. Menschen zu führen, ohne dass sie es merkten, das musste ein atemberaubendes Gefühl sein. Sie würden ihm vertrauen und waren in Wahrheit doch nichts anderes als Marionetten in seinen Händen.

Wenn es ihm gelang, einen schwungvollen Handel mit Stammzellen zu betreiben und gleichzeitig Menschen durch Suggestion dazu zu bringen, seinem Willen zu gehorchen – was konnte das noch übertreffen?

Nur einen Fehler durfte er nicht machen: Er durfte sich selbst nicht schonen. Doch Marcel war zuversichtlich, in dieser Hinsicht nicht sonderlich gefährdet zu sein. Konnte schließlich ein Mensch für das Ziel einer erfolgreichen Karriere mehr in die Waagschale werfen als er? Immerhin hatte er zugestimmt, einen Teil von sich selbst zu geben, sein eigen Fleisch und Blut sozusagen, auch wenn es noch ein Embryo war.

Marcels Herz klopfte und er nahm dies überdeutlich wahr. In ihm pulsierte das Leben. Er spürte es genau – die Welt stand ihm offen. Marcel hielt es nicht länger vor seinem Computer aus. Er stand auf und ging zum Fenster. Eine erwartungsfrohe Unruhe trieb ihn. Er blickte zum Himmel hinauf, wo die Sterne funkelten. Still lächelte er in sich hinein. Auch *sein* Stern würde bald aufgehen.

4. KAPITEL

Voller Zuversicht machte sich Marcel am nächsten Morgen auf den Weg zur Uni. Heute würde er mit den Vorbereitungen für die in naher Zukunft bevorstehende Abschlussprüfung beginnen. Eigentlich war er damit schon ein bisschen spät dran, denn der Stoff war sehr umfangreich und komplex. Bei all seinen sonstigen Pflichten und Geschäften hatte er jedoch noch nicht die Zeit gefunden, sich aufs Lernen zu konzentrieren. Aber nun wollte er sich endlich an die Bücher setzen und in der Unibibliothek gelang ihm dies besser als in der Villa, wo in jeder Ecke eine Ablenkung lauerte.

Heute würde er gut vorankommen, das spürte Marcel. Es war längst überfällig, dass er sein Studentendasein zu Ende brachte, denn eigentlich war er dieser Phase schon lange entwachsen. Ein neuer, aufregender Lebensabschnitt wartete auf ihn, die ersten Vorboten hatten sich ja bereits in sein Leben gedrängt.

Und die Sorgen, die ihn in den letzten Tagen bedrückt hatten, schienen sich auch nach und nach in Wohlgefallen aufzulösen. Sabines ungewollte Schwangerschaft, die zunächst eine einzige Katastrophe zu sein schien, nahm nun doch eine Wendung, der er etwas abgewinnen konnte.

Marcel hatte sich mit Dr. Behringer darauf verständigt, dass er für seine Zustimmung zum Weiterverkauf der Stammzellen genaue Informationen darüber erhalten sollte, was mit den Stammzellen passierte. Außerdem sollte er exklusive Einblicke in die Stammzellenforschung erhalten. Marcel war richtig stolz auf sich. Selbst aus der misslichsten Situation gelang es ihm, etwas Positives zu machen.

In der Bibliothek angekommen, wählte er ein ruhiges Eckchen aus, suchte sich seine Bücher zusammen und begann sie durchzuarbeiten. Schon lange hatte ihm das Lernen nicht mehr so viel Spaß gemacht. Er wurde getragen von einer Welle neu gewonnener Zuversicht.

Sabine sah schlecht aus, als sie in der Praxis von Dr. Behringer eintraf. Dunkle Schatten lagen unter ihren Augen, ihre Lippen waren aufgesprungen. Sie bedachte Marcel nur mit einem kurzen Seitenblick. „Hallo", murmelte sie geistesabwesend. Alles um sie herum kam ihr vollkommen unwirklich vor, die Geräusche waren verzerrt, die Bewegungen der Menschen um sie herum ungewöhnlich abgehackt. Wahrscheinlich lag das an ihren überreizten Nerven.

Die Angst vor dem Eingriff war mit jeder Minute gewachsen. Sabine hatte sich irgendwie über den Tag gerettet, ohne recht sagen zu können, wie ihr dies gelungen war. Doch nun, hier in der Praxis des Gynäkologen, brach alles über ihr zusammen.

Benommen ließ sie sich auf den Stuhl vor dem Schreibtisch des Arztes sinken. Nur undeutlich nahm sie seine Worte wahr, hörte kaum zu, was er ihr sagte. Mit zitternden Fingern schob sie ihm die Bescheinigung des Beratungsgesprächs über den Tisch. Eine Freundin hatte ihr ein bereits abgestempeltes Blanko-Exemplar zugeschickt, nachdem Sabine behauptet hatte, es für Demonstrationszwecke in ihrer Praxis zu brauchen.

Die Freundin hatte nicht lange nachgefragt. Auf die Idee, dass Sabine das Formular selbst brauchte, wäre sie ohnehin nie gekommen.

Sabine war eigentlich über das Alter hinaus, in dem eine Frau gewöhnlich ans Kinderkriegen dachte. Trotzdem oder auch gerade deswegen fiel ihr nun alles unendlich schwer.

Als Behringer ihr ein paar Unterlagen vorlegte und bat, sie zu unterschreiben, tat sie mechanisch, was er von ihr verlangte.

Marcel, der hinter ihr stand, sog hörbar die Luft ein.

Verwundert drehte sie sich zu ihm um. „Sollte ich doch machen, nicht wahr?“ Nur undeutlich registrierte sie, dass er sehr angespannt aussah.

„Ja. Mach dir keine Gedanken“, bekräftigte er eilig. „Alles wird gut.“

Sie spürte seine Hand auf ihrer Schulter und zuckte

zusammen. Seine Nähe verursachte ihr Übelkeit, doch sie brachte keinen Ton heraus.

Dr. Martin Behringer stand auf und machte eine einladende Geste in Richtung seines Behandlungszimmers. „Von meiner Seite aus ist alles klar. Wir können anfangen. Oder haben Sie noch irgendwelche Fragen?“

Stumm schüttelte Sabine den Kopf und folgte ihm ergeben. Dann schloss sich die Tür hinter ihr und dem Gynäkologen.

Marcel fiel ein Stein vom Herzen. Jetzt gab es kein Zurück mehr, die Entscheidung war gefallen.

Wenn Dr. Behringer dem abgetriebenen Fötus die Zellen entnahm, die später in irgendeinem Labor zu embryonalen Keimzellen weiterentwickelt wurden, dann würde er dabei sein. Das hatten sie schließlich so ausgemacht.

Sabine würde von all dem nichts merken. Wenn sie aus der Narkose aufwachte, war längst alles passiert. Marcel würde ihr noch ein Taxi bestellen, das sie nach Hause brachte – und das war’s.

Er selbst wollte in der Praxis bleiben und sich von Behringer detailliert beschreiben lassen, was weiter mit den Zellen geschah und wo sie hingingen.

„Ist es vorbei?“ stieß Sabine hervor, sobald sie die Augen aufschlug. Ihr Unterleib schmerzte, und sie fühlte sich leer und taub. Als Marcel merkte, dass sie wach war, stand er sofort neben ihr. „Ja, es ist vorbei. Es ist alles reibungslos verlaufen."

Sabine wollte aufstehen, doch sofort sank sie wieder auf ihre Liege zurück. Ihr Kreislauf war noch nicht wieder stabil und der Boden unter ihren Füßen schien sich zu drehen. Es dauerte etwa eine halbe Stunde, bis es ihr besser ging – und dann wollte sie nur noch weg –, weg aus der Praxis und weg von Marcel.

„Ich werde dir ein Taxi rufen", erklärte Marcel. „Du kannst unmöglich selbst fahren. Und ich kann leider noch nicht weg."

„Mach dir meinetwegen keine Umstände. Ich komme schon klar." Kalt sah sie ihn an. Was hatte sie an diesem Mann nur jemals gefunden? Und was würde sie nicht alles darum geben, diesen unglückseligen Tag für immer aus ihrem Gedächtnis streichen zu können. Aber sie ahnte, dass ihr dies niemals gelingen würde.

Auch Marcel war erleichtert, als alles vorüber war. Er war erstaunt, wie wenig ihm das alles ausgemacht hatte. Wie ein unbeteiligter Zuschauer hatte er sich gefühlt.

Weil er noch keine Lust hatte, nach Hause zu fahren, entschloss er sich spontan, Werner Schaffrath einen Besuch abzustatten. Er wollte versuchen herauszufinden, weshalb Schaffrath beim letzten Mal beinahe die Nerven verloren hatte.

Er schaute auf seine Uhr und stellte fest, dass er den Assistenzarzt jetzt noch bei seiner Unisprechstunde antreffen würde. Marcel war auf dessen überraschten Gesichtsausdruck gespannt, wenn er plötzlich vor ihm stand.

Auf den Straßen der Stadt war nicht viel los, und so erreichte Marcel die Uniklinik recht bald. Weil niemand vor dem Sprechzimmer des Assistenzarztes wartete, klopfte er nur kurz an und trat dann ein.

Überrascht schaute Schaffrath von ein paar Unterlagen auf, die er gerade durchgesehen hatte. „Was machen Sie denn hier?“ Seine Augen weiteten sich in unübersehbarem Schrecken – doch da war noch etwas, Marcel entging das nicht. Ja, es gab keinen Zweifel, kaum verhohlener Zorn zuckte darin.

„Ach, nichts Besonderes“, tat Marcel betont harmlos. Er griff in die Innentasche seines Mantels und blätterte dem verdutzten Schaffrath dessen Anteil für den letzten Deal mit dem Nabelschnurblut auf den Tisch. „Ich wollte nur etwas vorbeibringen, das Ihnen gehört.“ Er grinste schief. „Ich bin bar ausgezahlt worden, nicht schlecht, oder?“

Schaffrath raffte das Geld an sich und steckte es in eine Schublade in seinem Schreibtisch. „Was fällt Ihnen ein, hier einfach aufzutauchen?“ fuhr er ihn aufgebracht an. Vor Empörung lief sein Gesicht puterrot an. „Wir haben feste Vereinbarungen. Und dazu gehört, dass *ich*

Sie anrufe, wenn ich Sie brauche. Auch den Zeitpunkt von Geldübergaben bestimme *ich. Sie* hingegen haben sich von mir fern zu halten – und zwar unter *allen* Umständen. Ich dachte, das hätten Sie begriffen!" Krachend ließ er seine zur Faust geballte Hand auf den Tisch krachen. „Wenn Sie mit mir in engeren Zusammenhang gebracht werden, dann sind Sie nicht mehr einsetzbar. Sie bringen uns alle in Gefahr, ist Ihnen das eigentlich klar?"

Da war sie wieder – blanke Panik schien den Mann im Griff zu haben. Marcel registrierte dies deutlich. Wovor – oder vor wem hatte dieser Mann solche Angst? Gab es jemanden, der ihm auf der Spur war – oder hatten seine Geschäfte inzwischen ein solches Ausmaß angenommen, dass sie ihm allmählich zu entgleiten drohten?

Dann konnte er einen weiteren Mann im Team, einen, der kühlen Kopf bewahrte, nur allzu gut gebrauchen. Mit anderen Worten: ihn, Marcel Borchert. Selbstbewusst baute er sich vor Schaffrath auf. „Ich denke nicht, dass Sie das ganz allein entscheiden. Ich habe da wohl auch ein Wörtchen mitzureden."

Schaffrath lachte höhnisch. Er stand auf, stützte sich mit beiden Händen auf den Tisch und beugte sich provozierend zu Marcel vor. „Gar nichts haben Sie! Oder soll ich Sie erst daran erinnern, was ich gegen Sie in der Hand habe? Jederzeit kann ich das publik machen – und dann ist es vorbei mit dem leicht verdienten Geld aus Ihrem Stipendium."

„Ich an Ihrer Stelle würde nicht versuchen, mir zu drohen. Schließlich haben Sie selbst auch eine Menge Dreck am Stecken." Marcel grinste schief. „Da fällt mir übrigens ein, ich habe neulich zufällig Teile eines Telefongesprächs mit angehört, das Sie mit Übersee geführt haben. Dabei ging es um noch nicht für den Handel zugelassene Hormonprodukte." Er sah, wie sich Schaffraths Gesichtsausdruck veränderte, seine Züge erstarrten. „Die Pharmaindustrie in den USA ist äußerst mächtig", fuhr er ungerührt fort. „Haben Sie da etwa auch die Finger im Spiel?"

„Das geht Sie gar nichts an", stieß der Assistenzarzt mühsam hervor, sichtlich um Fassung ringend.

Es war nur ein Schuss ins Blaue gewesen, doch offensichtlich hatte Marcel einen Punkt getroffen, an dem Schaffrath empfindlich war. Neugierig hakte Marcel nach. „Kann mir vorstellen, dass sich mit Hormonprodukten auch eine Menge Geld verdienen lässt." Marcel registrierte, dass sich Schaffrath kaum noch auf den Beinen halten konnte. Sie schienen unter ihm wegknicken zu wollen.

„Ich weiß nicht, was Sie das angeht", brauste Schaffrath mit der letzten Kraft, die ihm geblieben war, noch auf.

„Gar nichts." Marcel lächelte kühl. Er wusste,

dass er dem Assistenzarzt gerade eine entscheidende Niederlage beigebracht hatte. Schaffrath war angeschlagen, von diesem Treffer würde er sich so leicht nicht mehr erholen. Zwischen ihnen mussten die Karten neu gemischt werden, die Machtverhältnisse hatten sich geändert. Spöttisch zog Marcel eine Augenbraue in die Höhe. „Keine Sorge, ich will Ihnen nicht ins Handwerk pfuschen." Er ließ Schaffrath nicht aus den Augen. „Aber ich könnte mir vorstellen, dass Sie mir vielleicht den einen oder anderen Kontakt zur amerikanischen Pharmaindustrie vermitteln könnten."

„Warum sollte ich das wohl tun?" fragte Schaffrath misstrauisch. Er ahnte bereits, wenig dagegen unternehmen zu können, wenn Marcel es wirklich darauf anlegte.

„Nun, natürlich erwarte ich nicht, dass Sie das umsonst machen. Ich wäre bereit, bei meinem nächsten Auftrag für Sie einmalig auf die Bezahlung zu verzichten." Die Idee war ihm gerade gekommen und sie gefiel ihm.

Schaffrath dachte nach. Diese Forderung erschien ihm nicht zu hoch gegriffen. Im Gegenteil, er hatte ganz anderes befürchtet. „Na ja, es wird nicht gerade leichter für mich, die Dinge in der Uniklinik geheim zu halten, wenn alles an mir allein hängt. Vielleicht ist das gar keine so schlechte Idee." Nachdenklich wiegte er den Kopf hin und her. „Sie könnten statt meiner das nächste Mal das Blut beschaffen. Ich werde nämlich übermorgen für einige Zeit in die USA fliegen. Ich kann noch nicht genau sagen, wann ich wieder zurück sein werde, doch es dürfte ein Weilchen dauern. Und in wenigen Tagen ist eigentlich eine Lieferung hier in der Stadt fällig – an ein anderes Labor als das, was Sie schon kennen. Ich werde sehen, ob ich ein paar Leute in Amerika ansprechen kann. Aber ich kann das nicht übers Knie brechen, so etwas braucht viel Umsicht." Müde fuhr er sich übers Gesicht. „Vielleicht ist man bereit, Ihnen ein paar Produkte zur Verfügung zu stellen, wenn Sie zusichern, sie hier in Deutschland auszuprobieren. Aber versprechen kann ich nichts."

Das war weit mehr, als Marcel zu hoffen gewagt hatte. Er hütete sich jedoch, es sich anmerken zu lassen. Stattdessen nickte er nur. „In Ordnung."

Sie verabredeten, zu telefonieren, sobald der Name der Frau feststand, bei der das Nabelschnurblut aufgefangen werden sollte. Es musste noch eine ganze Menge organisiert werden. Diese Aufgabe lag weiterhin in Schaffraths Händen, denn er war derjenige mit den notwendigen Kontakten. Auch aus den USA würde er die Fäden ziehen und der Hauptansprechpartner sein, darauf bestand er.

Und Marcel dachte gar nicht daran, ihm diesen Anspruch streitig zu machen. Schaffrath konnte ihm

mit seiner Erfahrung noch sehr nützlich sein – vorerst jedenfalls.
Beschwingt kehrte Marcel an diesem Abend im ‚Dr. Med.' ein und beschloss, diesen Abend völlig unbeschwert zu verbringen. Es kam ihm vor, als läge sein letzter feuchtfröhlicher Abend schon eine halbe Ewigkeit zurück. Vieles war in der Zwischenzeit geschehen. Heute jedoch sollte die Zurückhaltung ein Ende haben – wenigstens für eine Nacht.

Er würde nicht darauf achten, was er trank und wie lange er blieb. Genießen und fröhlich sein, an nichts denken und einfach im Hier und Jetzt sein, diesen Luxus wollte er sich gönnen. Eigentlich stand am kommenden Vormittag zwar wieder mal die Arbeit im Forschungslabor an, aber sein Stipendium begann ihn zunehmend zu langweilen. Im Vergleich zu dem, was er inzwischen sonst kennen gelernt hatte, waren die braven, konventionellen Untersuchungen dort geradezu lächerlich. Er würde einen Tag blaumachen – davon ging die Welt nicht unter.

Zunächst war Marcel der einzige Gast, aber das störte ihn nicht im Geringsten. Er setzte sich an die Theke und plauderte mit Bob, dem Barkeeper. Es kam nicht oft vor, dass sie dazu Zeit hatten, obwohl sie sich schon seit einer halben Ewigkeit kannten. Marcel kam hierher, seit er vor fast fünf Jahren mit dem Studium begonnen hatte. Bob stellte ihm seinen Lieblingsdrink, einen Martini, hin, und sie redeten über ein paar belanglose Dinge.

Allerdings blieb es im ‚Dr. Med.' nicht lange ruhig. Die Bar füllte sich zusehends und Bob bekam allerhand zu tun. Es wunderte Marcel nicht besonders, als auch Peter und Bernd schon bald hereinschneiten. Die beiden waren blendender Laune – und wie meist in Begleitung von ein paar ausgesprochen gut aussehenden Frauen.

Marcel gesellte sich zu ihnen. Er hätte nichts gegen einen kleinen Flirt gehabt, doch die Bekannten seiner beiden Kommilitonen waren nicht sein Fall – viel zu jung. Um für ihn interessant zu sein, musste eine Frau eine gewisse Reife haben, selbstständig und vor allen Dingen finanziell unabhängig sein. Kleine hübsche Mädchen mit glatten Gesichtern ließen ihn kalt.

Schon bald suchte er sich andere Gesellschaft aus. Marcel war gelöst wie schon lange nicht mehr. Draußen dämmerte bereits der neue Tag herauf, als er den Club verließ und sich ein Taxi heranwinkte, das ihn nach Hause bringen sollte.

Trotz der langen Nacht, die ihm noch in den Knochen steckte, stand er schon recht früh wieder auf. Weil er ohnehin nach dem Alkoholgenuss der letzten Nacht keinen Bissen herunterbekam, verzichtete er auf ein Frühstück. Er trank ein Glas Wasser, um sich etwas frischer zu fühlen, dann ging es los.

Zum Labor würde er definitiv nicht fahren, dafür aber dem Institut einen Besuch abstatten, in dem am kommenden Wochenende das Seminar in Hypnosetherapie stattfinden sollte. Und natürlich wollte er sich dort nicht nur die Räumlichkeiten ansehen, sondern auch versuchen, mit dem Kursleiter ein Vorgespräch zu führen. Dem Internet hatte er entnommen, dass der Mann Spezialist für alle Arten von Suggestion war.

Das ehemalige Herrenhaus lag in einem Park, umgeben von wunderschönen alten Bäumen. Zumindest das Ambiente sagte ihm schon einmal zu. Eingehend betrachtete Marcel die Aushänge und steckte sich ein paar Informationszettel ein.

Es dauerte nicht lange, und er wurde angesprochen. Marcel erkannte den Mann, der vor ihm stand, sofort, denn er hatte sein Bild bereits im Internet gesehen. Es war sein zukünftiger Kursleiter – dies musste eine wohlwollende Fügung des Schicksals sein.

„Entschuldigen Sie, kann ich Ihnen irgendwie weiterhelfen?“ fragte der Mann freundlich. „Mein Name ist Dr. Bormeier. Ich bin der Chef dieses Instituts.“

„Guten Tag. Marcel Borchert.“ Er streckte ihm seine Hand hin, die der Arzt sofort ergriff. „Ja, vielleicht können Sie wirklich etwas für mich tun, das wäre sehr schön.“ Marcel wusste nicht recht, wie er Bormeier einordnen sollte. Der Mann war etwa zehn Jahre älter als er selbst. Marcel schätzte ihn auf um die vierzig. Trotz seiner ausgesuchten Höflichkeit wirkte er verschlossen und sehr distanziert. Marcel nahm sich in Acht, denn eine innere Stimme sagte ihm, dieser Mann war nicht zu unterschätzen. „Ich bin für das kommende Seminar angemeldet“, begann er zögernd. „Und da wollte ich mich schon mal umschauen.“ Er sah ein, dass dies allein als Grund nicht sonderlich überzeugend klang. „Hypnose scheint mir immer noch eine sehr ungewöhnliche Behandlungsmethode zu sein“, fügte er deshalb mit einem entschuldigenden Lächeln hinzu.

Bormeier wirkte amüsiert. „Da sind Sie nicht der Einzige, der das so sieht, leider, wenn Sie mich fragen.“ Seine Stimme wurde wieder sachlich. „Das ist eigentlich unverständlich, denn tatsächlich ist Hypnose seit Urzeiten bekannt. Schon im antiken Griechenland wurde sie erfolgreich eingesetzt – und zwar bereits 2000 vor Christus.“

Marcel war ehrlich beeindruckt. „Wäre es möglich ...“ Er wusste nicht recht, wie er sein Anliegen am besten formulieren sollte, dieser Bormeier schüchterte ihn auf eine Weise ein, die er sich selbst nicht erklären konnte. „Könnte ich vielleicht ...“ Er versuchte es anders. „Sie führen hier doch auch Hypnosen durch. Da dachte ich, es gäbe eventuell die Möglichkeit, bei einer solchen Sitzung als Zuschauer dabei zu sein. – Ich will natürlich nicht stören“, fügte er eilig hinzu. „Deshalb würde ich mich im Hintergrund halten, das ist selbstverständlich."

Bormeier dachte nach. So etwas war in seinem Hause eigentlich nicht üblich. Auf der anderen Seite zeugte Marcels Anliegen von echtem Interesse für die Sache. „Nun ja, wenn Sie wollten, können Sie gerne an einer kostenfreien Schnupperstunde teilnehmen. Ich biete so etwas für Unentschlossene an. Sie erhalten dann einen Überblick über das, was mit Hypnose möglich ist, wie sie funktioniert und wo ihre Grenzen liegen."

Bormann machte eine einladende Geste in Richtung einer Tür am Ende des Flures. „Im Moment habe ich etwas Zeit. Wenn Sie Lust haben, erzähle ich Ihnen gerne jetzt schon mal ein bisschen über diese spezielle Therapieform, die wir hier anwenden und lehren."

Marcel war sofort einverstanden. Bormeier wirkte sehr souverän, das beeindruckte ihn.

Das Büro, das sie wenig später betraten, war ganz in Weiß gehalten. Wände und Möbel sahen rein und unschuldig aus wie das neue Leben. Bilder oder Pflanzen gab es nicht. Marcel fand diese Art der Raumgestaltung äußerst gewöhnungsbedürftig und nicht gerade geschmackvoll, hütete sich jedoch, sich irgendetwas anmerken zu lassen. Er tat, als sei ein solches Ambiente für ihn das Normalste von der Welt.

Bormeier bot ihm einen Platz in der Sitzecke an.

Die Sessel dort waren aus edlem Leder und hatten Form und Aussehen von Sitzsäcken.

Marcel ließ sich auf einem dieser Ungetüme nieder und seufzte still in sich hinein. Besonders viel Wert auf Bequemlichkeit schien man hier nicht zu legen, aber das war zweitrangig.

Bormeier gesellte sich zu ihm. „Mir ist es wichtig, dass die Gedanken meines Gegenübers durch nichts abgelenkt werden. Deshalb verzichte ich in meinem Büro auf überflüssigen Schnickschnack und bevorzuge die Farbe Weiß“, erklärte er unaufgefordert.

Da Marcel schwieg, redete Bormeier weiter. „Ich nehme an, Sie wissen bereits, dass Hypnose auf vielen Gebieten Anwendung findet. Die Therapie kann Schmerzen mindern, Stress abschirmen und von Ängsten, Süchten und Abhängigkeiten befreien, was zu besseren Leistungen und mehr Selbstbewusstsein führt. Das ist noch längst nicht alles, aber es sind die häufigsten Anwendungsgebiete, in denen wir zum Einsatz kommen.“ Er hielt inne und sah Marcel fragend an. „War das zu viel auf einmal?“

„Nein, nein“, versicherte Marcel prompt. „Ich habe mich schon ein wenig im Internet schlau gemacht.“

„Ganz wichtig ist es, dass Sie im Rahmen des Kurses erkennen, wie mächtig Worte sind. Sie werden lernen, sie bewusst und zielgenau einzusetzen. Aber auch über den Klang der Stimme lässt sich viel erreichen.

Im Wesentlichen geht es immer darum, Barrieren niederzureißen, die tief in uns verwurzelt sind, von deren Existenz wir vielleicht gar nichts ahnen. Jeder Mensch hat so etwas in sich."

Unmerklich zuckte Marcel zusammen. Ahnte dieser Mann etwas von der Vergangenheit, die er so gerne hinter sich lassen wollte? Das war doch nicht möglich! Er riss sich zusammen. „Sehr interessant", brachte er mühsam hervor. Er hoffte, dass Bohrmeier das kurze Flackern in seinen Augen nicht bemerkt hatte. Er war froh, als der Arzt auf die große Uhr an der Wand blickte.

„Tut mir Leid, aber nun wartet noch eine Menge Papierkram auf mich", stellte Bormeier bedauernd fest. „Denken Sie über die Schnupperstunde nach. Das Angebot steht."

„Das werde ich tun. Vielen Dank." Marcel war hin und her gerissen. Es faszinierte ihn, was er gehört hatte, zugleich erschien es ihm jedoch auch etwas unheimlich. Was würde da auf ihn zukommen? Marcel wollte sich seine Entscheidung gut überlegen.

Die Neugierde hatte schließlich gesiegt. Schon wenige Tage nach seinem Gespräch mit Bormeier war Marcel wieder im Herrenhaus. Es war Mittag und es fanden keine regulären Seminare statt, sondern nur die von Bormeier vorgeschlagene Schnupperstunde.

In der Eingangshalle des Herrenhauses standen einige Leute herum, sie alle wollten die Chance nutzen und sich ein Bild davon machen, ob die Hypnosetherapie etwas war, das sie selbst erlernen wollten.

Marcel war froh, dass er nicht der Einzige war. So würde nicht alle Aufmerksamkeit auf ihn gerichtet sein.

Bormeier trat aus seinem Büro und begrüßte die Leute. Als er Marcel sah, winkte er ihm kurz zu, sprach aber weiter. Als er geendet hatte, forderte er alle Teilnehmer auf, ihm in den Übungsraum zu folgen.

Zunächst wurden ihnen Filme gezeigt, in denen Menschen berichteten, die durch die Hypnosetherapie ein Problem in den Griff bekommen hatten. Es waren die unterschiedlichsten Ängste, Sorgen, Süchte oder Marotten, die sie besiegt hatten.

Danach erklärte Bormeier seinen potenziellen Schülern, wie groß die Macht der Stimme bei dieser Behandlungsform war. Per Knopfdruck rief er über die Gegensprechanlage einen Assistenten herein. Der Mann legte sich auf eine weiße Liege, die mitten im Raum stand.

Alle drängten sich dicht darum herum. Niemand wollte sich etwas entgehen lassen. Auch Marcel schob sich ganz weit nach vorn in die erste Reihe.

Der Assistent streckte sich auf der Liege aus und schloss die Augen.

Bormeier redete mit sanfter Stimme auf den Mann

ein, in einem immer gleich bleibenden Singsang. „Schließen Sie die Augen und entspannen Sie sich. Denken Sie an gar nichts." Er machte eine kurze Pause. „Sie sind ganz ruhig und werden noch ruhiger. Sie fallen in einen tiefen, tiefen Schlaf, so lange, bis ich Sie wieder daraus aufwecken werde."

Er warf seinem Assistenten einen kurzen prüfenden Blick zu und war zufrieden. Der Mann befand sich bereits in Trance. Es gab Menschen, bei denen es leichter war, sie in diesen Zustand zu bringen, und solche, bei denen es schwieriger war.

Marcel nahm alles, was geschah, beinahe überdeutlich wahr. Irritiert stellte er fest, dass er vor lauter Aufregung feuchte Hände bekommen hatte.

Bormeier machte weiter. „Sie fühlen sich wohl und brauchen nichts weiter zum Glücklichsein."

Tatsächlich trat nun ein seliges Lächeln auf die Züge des Mannes.

Marcel konnte es kaum glauben.

Das Ganze dauerte etwa zwanzig Minuten.

„Nun kommen Sie bitte wieder zurück und werden wach", forderte Bormeier schließlich mit ruhiger Stimme. Er schnippte mit den Fingern, und auf dieses Zeichen hin schlug sein Assistent die Augen schon wieder auf.

Fassungslos starrte Marcel den Mann an, der von der Liege stieg, als sei nichts gewesen.

Bormeier nahm das fassungslose Staunen seiner Zuschauer belustigt zur Kenntnis. Er hatte solch eine Reaktion schon häufig erlebt. Seine Stimme klang wieder ganz normal, hatte den gewohnten Tonfall angenommen. „Während der Hypnose verliert der Patient jedes Zeitgefühl. Er hört alles, was ich ihm sage, und es wird in seinem Unterbewusstsein gespeichert. Die Aufmerksamkeit des Patienten ist ganz nach innen gerichtet. Durch die ständige Wiederholung bestimmter Sätze und Inhalte wird er nach und nach sozusagen umprogrammiert. So ist es möglich, negative Gewohnheiten mittels Suggestion einfach durch neue, positive zu ersetzen.“ Er blickte in die Runde. „Was Sie heute hier erlebt haben, ist nur ein Bruchteil dessen, was mit Hypnose möglich ist. Außerdem gibt es eine Vielzahl an Techniken und Vorgehensweisen, je nachdem, welches Problem man behandeln will. Sie sehen, es lohnt sich, das Seminar zu besuchen. Auch danach werden Sie noch viele Fragen haben, aber das Grundprinzip wird Ihnen klarer sein.“ Er räusperte sich. „Vielen Dank, dass Sie hergekommen sind. Und vielleicht bis bald!“

Marcel wartete, bis alle anderen gegangen waren, dann trat er auf Bormeier zu. „Ich bin Ihnen zu großem Dank verpflichtet, dass Sie mich zu dieser Schnupperstunde eingeladen haben. Nun bin ich hundertprozentig sicher, dass ich an dem Seminar teilnehmen werde. Die Chance, etwas so Spannendes zu lernen, werde ich mir nicht entgehen lassen."

„Es freut mich, wenn ich Ihnen habe helfen können, eine Entscheidung zu treffen."

Marcel nickte und verabschiedete sich dann. Als er das Herrenhaus verließ, war er sehr nachdenklich geworden. Er schlenderte noch ein wenig durch den Park, um das Erlebte zu verarbeiten. Diese Schnupperstunde hatte bei ihm eine Saite zum Klingen gebracht, deren Nachhall er noch immer spürte. War der Mensch lediglich das Ergebnis der Beeinflussungen – bewusster und unbewusster –, die er zuließ? Existierte eine Grenze, über die hinaus Manipulation einfach nicht möglich war? Es gab so vieles, was er gerne gewusst hätte.

Und da war noch eine Sache, über die er unbedingt mehr erfahren wollte. Bormeier hatte es in einem Nebensatz erwähnt und Marcel hatte auch im Internet darüber gelesen. Gab es wirklich eine Hypnosetherapie, mit der man Erinnerungen, die einen quälten, verarbeiten konnte? Natürlich waren Marcel sofort seine Albträume eingefallen. Er schauderte. Das letzte Mal war es wieder besonders schlimm gewesen …

Vielleicht hatte er gerade einen Weg gefunden, all die Dinge, die sich nachts in beängstigenden Bildern in seine Träume schlichen, hinter sich zu lassen. Er wagte kaum darauf zu hoffen, aber immerhin, die Chance bestand. Seine Schuldgefühle hatte Marcel immer als die gerechte Strafe für sein Versagen gegenüber dem Leiden seiner Schwester angesehen, eine Buße, mit der er lernen musste zu leben. Nun kam ihm zum ersten Mal in seinem Leben der Gedanke, der Schrecken könne ein Ende finden. Das Bild seiner Schwester Sandy wollte er immer in seinem Herzen bewahren, aber den Rest ...

Marcel konnte nicht sagen, wie lange er so in Gedanken versunken in dem Park herumgelaufen war, aber es musste eine ganze Weile gewesen sein, denn er begann zu frieren. Er warf einen Blick auf seine Armbanduhr und stellte überrascht fest, dass es Nachmittag geworden war.

Er kehrte zu seinem Auto zurück und fuhr zu ‚Gianni', denn sein Magen knurrte gewaltig. Kein Wunder, denn er hatte schließlich den ganzen Tag noch nichts gegessen. Wenn er dort eine kleine Stärkung zu sich genommen hatte, würde er darüber nachdenken, ob er es wagen sollte, sich selbst einmal hypnotisieren zu lassen.

5. KAPITEL

Marcel weinte bitterlich. Tränen liefen ihm in Strömen übers Gesicht. Die Arme hatte er wie zum Schutz um die Brust geschlungen. Mit kindlicher Stimme rief er immer wieder einen Namen. „Sandy, wo bist du? Ich brauche dich doch! Nein, nein, bitte lass mich nicht allein!“ Seine Hände lösten sich vom Körper, griffen ins Leere. Unruhig wälzte er sich auf der Liege hin und her. Dann begann er in die Luft zu schlagen, als kämpfe er gegen einen unsichtbaren Feind.

Er ahnte nicht, dass dies alles von einer Videokamera aufgenommen wurde, die ihr unerbittliches Auge auf ihn gerichtet hielt.

Er durchlitt die schlimmsten Momente seines Lebens aufs Neue, schrie seine Wut und Trauer und Angst hinaus. Von ganzem Herzen wünschte er, die Bilder würden verblassen, die durch seinen Kopf wirbelten, all die vielen Eindrücke, Erinnerungen, Gedanken, die er nicht ordnen und beruhigen konnte. Er empfand nichts als Schmerz und war nicht in der Lage, ihn mit der Kraft seines Verstandes zu besänftigen.

Marcel erinnerte sich an Dinge, die so gründlich in den Tiefen seines Unterbewusstseins verschüttet gewesen waren, dass sie bisher selbst zu seinen nächtlichen Albträumen keinen Zugang gefunden hatten.

Da war seine Mutter, die lautstark mit einem fremden Mann stritt, bis dieser ausholte und ihr eine Ohrfeige verpasste. Ein weiteres Mal sah er seine Mutter mit einem anderen fremden Kerl auf dem Sofa und als er zu ihr lief, begann sie lallend mit ihm zu schimpfen. Dann war da Sandy mit schmerzverzerrtem Gesicht. Sie wand sich, gepeinigt von einem weiteren Schub ihrer Krankheit. Und dann er selbst, ein kleiner Junge, der hilflos nach der Hand seiner Schwester griff und feststellte, dass sie eiskalt war.

Die Sitzung dauerte nur eine gute Viertelstunde, dann hielt es Prof. Bormeier für angebracht, den Zustand der Hypnose bei Marcel zu beenden. Jede weitere Minute würde ihn überanstrengen.

Marcel wachte auf, fühlte sich aufgewühlt, aber fit. Es kam ihm vor, als läge ein langer, tiefer Schlaf hinter ihm. An nichts konnte er sich entsinnen, weder an etwas, das er gesagt, noch das er getan hatte. Und auch sonst war sein Kopf vollkommen leer. Befremdet stellte er fest, dass er nass geschwitzt war. Mit einem Schwung stand er von der Liege auf, auf der er gelegen hatte.

Auch Bormeier stand auf und gemeinsam gingen sie in einen Nebenraum, in das so genannte Analysecenter. Hier gab es jede Menge Technik. An der Wand hingen mehrere Monitore, Projektoren und Leinwände waren in einer anderen Ecke des Zimmers aufgebaut.

Bormeier nahm am Schreibtisch Platz, gab etwas

in seinen Computer ein. Ein wenig beunruhigt setzte sich Marcel ihm gegenüber. Ihn interessierte, was während der Hypnosesitzung passiert war. Er vertraute Prof. Bormeier und es war eine Therapiesitzung, die einzige, im Rahmen der Zusatzausbildung. Die Teilnehmer sollten sich wenigstens einmal in der Situation des „Patienten“ befinden, um einen Eindruck zu erhalten, wie sich Hypnose von der anderen Seite aus anfühlt. Demnach hatte er nichts zu befürchten. Dennoch, Marcel hasste es, wenn nicht er, sondern sein Gesprächspartner einen Informationsvorsprung besaß.

Ernst sah Bormeier Marcel an. „Mir scheint, Sie haben da eine Menge aufzuarbeiten.“

Was wollte Prof. Bormeier damit sagen? Er begann, sich in seiner Haut nicht recht wohl zu fühlen.

Abwartend gab er ein kurzes „okay“ zurück.

„Wichtig ist es, sich den Dingen zu stellen, die uns mehr oder weniger bewusst belasten. Tut man das nicht, dann kehren sie immer wieder zurück, rufen uns ins Gedächtnis, dass sie noch da sind, und fordern unsere Aufmerksamkeit.“ Marcel nickte. „Sie meinen, darin liegt vielleicht die Begründung für meine nächtlichen Albträume?“

„Albträume sind ein weit verbreitetes Phänomen – und zugleich ein Hilferuf Ihrer Seele an Sie selbst. Sie fordert Sie auf, Situationen aufzuarbeiten, den Ballast über Bord zu werfen, alte Wunden heilen zu lassen. Ein wichtiger Reifungsprozess der Persönlichkeit."

Mittlerweile krampfte Marcel die Finger ineinander, damit Bormeier nicht sah, wie sie zitterten.

„Ich schlage vor, Sie schauen sich das Video an, das wir von Ihrer Sitzung gemacht haben."

Dass seine Sitzung auf ein Videoband aufgezeichnet werden sollte, war Marcel von Anfang an nicht geheuer gewesen. Zum wiederholten Mal versicherte ihm Dr. Bormeier: „Sie können sicher sein, nichts von dem, was zwischen uns geredet wird oder was ich durch die Hypnose über Sie erfahre, wird diesen Raum verlassen."

Marcel hatte sich auf die Hypnosetherapienummer eingelassen – also musste er Bormeier auch ein gewisses Maß an Vertrauen entgegenbringen. Sonst hatte das alles keinen Sinn. Sachlich fuhr Bormeier fort. „Ich denke, wir schauen jetzt einfach mal auf den Monitor dort drüben." Er deutete auf den entsprechenden Apparat und stellte ihn mit Hilfe der Fernbedienung an. Das Band lief.

Wie versteinert saß Marcel da. Das sollte er sein? Dieser klägliche Typ, der sich auf der Liege krümmte und wimmerte wie ein kleines Kind? Das konnte doch nicht sein! Geschockt starrte er nach vorn. Aber es bestand kein Zweifel. Er, Marcel Borchert, hatte sich diese Peinlichkeit erlaubt. Schamesröte schoss ihm ins

Gesicht. Am liebsten wäre er augenblicklich in irgendeiner Spalte im Erdboden verschwunden oder einfach unsichtbar geworden. Er warf einen nervösen Blick zu Bormeier hinüber, doch der schaute konzentriert zu dem Monitor hinüber.

Marcel ertrug es kaum, noch länger hinzusehen, die Bilder seiner Vergangenheit sah er auch jetzt ganz deutlich. „Machen Sie das aus, bitte", sagte er leise. Nie hätte Marcel es für möglich gehalten, dass es Bormeier mit Hilfe von Hypnose gelingen würde, so tief in seine Seele vorzudringen.

Ohne zu zögern griff Bormeier zur Fernbedienung und tat, was Marcel verlangte. „Sie sagten mir bereits vor der Sitzung, dass Albträume Sie manchmal belasten. Albträume – vor allem dann, wenn es immer wieder dieselben oder zumindest sehr ähnliche sind – weisen in den meisten Fällen zurück in die Vergangenheit. Es ist Ihre Entscheidung, ob Sie daran arbeiten wollen, dass es Ihnen besser geht – ich kann sie Ihnen nicht abnehmen. Aber ich weiß, Ihnen kann geholfen werden. Mit positiver Suggestion zum Beispiel, das ist nur eine Möglichkeit von vielen. Denken Sie darüber nach und melden Sie sich bei mir, wenn Sie Interesse haben."

Als Marcel das Analysecenter verließ, war sein erster Impuls, niemals wieder hierher zurückkehren zu wollen. Aufgewühlt schritt er über den Flur zum Ausgang. Dann jedoch blieb er plötzlich wie angewurzelt stehen, machte auf dem Absatz kehrt und stürmte zurück zu Bormeier.

Überrascht blickte der Arzt auf, als Marcel eintrat, ohne sich vorher durch ein Anklopfen angekündigt zu haben. Bormeier runzelte die Stirn. Ein solches Benehmen war nicht akzeptabel.

„Ich habe etwas Wesentliches vergessen", kam Marcel ohne Umschweife zur Sache. „Dürfte ich das Band bitte haben?"

„Eigentlich ist das nicht üblich." Ablehnend verschränkte Bormeier die Arme vor der Brust.

Nach kurzem Zögern stand Bormeier auf und nahm das Videoband aus dem Abspielgerät. Er reichte es Marcel, der sofort danach griff. Er hatte beschlossen, es später zu Hause zu vernichten.

„Aus medizinischer Sicht halte ich das nicht für gut", beharrte der Arzt. „Aber wenn Sie darauf bestehen – bitte schön." Er zuckte die Achseln.

„Verstehen Sie mich bitte nicht falsch. Das soll nicht heißen, dass ich Ihnen misstraue, ganz und gar nicht", versuchte er einzulenken. „Ich halte sehr viel von Ihnen und der Therapie, die Sie anwenden. Zunächst war ich skeptisch, aber Sie haben mich davon überzeugt, dass es mit Hilfe von Hypnose möglich ist, tief in die Seele eines Menschen einzudringen, ob er will oder nicht. Bestimmt lassen sich auf den unterschiedlichsten Gebieten hervorragende Erfolge mit dieser Therapie erzielen. Und natürlich werde ich an Ihrem Seminar am Wochenende teilnehmen." Diese Entscheidung hatte er eben getroffen. Alles andere wäre dumm. Marcel wollte lernen, selbst mit anderen Menschen machen zu können, was er in seiner Hypnosestunde am eigenen Leibe erlebt hatte.

Als Schaffrath ihn anrief, erwischte er ihn im denkbar ungünstigsten Augenblick. Marcel quälte sich gerade mit seinem BMW durch den dicksten Feierabendverkehr. Er kam aus dem Labor und war auf dem Weg nach Hause.

Ungehalten stieß Marcel einen Laut der Verärgerung aus, als er die Freisprechanlage seines Handys einschaltete. „Marcel Borchert", meldete er sich knapp.

Vor zwei Tagen war Schaffrath, wie angekündigt, in die USA geflogen. Die Verbindung war schlecht, Marcel konnte den Assistenzarzt kaum verstehen, registrierte aber, dass er sehr aufgeregt war.

„Es hat ein paar unvorhergesehene Änderungen gegeben. Der nächste Kaiserschnitt in der Uniklinik ist vorverlegt worden – auf morgen. Dagegen konnte ich beim besten Willen nichts machen, es war der ausdrückliche Wunsch der werdenden Mutter." Es knackte in der Leitung.

Ein paar Momente hörte Marcel gar nichts mehr, dann vernahm er wieder Schaffraths Stimme. „Jetzt sind *Sie* dran, *Sie* müssen das Blut auffangen und wegbringen. Ich werde von hier aus alles organisieren und meine Kontakte zu diversen Ärzten im Team nutzen, damit alles glatt geht. Ich habe Vertrauen in Sie, aber dennoch: Seien Sie um Himmels willen vorsichtig."

„Ja, sicher", brummte Marcel ungehalten. „Wie steht es denn mit Ihrem Teil des Deals? Haben Sie Ihre Kontakte schon angesprochen? Den Preisnachlass auf meinen Einsatz gibt es nicht umsonst, vergessen Sie das nicht!"

„Ich kümmere mich darum, wie abgemacht. Jetzt aber ist Ihr Auftrag erst einmal vorrangig. Ich möchte mich erst vergewissern, dass Sie den Auftrag zuverlässig ausführen, bevor ich meinen guten Namen hier für Sie verwende." Für Schaffrath war das Gespräch damit beendet. Er legte auf.

„Blödmann!" entfuhr es Marcel. Der Assistenzarzt ging ihm zunehmend auf die Nerven. Lange würde er sich diese Behandlung nicht mehr gefallen lassen. Schlecht gelaunt kam Marcel in der Villa an.

Um Frust und Ärger loszuwerden, genehmigte er sich eine gute Flasche Wein. Bei richtiger Dosierung regte der alkoholhaltige Rebensaft seine Fantasie an. Oft kamen ihm nach dem Genuss von Wein die besten Ideen, und die konnte er jetzt auch gebrauchen. Vielleicht fiel ihm ein, wie er sich Schaffrath vom Hals schaffen konnte.

Marcel ließ sich ein Bad ein. Es war ein anstrengender Tag und er freute sich darauf, ein wenig zu entspannen. Genüsslich streckte er sich in dem angenehm warmen Wasser aus und schloss die Augen. Der Auftrag mit dem Nabelschnurblut bereitete ihm keine großen Sorgen. Er war zuversichtlich, dass alles gut gehen würde. Aber an der Zusammenarbeit mit Schaffrath musste sich unbedingt etwas ändern. Der Mann wurde immer unerträglicher. Aber: Noch war er auf ihn angewiesen, denn Schaffrath besaß wirklich erstklassige, internationale Kontakte zu Leuten und Firmen, die mit der Stammzellenforschung gute Geschäfte machten. Nur über Schaffrath würde er, Marcel, auf dieses Netzwerk zugreifen können. Er hatte bereits begonnen, ein bisschen mehr an Einblick zu fordern, doch das, was sich ihm offenbarte, reichte noch lange nicht. Marcel war entschlossen, sich seiner zu entledigen, aber natürlich erst dann, wenn der richtige Zeitpunkt dafür gekommen war. Zwar war der Assistenzarzt sehr vorsichtig, doch das würde ihm nicht viel nützen. Er würde mit viel Fingerspitzengefühl und einer gehörigen Portion Raffinesse und Skrupellosigkeit vorgehen müssen, keine einfache Sache. Und selbstverständlich durfte niemals auch nur der Hauch eines Verdachts auf *ihn* fallen. Trotzdem, die Entscheidung war gefallen. Marcel würde Schaffraths Abwesenheit nutzen, um sich sein weiteres Vorgehen ganz genau zu überlegen.

Bereits im Morgengrauen riss ihn das Klingeln seines Handys aus dem Schlaf. Marcel war sofort hellwach. „Borchert“, meldete er sich.

„Schaffrath hier“, drang es an sein Ohr. „Es kann losgehen. In einer Stunde findet der Eingriff statt – im Kreißsaal 1. Seien Sie früh genug dort, um sich die Räumlichkeiten genau anzusehen. Legen Sie sich den Auffangbeutel bereit. Ich habe den Arzt instruiert, dass es Ihre Aufgabe ist, das Blut aufzufangen, und er ist auf Ihre Anwesenheit vorbereitet. Und ganz wichtig: Vergessen Sie die Transporttasche nicht. Sorgen Sie unbedingt dafür, dass niemand außer Ihnen im Raum ist, wenn Sie das Blut darin verstauen und mitnehmen. Der Kollege weiß zwar, dass das Blut aufgefangen wird, aber er hat keine Ahnung, dass es die Uniklinik danach verlässt. Alles klar?“

„Sicher“, antwortete Marcel gereizt. „Für wie unfähig halten Sie mich?“ Er notierte die Adresse des Labors, die Schaffrath ihm durchgab. Der Eingang lag versteckt in einem Hinterhof, war also nicht sofort zu finden. Er würde etwas mehr Zeit einrechnen müssen. Ohne einen Gruß legte er auf. Marcel sprang aus dem Bett und zog sich an. Wie so oft verzichtete er auf ein Frühstück und machte sich gleich auf den Weg.

Der Tag dämmerte herauf und Marcel war sehr gespannt auf das, was heute vor ihm lag. Er spürte nicht die Spur von Nervosität.

Zunächst lief alles wie am Schnürchen, es hätte gar nicht besser gehen können. Der Arzt, der den Kaiserschnitt durchführte, war so beschäftigt, dass er auf Marcel nicht sonderlich achtete. Und auch die Schwestern hatten die ganze Zeit alle Hände voll zu tun.

Dann allerdings wurde es für einen kurzen Augenblick brenzlig. Der Ehemann der werdenden Mutter, die schon in Narkose lag, wollte plötzlich unbedingt bei der Geburt seines Sprösslings dabei sein. „Das ist ein einzigartiger Moment, wenn mein Kind auf die Welt kommt", erklärte er aufgeregt. „Und meine Frau braucht mich doch auch."

Marcel drängte den Mann mit sanfter Gewalt zurück in den Warteraum. „Sie können hier jetzt nicht rein. Ein Kaiserschnitt ist eine Operation und deshalb nicht zu unterschätzen. Die OP hat bereits begonnen, alle brauchen ihre volle Konzentration. Wenn Sie jetzt dort auftauchen, stören Sie den Eingriff."

„Aber ich habe es mir anders überlegt", widersprach der Mann aufgewühlt. Er wurde zum ersten Mal Vater, seine Nerven lagen blank. „Ich habe das Gefühl, meine Frau in diesem schwierigen Moment im Stich zu lassen", jammerte er.

„Sie steht bereits unter Narkose. Sie merkt nicht, ob Sie neben ihr stehen oder nicht", beteuerte Marcel. „Es ist gut, wenn Sie in Gedanken bei ihr sind. Glauben Sie mir." Er ließ dem Mann keine Chance, sich an ihm vorbeizudrücken. „Ich verspreche Ihnen, eine der Schwestern wird Ihnen das Baby bringen, sobald es seinen ersten Schrei von sich gegeben und ein paar Minuten bei seiner Mutter gelegen hat." Still fluchte Marcel in sich hinein. Dieser Kerl war wirklich hartnäckig, man musste geradezu mit Engelszungen auf ihn einreden, damit er blieb, wo er war. Allmählich spürte Marcel nun doch, wie er unruhig wurde. Dieser Mann durfte auf keinen Fall in den Kreißsaal, denn weder er noch seine Frau hatten eine Einverständniserklärung für die Entnahme des Blutes gegeben. Und wenn dieser Kerl daneben stand, dann würde Marcel nicht zum Zuge kommen. Kurz entschlossen schlug er dem Mann die Tür vor der Nase zu. Angespannt lauschte er, ob der werdende Vater gegen die Tür klopfen oder sich durch Rufe bemerkbar machen würde, aber nichts dergleichen geschah. Marcel atmete auf.

Danach ging alles ganz schnell. Ihm blieb gar keine Zeit mehr, lange nachzudenken. Marcel war zufrieden mit sich. Er verstaute den Auffangbeutel unbemerkt und machte sich dann so schnell wie möglich auf den Weg. Niemand achtete auf ihn und so blieb sein rasches Verschwinden unbemerkt.

Wenige Minuten später saß Marcel im Auto und brauste davon – auf dem direkten Wege zum Labor. Er fuhr eine ganze Weile, bis er dorthin kam, außerdem lag es in einem Stadtteil am Rande der Stadt, in dem sich

Marcel nicht auskannte. Hier herrschten unpersönliche Hochhäuser und heruntergekommene Altbauten vor. Marcel schauderte unwillkürlich. In dieser Gegend zu leben, musste grauenhaft sein, vielleicht so schlimm wie dort, wo er seine Kindheit verbracht hatte.

Als er sein Ziel erreicht hatte, pochte Marcel gegen eine dicke Stahltür, denn eine Klingel gab es nicht, ebenso wenig wie ein Namensschild. Ein breitschultriger, kahl geschorener Typ öffnete ihm und musterte ihn mit durchdringenden, kalten Augen, ohne ein Wort zu sagen.

Marcel war verunsichert. Wie sollte er wissen, ob dieser Mann sein Ansprechpartner war? Und was, wenn der Kerl versuchte, ihn übers Ohr zu hauen und eigene Geschäfte zu machen, dagegen würde Marcel sich nicht wehren können. Er biss sich auf die Unterlippe und begann allmählich zu begreifen, weshalb Schaffrath in letzter Zeit so nervös gewesen war. In diesem Geschäft hatte man nicht nur mit allerlei Unwägbarkeiten zu kämpfen, man musste zwangsläufig auch mit Leuten zusammenarbeiten, die einem alles andere als seriös und vertrauenswürdig erschienen – eigentlich kein Wunder in einem Business, das außerhalb der Legalität lag. Das Risiko, verraten oder gelinkt zu werden, weil sich jemand einen Vorteil verschaffen wollte, war hoch.

Notgedrungen hielt Marcel dem Fremden die Ledertasche mit dem kostbaren Gut hin. „Ich nehme an, Sie warten bereits darauf“, sagte er betont selbstbewusst. Der Mann sollte ihm nicht anmerken, wie unwohl er sich fühlte.

„Ja“, grunzte sein Gegenüber in einem dunklen Bass. Seine Hände, die riesigen Pranken glichen, griffen danach.

Bei einer Schlägerei wäre schon vor Beginn klar, wer den Kürzeren ziehen würde. Er schluckte.

Der Fremde verschwand hinter der Tür und Marcel musste einige Minuten warten, bis er wieder auftauchte. Der Mann grinste feist, schien also zufrieden zu sein.

Marcel fiel ein Stein vom Herzen. Er nahm die Tasche wieder an sich und schlenderte langsam zu seinem Auto zurück. Der Kerl brauchte nicht glauben, dass er es eilig hatte, von hier zu verschwinden, obwohl dies die schlichte Wahrheit war. Als er wieder hinter seinem Lenkrad saß, konnte er endlich in die Tasche hineinschauen. Erleichtert stellte er fest, dass, wie vereinbart, ein Bündel Scheine darin steckte. Mit fliegenden Fingern zählte er sie durch. Der Betrag stimmte exakt. Es war alles in Ordnung.

Marcel wurde langsam bewusst, dass es wahrscheinlich höchst sinnvoll war, nicht allzu lange auf diese Weise sein Geld zu verdienen. Die Gefahr, aufzufliegen, war riesig. Bei jedem Deal stand man bereits mit einem Bein im Gefängnis. Es musste doch elegantere Mittel und Wege geben, an guten Geschäften teilhaben zu können. Und eigentlich hoffte er für sich auf eine andere Perspektive – das Geschäft mit Hormonprodukten. Es erschien ihm längst nicht so risikoreich, aber auch sehr einträglich. Die Gesetze auf diesem Gebiet ließen weit mehr Spielraum und die Kontrollen waren wesentlich lockerer. Für jemanden, der es einigermaßen geschickt anstellte, gab es jede Menge Schlupflöcher.

Der Kurs am Wochenende im Institut hatte Marcel ausgesprochen gut gefallen, zumal es im Wesentlichen um die Theorie der Hypnosetherapie gegangen war. Zwei weitere Lerneinheiten standen demnächst noch an. Bormeier war nett zu ihm gewesen. Der Mann war sehr professionell. In keiner Weise machte Bormeier Marcel noch einmal auf die vergangene Hypnosesitzung aufmerksam. Dennoch, es war unmöglich, zu erahnen, was er dachte. Auch was das anging, konnte Marcel noch einiges von ihm lernen.

Während des zweitägigen Seminars wurden diesmal einige harmlose Übungen gemacht. Marcel wurde nicht wieder in Trance versetzt, ohnehin hätte er dies nicht noch einmal mit sich machen lassen.

Bormeier berichtete über einige gelungene Therapien und die Kursteilnehmer konnten sich ein paar

Einspielfilme anschauen. Anschließend gab es eine Diskussionsrunde.

Danach hatte Marcel das Gefühl, nun das nötige Handwerk erlernt zu haben, um notfalls allein damit weiterzuarbeiten. Es war eine gute Entscheidung, am Seminar teilzunehmen. Und sollte er einmal Fragen haben, würde er sich auch in Zukunft nicht scheuen, sich an Dr. Bormeier zu wenden.

Obwohl Marcel zunächst Bedenken gehabt hatte, erwies es sich als angenehm, dass er seinem alten Bekannten Peter während des Seminars über den Weg lief. Und auch Peter freute sich, ihn zu sehen. Zum ersten Mal, seit sie beide sich kannten, bewies er, dass er durchaus eine ernstere Seite besaß, auch wenn er diese meist verbarg. Zwar riss er während des Seminars gelegentlich seine Scherze und machte den Frauen schöne Augen, doch die meiste Zeit hörte er interessiert zu und schrieb sogar eifrig mit.

Als sie am frühen Abend wieder aus dem Seminar entlassen wurden, entschieden sie sich spontan, noch etwas trinken zu gehen. Diesmal sollte es aber nicht das ‚Dr. Med.' sein, sondern ein neuer Laden, den Peter aufgetan hatte. Er hieß schlicht ‚Inside' und war gerade erst eröffnet worden. Hier traf sich neuerdings alles, was in der Schickimicki-Szene Rang und Namen hatte – das behauptete jedenfalls Peter. Fest stand, dass man sich dort besser unterhalten konnte als im ‚Dr. Med.', denn das ‚Inside' war keine Bar, sondern eine Art Weinkeller, urig und gemütlich.

Sie suchten sich einen Tisch aus, von dem sie einen guten Blick in den Raum hatten, besonders Peter legte darauf großen Wert. Seine Stimmung war bestens, und wie meist war er in fröhlicher Plauderlaune. „War echt nett, dass du auch dabei warst. Deine Entscheidung, am Kurs teilzunehmen, hast du sicher nicht bereut. Das Seminar ist sehr gut", meinte er anerkennend.

„Ja, find ich auch." Marcel ließ seinen Blick durch den Laden wandern, sah aber kein bekanntes Gesicht. Das Publikum war etwas älter als im ‚Dr. Med.' und schien ebenso wohlsituiert zu sein. Es gefiel ihm hier.

Peter bestellte eine Flasche Wein. „Die geht diesmal auf mich, habe gerade eine edle Spende meiner Eltern erhalten, damit ich schneller mit meinem Studium fertig werde. Sie haben ja auch Recht, wird langsam Zeit." Er winkte ab. „Na ja, aber so eilig habe ich es mit dem Abschluss auch nicht. Weiß ohnehin nicht genau, was danach kommen soll. Mein Leben gefällt mir eigentlich ganz gut, so wie es ist."

„Bei mir ist das ein bisschen anders", erwiderte Marcel. „Ich will endlich Gas geben und die Prüfungen hinter mich bringen. Ich kann es kaum erwarten. Mit dem Lernen habe ich zwar schon angefangen, aber es geht ziemlich langsam voran. Trotzdem, ich will den nächsten Termin schaffen, das heißt, ich habe nur noch knapp zwei Monate, dann wird es ernst."

„Alle Achtung, da hast du dir eine Menge vorgenommen." Peter war beeindruckt. Er wusste genau, wie umfangreich das Pensum war, das Marcel bewältigen musste, um zu bestehen. Genau dies war schließlich der Grund, weshalb er immer wieder davor zurückscheute, sich zur Prüfung anzumelden.

Der Kellner kam mit der bestellten Flasche Wein. Er stellte zwei Gläser auf den Tisch und goss ein.

Peter und Marcel plauderten über dies und das, recht bald jedoch ging ihnen der Gesprächsstoff aus. Schweigend tranken sie ihren Wein. Marcel merkte, dass Peters Blick immer öfter an ihm vorbei zu einem Tisch mit jungen Frauen hinüberglitt, und seufzte ergeben. Offenbar war er überflüssig. Er wollte sich eigentlich schon verabschieden, als eine Bekannte von Peter das ‚Inside' betrat. Fröhlich winkte sie Peter zu und kam zu ihm an den Tisch.

„Hallo Peter, wie geht es dir?" fragte sie mit einem netten, offenen Lächeln.

„Danke, kann nicht klagen." Suchend blickte er sich um. „Bist du allein hier, Nadine?"

„Ja, ich wollte mir den Laden hier nur mal kurz anschauen. Nachher bin ich direkt um die Ecke noch mit einer Freundin verabredet."

Peter deutete auf den freien Platz neben sich. „Setz dich doch zu uns“, forderte er sie auf.

Fragend sah die junge Frau zu Marcel hinüber, der zustimmend nickte. Diese Nadine war nicht solch ein junges Püppchen, wie Peter sie normalerweise bevorzugte. Marcel schätzte Nadine zwar ein paar Jahre jünger als sich selbst, aber eben nicht zehn oder mehr.

Nadine rutschte auf die Bank neben Peter und der gab dem Kellner ein Zeichen, damit er noch ein Glas brachte.

„Mein Name ist Nadine Dannenberg.“ Über den Tisch hinweg streckte sie Marcel die Hand entgegen. „Peter und ich kennen uns von der Uni. Ich studiere auch Medizin.“

„Marcel Borchert.“ Er drückte ihre Hand. „Damit haben wir beide auch etwas gemeinsam.“ Marcel fand Nadine sympathisch. Sie trug ihre dunklen Haare recht kurz, hatte ein fein geschnittenes, ernstes Gesicht und schien sehr engagiert zu sein, denn sie begann sofort von einem Projekt zu erzählen, das ihr momentan besonders am Herzen lag. Es ging dabei um die Wirksamkeit alternativer Heilmethoden. Nadine hatte in der Unizeitung ‚medic‘ einen Artikel darüber geschrieben. „Es hat mir große Freude gemacht, meine Erfahrungen anderen mitzuteilen“, erklärte sie voller Begeisterung. „Und ich finde, die Zeitung ist eine hervorragende Art, mit anderen in Kontakt zu treten und Leute zu erreichen, die ansonsten vielleicht nie von den Möglichkeiten gehört hätten, die es gibt."

„Kann denn jeder bei dieser Zeitung mitmachen und einen Artikel beisteuern?" fragte Marcel verwundert. Er fand ihren Enthusiasmus ein bisschen naiv.

„Wenn er gut und fundiert ist, ja. Wenn du interessiert bist, kann ich dich ja mal in die Redaktion mitnehmen", schlug Nadine vor. „Wir suchen noch händeringend Leute."

„Tja, ich habe ein Stipendium in einem Forschungslabor bekommen. Darüber könnte sich schon das eine oder andere Wissenswerte schreiben lassen. Wir beschäftigen uns dort hauptsächlich mit Stammzellenforschung. Es geht darum, irgendwann einmal einen Weg zu finden, wie multiple Sklerose, Krebs oder andere tödlich verlaufende Krankheiten geheilt werden können."

„Das ist interessant", stimmte Nadine ihm zu. „Erst recht, weil es darüber unter den Studenten immer heftige Diskussionen gibt, wieweit die Forschung legitim ist und wo die Grenzen sind. Wäre super, wenn du darüber etwas schreiben könntest. Komm doch morgen einfach mal bei uns in der Redaktion vorbei. Dann bin ich wieder dort." Sie beschrieb ihm, wo er die Räumlichkeiten finden konnte.

Marcel überlegte kurz. Am kommenden Tag hatte er eigentlich Zeit, er musste nicht ins Forschungslabor, und auch sonst stand nichts Besonderes an. Er hatte sich vorgenommen, in der Bibliothek Bücher zu wälzen und zu lernen, da lag die Redaktion des Uniblattes direkt um die Ecke – wenn er Nadines Wegbeschreibung Glauben schenken durfte. Er nickte. „Okay, ich schau vielleicht mal bei euch vorbei." Es konnte nicht schaden, die Leute dort kennen zu lernen, man wusste nie, wozu es gut sein würde. Immerhin war die Zeitung ein Sprachrohr, mit dem man sich Gehör verschaffen konnte. Und sollte er tatsächlich als Gelegenheitsautor dort anfangen, dann konnte er seine häufigen Besuche bei Assistenzarzt Schaffrath in Zukunft ganz einfach als Recherchegespräche ausgeben. Immerhin wusste Marcel nicht, wie lange es dauern würde, bis er sich seiner entledigt hatte, und irgendwann würde es vielleicht auffallen, mit welcher Regelmäßigkeit er dort ohne rechten Grund verkehrte, zumal er in diesem Semester keine Vorlesung bei Schaffrath belegt hatte.

„Super." Nadine strahlte über das ganze Gesicht. Sie war immer froh, wenn sie für ‚medic' einen potenziellen neuen Mitarbeiter gewinnen konnte. Und wenn er qualifiziert war wie Marcel, dann konnte es dem Blatt nur gut tun. „Mein Vater wird übrigens zur nächsten Ausgabe auch einen kurzen Text beisteuern." Ihre Augen leuchteten, als sie von ihrem Dad sprach. „Er selbst ist auch Mediziner. Richard Dannenberg heißt er und hat die Markland Klinik gegründet – vielleicht hast du schon mal von ihr gehört?"

Wie elektrisiert fuhr Marcel zusammen, schlagartig stand jede Faser seines Körpers unter Spannung. „*Der* Richard Dannenberg? Der bekannte Professor?"

„Ja, der", erwiderte sie bescheiden.

Plötzlich kam Leben in Marcel. Bisher hatte er sich weder für Nadine noch für das Uniblatt sonderlich begeistern können. Das war nun ganz anders. Professor Dannenberg eilte ein ausgezeichneter Ruf voraus. Und die Klinikgründung hatte an der Uni einigen Gesprächsstoff geliefert, denn sie galt als sehr gute Adresse. Viele der Studenten konnten sich vorstellen, dort einmal zu arbeiten – auch Marcel.

Seine Gedanken überschlugen sich. Die zufällige und ganz und gar unbeabsichtigte Bekanntschaft mit Nadine konnte sich zu einer erstklassigen Chance entwickeln. Vielleicht war sie *der* ausschlaggebende Kontakt für seine Zukunft. Marcel war entschlossen, seine Wirkung auf Frauen, die im Allgemeinen recht beachtlich war, in die Waagschale zu werfen. „Lass uns das mit dem Artikel so schnell wie möglich in die Tat umsetzen", begann er mit neu erwachtem Eifer. „Ich werde mich vorbereiten, vielleicht schon ein paar Stichpunkte aufschreiben und dann treffen wir uns morgen in der Redaktion. Okay?" Tief sah er ihr in die Augen, doch Nadine schien das gar nicht zu bemerken.

„Schön“, erklärte sie schlicht. „Ich freue mich, wenn wir zusammen arbeiten.“

„Ich auch.“ Marcel war irritiert. Trotzdem versuchte er es noch einmal. „Gib mir doch deine Handynummer, falls ich Fragen habe. Dann kann ich dich wenigstens erreichen.“

Bereitwillig notierte Nadine ihm die Nummer und schob den Zettel über den Tisch.

Wie zufällig berührte seine Hand die ihre, doch Nadine zog sie sofort weg.

Irgendwann an diesem Abend, es war schon recht spät gewesen, waren sie alle aufgebrochen. „Bis morgen dann“, sagte Marcel zu Nadine und nickte ihr noch einmal zu. Von Peter verabschiedete er sich mit einem Klaps auf die Schulter. „Wir sehen uns.“

Als er in der Villa ankam, sah Marcel sofort, dass sein Anrufbeantworter blinkte. Er drückte die Abhörtaste und lauschte. Schaffraths Stimme erklang. „Schaffrath hier. Rufen Sie mich an, sobald Sie wieder zu Hause sind. Meine Mobilnummer haben Sie ja.“

Marcel runzelte die Stirn. Was konnte das bedeuten? Eigentlich hatten sie sich darauf verständigt, erst in einer Woche miteinander zu telefonieren. Marcel hatte kein gutes Gefühl. Irgendetwas stimmte nicht. Sofort griff er nach seinem Telefon und tippte Schaffraths Nummer ein.

Augenblicke später meldete sich der Assistenzarzt. „Schaffrath."

„Borchert hier."

„Ach, gut, dass Sie sich melden. Ich habe erfahren, dass Sie die Sache mit dem …" Schaffrath räusperte sich, zog es vor, das Wort ‚Nabelschnurblut' nicht laut zu sagen. „Dass Sie Ihren letzten Auftrag zuverlässig ausgeführt haben." Er machte eine Pause, die Marcel ewig anzudauern schien.

„Trotzdem kann ich hier leider nichts für Sie tun", sprach er endlich weiter. „Die Türen der Pharmaindustrie bleiben verschlossen. Machen Sie sich keine falschen Hoffnungen. Ich kann in dieser Richtung nichts für Sie tun."

„Aber Sie wollten …", begann Marcel und musste seinen Ärger unterdrücken.

„Papperlapapp", unterbrach Schaffrath ihn barsch. „Was interessiert mich mein Geschwätz von gestern. Vergessen Sie es! Ich habe meine Meinung geändert, fertig, Ende der Diskussion."

Unbändige Wut stieg in Marcel auf. Er hasste es, wenn jemand versuchte, mit ihm ein falsches Spiel zu treiben – und genau das schien Schaffrath zu tun.

Der Assistenzarzt schien zu ahnen, was in Marcels Kopf vor sich ging. „Kommen Sie nicht auf dumme Gedanken. Sie wissen, ich kann Ihnen gewaltige Unannehmlichkeiten bereiten, wenn ich brisante Infos öffentlich mache. Ich melde mich, *sollte* ich Sie wieder für eine Aktion brauchen. In diesem Sinn – auf Wiederhören."

Marcel presste die Lippen aufeinander. Offenbar versuchte Schaffrath ihn auszubooten. Und dabei ging es Marcel nicht um Geld, sondern um Kontakte. Dies war ein weiterer Grund, warum es mit ihm bergab gehen sollte, dafür wollte Marcel sorgen. Außerdem gingen ihm die ständigen Erpressungsversuche mit der alten Geschichte gehörig auf die Nerven. Die Affäre mit Patricia war längst beendet und das Stipendium bedeutete ihm ohnehin nicht mehr viel. Allerdings, sollte Schaffrath den Betrug anzeigen, dann würde Marcel niemals seine Approbation bekommen, so viel stand fest. Er musste sich etwas einfallen lassen und einen Weg finden, diese Situation zu ändern.

Mit gemischten Gefühlen machte sich Marcel am nächsten Tag auf den Weg in die Redaktion des Uniblattes. Seit dem unerfreulichen Gespräch mit Schaffrath war seine Stimmung auf dem Nullpunkt. Trotzdem wollte er das Versprechen, das er Nadine gegeben hatte, unbedingt halten und zumindest kurz beim ‚medic' vorbeischauen. Immerhin war nicht auszuschließen, dass Nadine ihm, dank ihrem Vater, eine neue Perspektive für die Zukunft eröffnen konnte.

Marcel fand die Räumlichkeiten sofort und auch

nach Nadine brauchte er nicht lange zu suchen. Sie saß an einem Computer, ihre Finger flogen über die Tastatur. Sie bemerkte gar nicht, wie Marcel hinter sie trat und neugierig las, was sie gerade schrieb. Erst als er ihr auf die Schulter tippte, fuhr sie erschrocken zu ihm herum. „Hallo Marcel“, stieß sie überrascht aus.

„Hi.“ Er grinste sie ein wenig unsicher an. „Hier bin ich.“

„Schön, dass du gekommen bist.“ Sie fischte eine Zeitung aus einem Stapel, der neben ihr auf dem Schreibtisch lag, und zeigte sie Marcel. „Das hier ist die letzte Ausgabe des ‚medic‘. Schau sie dir doch mal an.“

Mäßig interessiert blätterte er darin herum. Das Heft war nicht schlecht gemacht, die Themenwahl erschien ihm jedoch sehr konventionell. Marcel fand nicht einen einzigen Artikel, der ihn wirklich interessierte, doch das wollte er Nadine, deren Herz offensichtlich an dem Blatt hing, nicht so deutlich sagen. Es war nicht nötig, sie zu enttäuschen.

„Na, wie findest du’s denn?“ Gespannt sah Nadine ihn an.

„Sehr ordentlich.“ Er legte die Zeitung beiseite.

Nadine nickte eifrig. „Die Artikel sind erstklassig recherchiert.“

„Ja, den Eindruck habe ich wirklich auch“, stimmte er ihr artig zu.

„Wie sieht es aus? Hast du dir schon überlegt, was genau du schreiben willst? Ist es bei dem Bericht über dein Stipendium und die Forschung dort geblieben?" fragte sie ihn geradeheraus.

„Ja, ich freue mich schon auf die Arbeit. Und mit dir zusammen macht die Sache bestimmt noch mal doppelt so viel Spaß, da bin ich sicher", fügte er mit einem schmeichlerischen Unterton hinzu.

Nadine schien dies gar nicht zu bemerken. Sie sprühte nur so vor Eifer. „Toll, das ist ja wunderbar!" Sie nannte ihm die E-Mail-Adresse der Redaktion. „Wenn wir den Artikel abdrucken, bekommst du von dem für die jeweilige Ausgabe zuständigen Redakteur Nachricht, und er spricht eventuelle Änderungen mit dir durch: Aber keine Angst, die halten sich in der Regel in einem sehr überschaubaren Rahmen. Wir wollen hier jeden in seinem eigenen Stil schreiben lassen. Das ist uns allen hier wirklich sehr wichtig."

„Alles klar, dann werde ich mich so schnell wie möglich dransetzen. Ich weiß noch nicht genau, wann ich es schaffe, aber ich mache es. Versprochen." Er blickte auf seine Armbanduhr. „So, jetzt muss ich leider wieder in die Bibliothek zurück, sonst schaffe ich mein Pensum nicht. Glaub mir, viel lieber würde ich hier bleiben."

Sie lachte. „Ich will dich auf keinen Fall vom Lernen abhalten. Mach's gut. Und nimm dir ruhig eine Ausgabe mit nach Hause.“ Sie wendete sich wieder ihrem Computer zu und arbeitete weiter.

Die Idee war Marcel ganz plötzlich ein paar Tage nach Schaffraths Anruf gekommen. Schlagartig war ihm nun klar, was er tun würde. Seit dem Telefonat an jenem Abend hatte sich Schaffrath nicht mehr bei ihm gemeldet. Nicht die Spur von einem weiteren Auftrag, es herrschte nur noch Funkstille.

Marcel fühlte sich hintergangen und ausgenutzt. Immer durfte er nur die Drecksarbeit für den Assistenzarzt machen – oder einspringen, wenn der keine Zeit hatte. Das sollte nun vorbei sein.

Durch einen Zufall wusste er, wo Schaffrath einen Zweitschlüssel zu seinem Arbeitszimmer in der Uniklinik deponiert hatte. Als er einmal etwas bei dem Assistenzarzt hatte abholen müssen, hatte der den Schlüssel gerade unter einem ganz bestimmten Blumentopf auf der Fensterbank im Flur verstaut. Nun kam Marcel dieses Wissen zugute.

Er wartete, bis es dunkel geworden war, und machte sich dann auf den Weg in die Uniklinik. Vor Schaffraths Büro ging er ein paarmal auf und ab, um sich zu vergewissern, dass sich außer ihm niemand in der Nähe aufhielt. Dann fischte er den Schlüssel unter dem bewussten Blumentopf hervor und grinste zufrieden, als er ihn in Händen hielt.

Bevor er eintrat, blickte er sich noch einmal gründlich um. Niemand sollte ihn beobachten, wie er sich Zugang verschaffte. Doch weit und breit war keine Menschenseele zu sehen.

Schnell schlüpfte er in das Büro und lehnte sich aufatmend gegen die Tür, sobald er drinnen war. Das Schwierigste war geschafft, nun konnte er sich Zeit lassen, denn Schaffrath würde ja garantiert nicht auftauchen. Er musste nur leise sein, damit niemand auf ihn aufmerksam wurde.

Als Erstes ging er zum Schreibtisch hinüber und begann dort mit der Suche nach brauchbaren Unterlagen. Kein Name, keine Anschrift, nichts sollte ihm entgehen. Danach sah er die Ordner in dem Regal durch. Was ihm interessant erschien, stopfte er in die großen Reisetaschen, die er extra zu diesem Zweck mitgebracht hatte. Ganz wichtig war auch, dass er alles, was auf ihn selbst und seine Mitarbeit hinwies, vernichtete.

Wenn er erst alles durchgearbeitet hatte, dann war Schaffrath ihm nur noch um eine Nasenlänge voraus. Er würde in der Lage sein, jeden Deal allein durchzuführen, wenn er erst die Ansprechpartner kannte. Vielleicht besaß Schaffrath noch einen kleinen Vorsprung, weil er bereits ein gewisses Vertrauen bei seinen Partnern genoss, aber das ließ sich schnell ändern. Und außerdem würde Schaffrath ohnehin keine Gelegenheit mehr haben, seine Beziehungen zu nutzen. Zufrieden lächelte Marcel vor sich hin. Eigentlich hätte er schon viel früher darauf kommen müssen.

Erst Stunden später machte er sich, schwer bepackt, auf den Weg zurück in die Villa.

Sobald er dort angekommen war, ging Marcel gleich an die Arbeit. Bis spät in die Nacht war er mit dem Durchsehen der Papiere und Belege beschäftigt.

Schon beim ersten Tageslicht stand er wieder auf und arbeitete weiter. Die ganze Aktion musste so schnell wie möglich über die Bühne gehen, falls sich Schaffrath spontan entschloss, zurückzukehren. Marcel wollte kein Risiko eingehen. Am kommenden Tag würde er alle wichtigen Unterlagen kopieren und anschließend wieder zurück in Schaffraths Arbeitszimmer bringen. Niemand würde dann noch feststellen können, dass sie diesen Raum jemals verlassen hatten. Doch das war erst der Anfang, er würde noch einen Schritt weitergehen ...

Der Brief, den er, selbstverständlich anonym, an die Ärztekammer schrieb, ging ihm leicht von der Hand. Detailliert beschrieb er darin die illegalen Geschäfte Schaffraths, ohne weitere Namen zu nennen und sich selbst auf diese Weise um wichtige Kontakte zu bringen. Zweifellos würde die Polizei eingeschaltet werden, und die dürfte keinerlei Schwierigkeiten haben, die Machenschaften Schaffraths lückenlos nachzuweisen. Marcel wusste genau, was das für den Assistenzarzt bedeutete – er würde am Ende sein, ein für alle Mal. Niemals wieder würde er irgendwo eine Anstellung finden.

Wenige Tage später landete Schaffrath in Deutschland. Er fühlte sich müde und erschlagen von dem langen Flug. Sobald er sein Gepäck hatte, machte er sich auf den Weg zum Taxistand. So schnell wie möglich wollte er nach Hause, seinen Jetlag auskurieren.

Gerade trat er aus dem Haupteingang nach draußen, als sich ihm zwei Männer in beigefarbenen Trenchcoats in den Weg stellten. Unauffällig darauf bedacht, nicht allzu viel Aufsehen zu erregen, zeigten sie ihm ihre Ausweise. „Polizei. Sind Sie Werner Schaffrath?" fragte einer der beiden.

Schlagartig wurde er aschfahl im Gesicht. In diesem Moment erkannte er, dass er alles verloren hatte. „Ja, der bin ich", stieß er mühsam hervor.

Widerstandslos ließ sich Schaffrath von den Männern zu einem Polizeiwagen führen, der etwas abseits geparkt war. Während der ganzen folgenden Fahrt sprach er kein Wort. Eine dunkle Ahnung durchzuckte seine Überlegungen, wer ihm dies angetan haben konnte.

Auf der Wache stellten die Beamten ihm Fragen,

doch er weigerte sich, sie zu beantworten. Nicht einmal nach einem Anwalt verlangte er. Er hörte sich an, was die Ermittler gegen ihn vorzubringen hatten, ohne dass auf Details eingegangen wurde, und nahm klaglos hin, dass er die kommende Nacht, und möglicherweise noch eine ganze Reihe weitere, würde hinter Gittern verbringen müssen.

Wie ein Häuflein Elend hockte er auf seiner Pritsche. In seinem Kopf kreisten die Gedanken unaufhörlich. Dieser verdammte Borchert! Nur er konnte ihm diese Katastrophe eingebrockt haben. Ihn in das Geschäft mit reinzuholen, war ein verhängnisvoller Fehler gewesen. Still fluchte Schaffrath in sich hinein. Er hatte diesen Mann als abgebrüht genug eingeschätzt, die Aufträge auszuführen. Aber dass er derart skrupellos war, das hatte Schaffrath nicht für möglich gehalten. Er selbst hatte seinen Verräter genährt, ihm Stückchen für Stückchen mehr Einblick in seine Arbeit gestattet. Marcel Borcherts offensichtliche Neugierde, seine Intelligenz und sein Leichtsinn waren ihm gerade recht gewesen, denn diese Eigenschaften hatten dazu geführt, dass er *ihm* die riskantesten Aufgaben übertragen hatte. Er mochte ihn nicht sonderlich, aber er hatte ihm vertraut.

Schaffrath grübelte die ganze Nacht. Als er am nächsten Tag erneut vernommen wurde, schwieg er beharrlich, wie beim ersten Mal, dass er dadurch auch Marcel sowie weitere Involvierte deckte, war Schaffrath nicht bewusst. Die Dinge, die die Beamten von ihm wissen wollten, ließen ihn erkennen, dass sie den vollen Umfang seiner Machenschaften erkannt hatten. In ihm reifte ein Plan, denn er wusste, aus dieser Situation gab es für ihn keinen Ausweg mehr – außer *einem* vielleicht.

Längst hörte er nur noch mit halbem Ohr zu. Alles um ihn herum schien seine Bedeutung zu verlieren, Raum und Zeit büßten ihre Gültigkeit ein. Schaffrath nahm es kaum wahr, die Dinge verschwammen vor seinen Augen und er war dankbar dafür.

Als sie ihm Tage später oder waren es Wochen, er konnte nicht mehr sagen, wie lange es gedauert hatte, mitteilten, dass er seine Approbation verloren hatte, nahm er diese Nachricht ohne das erkennbare Zeichen einer Regung entgegen.

Am nächsten Morgen fand ihn der Wärter in seiner Zelle – er hatte sich mit Teilen seines Schlafanzugs erhängt.

6. *KAPITEL*

Ziemlich bald erkannte Marcel, dass er sich selbst durch den Verrat an Schaffrath ungewollt um eine sprudelnde Einnahmequelle gebracht hatte. Alle Geschäftspartner des Assistenzarztes waren sehr vorsichtig geworden, bei einigen von ihnen war sogar die Polizei gewesen. Und da sie alle Marcel nur im Zusammenhang mit Schaffraths Namen kannten, wollte niemand mit ihm zusammenarbeiten. Hinzu kam natürlich, dass Marcel, solange er Student war, ohnehin Probleme hatte, an Nabelschnurblut zu gelangen. Schaffrath hatte es arrangiert, dass er bei Kaiserschnitten dabei sein konnte – aber das war nun vorbei. Marcel sah ein, dass er sich um ein anderes Wirkungsfeld bemühen musste, um Geld zu verdienen. Doch das musste warten, bis er seine Abschlussprüfung absolviert hatte.

Marcel ging wieder regelmäßig in das Forschungslabor, auch wenn es ihm von Mal zu Mal schwerer fiel, sein Stipendium dort zu erfüllen. Und dies lag nicht nur daran, dass es ihm bisher noch nicht gelungen war, seine tief sitzende Abneigung gegen weiße Mäuse abzulegen. In seiner Kindheit waren sie ihm manchmal über die Füße gehuscht, denn sie liefen auf dem Hof und in dem Mietshaus, in dem er lebte, in allen möglichen Ecken herum. Er hatte sich immer vor ihnen gefürchtet. Und seit er einmal, als kleiner Junge, aus tiefem Schlaf erwacht war, weil eines der Tiere über sein Gesicht gehuscht war, ekelte er sich zutiefst vor diesen Viechern. Er bekam eine Gänsehaut, wenn er nur an sie dachte – auch jetzt wieder.

Das Verhältnis zu seinem Tutor Bernd Westhoff war erheblich abgekühlt, seit Marcel deutlich gemacht hatte, dass er an einer Verlängerung seines Stipendiums keinerlei Interesse hatte. Seither schwirrte Westhoff ständig um ihn herum und ließ ihn nicht aus den Augen, als misstraue er ihm. Marcel ging das gewaltig auf die Nerven, doch er musste es hinnehmen. Er tat seine Arbeit vorschriftsmäßig, ließ sich nicht die geringste Kleinigkeit zu Schulden kommen.

Eines Abends, als Westhoff und er wieder einmal allein im Labor waren, weil außer ihnen schon alle gegangen waren, sprach Marcel seinen Tutor an. Er hatte nichts zu verlieren, in einer guten Woche lief sein Stipendium ohnehin aus. „Entschuldigen Sie, Herr Westhoff, darf ich Sie etwas fragen?“

„Natürlich.“ Westhoff, der gerade das Diagramm einer Untersuchung betrachtet hatte, kam zu ihm herüber. „Worum geht es denn?“

„Ich kann mir nicht helfen, aber ich bin etwas enttäuscht. Die ganze Arbeit, die wir hier machen, ist wirklich beachtlich und ich respektiere sie natürlich auch, aber die Ergebnisse sind minimal. Wie schaffen

Sie es, damit klarzukommen? Ich finde das ungeheuer schwierig. Menschen sterben weiterhin zu Tausenden und Abertausenden an Krankheiten wie multipler Sklerose und Krebs, und wir müssen es hilflos mitansehen. Mir macht das sehr zu schaffen."

„Ich kann Ihre Ungeduld natürlich verstehen, doch sie ist ein schlechter Ratgeber. Es ist absolut unverzichtbar, dass nicht der dritte Schritt vor dem zweiten gemacht wird. Und natürlich müssen wir gewisse ethische Grenzen einhalten."

Marcel nickte zögernd. „Ja, sicherlich haben Sie Recht."

Westhoff spürte, dass für Marcel das Thema noch nicht beendet war. „Sprechen Sie ruhig offen, wenn Sie etwas auf dem Herzen haben.

„Ach, nichts eigentlich." Er holte tief Luft. „Es ist nur, meine Schwester ist an multipler Sklerose gestorben – mit nur neunzehn Jahren. Ich habe mir geschworen, meine Arbeit und alle meine Kenntnisse dafür einzusetzen, dass diese Krankheit endlich besiegt wird." Es gelang ihm nicht, zu verbergen, wie aufgewühlt er war. „Doch je länger ich hier in diesem Labor bin, desto größer werden meine Zweifel, ob das alles überhaupt einen Sinn macht. Vielleicht habe ich einfach zu große Hoffnungen an meine Arbeit hier im Labor geknüpft." Mit einer ausschweifenden Geste deutete er um sich. „Die Experimente hier sind so aufwendig und doch habe ich, seit ich hier bin, noch nicht erlebt, dass es ein Ergebnis gab, das die Forschung wirklich einen Schritt vorangebracht hätte."

Westhoff hatte ihm ernst zugehört. Er zuckte die Achseln. „Wir müssen uns an Gesetze halten – und das ist auch gut so. Sonst wäre dem Missbrauch Tür und Tor geöffnet. So ist das nun mal. Geduld ist auch in der Forschung eine Tugend."

„Ja", antwortete Marcel ohne große innere Überzeugung, behielt dies jedoch für sich. Es war nicht nötig, Westhoff wirklich in seine Gedanken einzuweihen. Der Mann konnte sagen, was er wollte, er würde ihn ohnehin nicht davon überzeugen, dass diese brave Art, Forschung zu betreiben, die richtige war. Und umgekehrt war es vermutlich ähnlich. Für Marcel stand fest, er würde sein Stipendium abbrechen – und zwar umgehend. Viel zu viel Zeit hatte er in diesem Labor schon vergeudet, auf der Suche nach Dingen, die er hier ohnehin niemals finden würde. Das war ihm nun klar. Er straffte sich, sah Westhoff gerade ins Gesicht. „Es tut mir Leid, aber Sie werden leider in Zukunft auf meine Mitarbeit verzichten müssen. Die Arbeit reizt mich einfach nicht mehr genug, nehmen Sie es bitte nicht persönlich."

Überrascht legte Westhoff die Stirn in Falten. „Haben Sie sich diesen Schritt auch wirklich gut überlegt? Sie wissen, dass es ungewöhnlich ist, ein so heiß begehrtes

Stipendium abzubrechen? Es gibt sicher viele Kommilitonen, die Sie um diesen Platz hier beneiden."

„Das kann schon sein, trotzdem, mein Entschluss ist gefasst, bitte respektieren Sie das. Ich werde mich nicht mehr umstimmen lassen." Er hielt ihm die Hand hin. „Trotz allem, es war eine wichtige Erfahrung, die ich hier gemacht habe. Leben Sie wohl, Herr Westhoff, ich denke, wir werden uns nicht mehr wiedersehen. Ich verliere allmählich meine Achtung vor dem, was sich die Wissenschaft der Medizin nennt." Er war froh, dass er nun endlich ausgesprochen hatte, was er bisher jedes Mal in sich hineingefressen hatte, wenn er im Labor gewesen war.

Noch immer ziemlich verdutzt ergriff Westhoff die ihm dargebotene Hand. „Das ist sehr schade. Ich wünsche Ihnen trotzdem alles Gute. Aber tun Sie, was Sie nicht lassen können."

„Danke für Ihr Verständnis." Marcel knöpfte sich seinen Kittel auf und zog ihn langsam aus. Er faltete ihn sorgfältig auf einem der Arbeitstische zusammen und ließ ihn dort liegen. Dann verließ er das Labor, ohne sich noch einmal umzusehen.

Aufgebracht durch das Gespräch mit Westhoff lief Marcel durch die Gänge der Uni. Kaum etwas von dem, was um ihn herum geschah, bekam er mit, viel zu sehr war er in seine Gedanken vertieft. Da eine weitere

Einnahmequelle versiegt war, würde er sich nun besonders ins Zeug legen, um seinen Abschluss nicht nur so bald wie möglich, sondern auch sehr gut zu machen. Marcel hatte die Nase voll von Jobs für Studenten, er wollte sich einer richtigen Aufgabe stellen. Westhoff sollte sich nicht einbilden, dass er zurückgekrochen kam und ihn anbettelte, das Stipendium behalten zu dürfen. Er würde es allen zeigen. Von seinem letzten Deal mit Schaffrath besaß er genügend Geld, um es sich noch eine ganze Weile gut gehen zu lassen. Glücklicherweise hatte Marcel die komplette Bezahlung für den letzten Auftrag eingestrichen, da Schaffrath nicht mehr dazu gekommen war, seinen Anteil, der nicht eben gering gewesen war, einzufordern.

Marcel betrat die Bibliothek und wollte sich gerade einen Platz suchen, als irgendjemand an seinem Arm zupfte. Marcel fuhr herum – und stand vor Nadine.

Sie blickte ihn an. „Hallo. Wie geht es dir?“

„Danke.“ Er brachte es fertig, sie anzustrahlen, obwohl er eigentlich am liebsten einfach mal ein Weilchen seine Ruhe gehabt hätte. Aber Nadine durfte das natürlich auf keinen Fall merken. Schließlich konnte sie ihm vielleicht noch sehr nützlich sein.

„Hast du schon mit dem Artikel angefangen, den du für ‚medic‘ schreiben willst?“ wollte sie neugierig wissen. Sie war schon sehr gespannt und konnte es kaum erwarten, etwas von ihm zu lesen.

Marcel sandte ein stummes Stoßgebet zum Himmel. Das auch noch! Den Artikel hatte er vollkommen vergessen. „Äh ja, natürlich“, stammelte er. „Ich komme aber leider nicht so recht weiter.“

„Wenn du einen Moment Zeit und natürlich Lust hast, lass uns doch in der Cafeteria einen Kaffee zusammen trinken. Dann können wir das Thema deines Artikels noch mal genauer besprechen. Was hältst du davon?“

„Eine erstklassige Idee. Es ist mir eine Ehre, eine so kompetente und überaus nette Gesprächspartnerin wie dich zu haben. Solch eine Gelegenheit bietet sich einem selten. Da wäre ich schön dumm, wenn ich sie nicht nutzen würde.“ Vergnügt und mit einem Blitzen in den Augen zwinkerte er ihr zu. Er versuchte sich bei ihr einzuhaken, doch sie ließ dies nicht zu, sondern drückte ihren Arm fest an den Körper.

Marcel seufzte. Diese Frau war wirklich nicht leicht zu einem kleinen Flirt zu bewegen.

In der Cafeteria herrschte um diese Uhrzeit wenig Betrieb. Sie holten sich jeder eine Tasse Kaffee und setzten sich an einen der vielen kleinen, wackeligen Tische. Normalerweise vermied es Marcel, hierher zu kommen. Wohin man auch schaute, alles war schmuddelig und heruntergekommen. Er zwang sich, darüber hinwegzusehen, denn sonst würde unweigerlich wieder das Gefühl von Atemnot und Beklemmung einsetzen, das ihn in einer solchen Umgebung regelmäßig befiel.

Von all dem merkte Nadine nichts. Alles, was sie interessierte, waren die Zeitung und die Aussicht auf einen guten Artikel, der möglicherweise noch mehr Studenten auf das Blatt aufmerksam werden ließ. „Du hast ja gesagt, dass du dir vorstellen kannst, über dein Stipendium zu schreiben“, führte sie das Gespräch zielstrebig zu dem Punkt, der ihr wichtig war. Natürlich konnte sie nicht ahnen, dass dies ein Thema war, auf das er im Moment gar nicht gut zu sprechen war.

Marcel brummte etwas vor sich hin. Unwillkürlich musste er an Westhoff denken. Am liebsten wollte er gar nicht mehr über das Geschehene nachdenken. Allerdings, wenn er es genau überlegte, vielleicht gelang es ihm auf diesem Wege, dem Tutor im Nachhinein eins auszuwischen. „Ist es denn auch möglich, mich darüber kritisch zu äußern?“ wollte er wissen.

„Selbstverständlich, auch bei uns gilt die in der Bundesrepublik herrschende Pressefreiheit“, lachte sie ahnungslos.

Marcel überlegte kurz. Sehr lange würde ihn dieser Artikel sicher nicht aufhalten. Und ein paar gut sitzende Seitenhiebe in Westhoffs Richtung und auf die Arbeit im Labor, das war ihm ein bisschen Mühe schon wert. Mindestens ebenso wichtig war es jedoch, den Kontakt zu Nadine zu vertiefen. „Zu Hause fällt mir irgendwie nichts Richtiges ein. Was denkst du, könnte ich den Artikel vielleicht bei euch in der Redaktion schreiben? Und wenn ich nicht weiterweiß, dann wende ich mich eben an dich."

„Ja, natürlich. Ich zeige dir gern alles", bot Nadine hilfsbereit an.

„Wann bist du denn das nächste Mal dort?"

„Übermorgen." Nadine strahlte. „Wenn du so gegen elf Uhr da sein könntest, das wäre ideal."

„Alles klar." Eigentlich hätte Marcel gern noch ein wenig länger geplaudert und versucht, ein paar private Dinge aus ihr herauszulocken, doch sie hatte es plötzlich eilig.

„Meine nächste Vorlesung beginnt in zehn Minuten." Sie trank ihren Kaffee aus und stand auf. „Aber wir sehen uns ja morgen." Nadine winkte ihm noch einmal zu und eilte davon.

In dieser Nacht schlief Marcel schlecht, so schlecht wie schon lange nicht mehr. Die alten Bilder huschten durch seine Erinnerung. Diesmal jedoch war etwas anders als bei all seinen Albträumen zuvor. Diesmal waren sie nur der Anfang und hörten auch nicht auf, ihn zu peinigen, nachdem er längst in angstvollem Entsetzen die Augen aufgeschlagen hatte. Marcels Herz pochte so laut, dass er meinte, es müsse jeden Augenblick zerplatzen. Er lag in seinem Bett, unfähig sich zu rühren, denn glasklar sah er plötzlich Dinge vor sich, an die er noch niemals zuvor zurückgedacht hatte.

In seiner Verzweiflung schlug Marcel die Hände vors Gesicht, doch es half nichts, unerbittlich erzwangen sich die Bilder ihren Weg in sein Bewusstsein. Es gab kein Entrinnen. Marcel spürte einen feinen Stich in der Schläfe.

Da waren Sandy und er, wie so oft wieder mal allein zu Hause. Sandy hatte sich zu ihm aufs Bett gesetzt und seine Hand genommen. Liebevoll lächelte sie ihn an. „Vergiss mich nicht, wenn ich irgendwann nicht mehr da bin, um auf dich aufzupassen."

„Das wird niemals geschehen, das verspreche ich dir." Er hatte mit all der Kraft seiner kindlichen Überzeugung gesprochen und dann noch einen Satz hinzugefügt. „Warte nur, bis ich groß bin, dann werde ich ein Medikament entwickeln, das dich wieder ganz gesund macht."

Nachsichtig hatte Sandy gelächelt und genickt, obwohl ihr längst klar gewesen war, dass ihr nicht die Zeit blieb zu warten.

Jetzt erst, all die vielen Jahre später, erkannte er, dass sie damals bereits begriffen und akzeptiert hatte, dass die Medizin ihr nicht würde helfen können. Sie hatte sich mit ihrem Schicksal abgefunden und das Unausweichliche akzeptiert.

Doch er, Marcel, hatte das nicht und er würde es

auch niemals tun. Seither war kein Tag ins Land gegangen, an dem er sich nicht von Herzen gewünscht hatte, dazu beizutragen, dass der Wissenschaft endlich der entscheidende Durchbruch gelang.

Doch spätestens seit heute, seit dem abrupten Ende seines Stipendiums, war er gescheitert. Der Schmerz in seiner Schläfe verstärkte sich kaum merklich, sein Mund war so trocken, dass seine Zunge am Gaumen festzukleben drohte. Ein unbändiges Gefühl von Hass stieg in ihm auf. Es richtete sich gegen Westhoff und all die anderen, die in kleinlicher Zurückhaltung vor sich hin experimentierten. Wie konnten sich all diese Leute ernsthaft Mediziner nennen, sich den Wunsch und die Verpflichtung, Menschenleben zu retten, auf ihre Fahnen schreiben? Das alles war nichts als eine lächerliche Farce. Was war die Medizin doch für ein verlogenes Geschäft!

Als sich Marcel auf den Weg in die Uni machte, war er spät dran. Er beeilte sich, denn er wollte auf keinen Fall, dass Nadine in der Redaktion auf ihn warten musste. Schließlich wollte er einen guten Eindruck machen.

Marcel hatte sich für einen dunklen Kaschmirrolli und eine Leinenhose entschieden. Darin sah er gepflegt, aber sportlich aus, und er hoffte, damit Nadines Geschmack zu treffen. Marcel war zuversichtlich, seine Bekanntschaft mit ihr vertiefen und in eine Bahn lenken zu können, die in naher Zukunft mindestens zu einem gemeinsamen Abendessen führen würde. Nicht, dass er Nadine als Frau sonderlich anziehend gefunden hätte, aber sie besaß etwas, das es ihm leicht machte, darüber hinwegzusehen – einen Arzt als Vater, der eine namhafte Klinik gegründet hatte. Mit Nadines Hilfe würde es leicht sein, die Bekanntschaft von Richard Dannenberg zu machen. Und wenn alles gut ging, dann konnte er, Marcel, nach bestandener Prüfung vielleicht schon bald dort zu arbeiten anfangen. Bei dem Gedanken daran lächelte er. Gut gelaunt pfiff er eine Melodie vor sich hin.

Von den Albträumen, die ihn zwei Nächte zuvor so tief erschüttert hatten, hatte er sich wieder erholt. Nachdem er am Tag danach noch ziemlich mitgenommen gewesen war und sich in seinen Büchern vergraben hatte, ging es ihm nun schon viel besser. Er hatte die hässlichen Bilder verdrängt, sich gezwungen, nach vorne zu blicken und sich auf seine Prüfung zu konzentrieren.

Sie trafen sich in den Redaktionsräumen. Marcel gab Nadine zur Begrüßung einen Kuss auf die Wange, doch er merkte, dass ihr dies bereits zu viel körperliche Nähe war.

„Hallo, schön, dass du gekommen bist.“ Nadine deutete auf einen freien Schreibtisch neben dem ihren.

„Hier kannst du dich hinsetzen und arbeiten. Wenn du etwas wissen möchtest, dann frage mich bitte. Ich helfe dir gern."

Marcel ließ sich vor dem Computer nieder und holte seine Unterlagen aus der Ledertasche hervor, die er dabeihatte. „Ich freue mich schon darauf, mit dir zusammenzuarbeiten. Ich bin sicher, das wird wunderbar funktionieren." Er schenkte ihr sein charmantestes Lächeln, von dem er wusste, dass er damit schon so mancher Frau weiche Knie beschert hatte.

Leider perlte es an Nadine ab, ohne die geringste Wirkung zu zeigen. Zwar nickte sie ihm durchaus freundlich zu, doch da war nicht die Spur eines Prickelns zwischen ihnen.

Enttäuscht wendete sich Marcel dem Computer zu und begann seinen Text zu tippen. Allerdings war er nicht bereit, sich so schnell entmutigen zu lassen. Er hatte ja gerade erst angefangen und würde nach und nach alle Register seiner Verführungskunst ziehen. Bisher hatte er noch jede Frau für sich gewonnen, die er haben wollte. In dieser Hinsicht war er das, was man ‚vom Erfolg verwöhnt' nennen konnte.

Schon bald entschloss er sich, eine kleine Pause einzulegen. Er trat hinter Nadine und legte ihr sanft die Hand auf die Schulter. „Ich geh' mir in der Cafeteria einen Kaffee holen. Soll ich dir auch einen mitbringen oder hast du vielleicht sogar Zeit, mich zu begleiten?"

„Ach, tut mir Leid. Ich bin gerade mitten in der Arbeit. Danke, sehr nett von dir, aber im Moment bin ich wunschlos glücklich."

Still fluchte Marcel in sich hinein. Nadine war wirklich ziemlich spröde. Genervt ging er zu seinem Platz zurück. „Na gut. Wenn du nichts willst, verzichte ich auch." Er schrieb seinen Artikel fertig, eine harsche Kritik an den Zuständen im Forschungslabor und an Westhoff, den er sogar einige Male namentlich nannte. Marcel las sein Werk noch einmal gründlich durch und nickte zufrieden. Dann drehte er sich zu Nadine um, die noch immer konzentriert arbeitete. Marcel war beeindruckt. Diese Frau nahm ihr Studium und ihre Arbeit wirklich ernst. Sie musste sehr ehrgeizig sein. Zumindest in diesem Punkt hatten sie etwas gemeinsam. „Nadine, was meinst du? Hast du Lust, meinen Artikel zu lesen?"

„Ja, gerne." Sie strahlte. „Ich bin sicher, er wird interessant sein." Sie schob ihren Stuhl neben seinen, und ihre Augen flogen nur so über die Zeilen auf dem Monitor. Ein paarmal stutzte sie, sagte aber nichts. „Es ist, wie ich es mir gedacht habe", stellte sie schließlich anerkennend fest. „Du schreibst sehr gut, kritisch – wenn auch provokant. Da sind ein paar Thesen drin, die sicherlich einen Sturm der Entrüstung auslösen werden und ganz sicher nicht die Meinung der Redaktion – oder meine – widerspiegeln. Aber ich denke, das geht schon in Ordnung. Schließlich erscheint der Artikel unter deinem Namen. Außerdem werden die Kommilitonen dann wenigstens auf unsere Unizeitung aufmerksam." Sie machte eine kurze Pause und sah ihn direkt an. „Letztlich äußerst du dich über ein Stipendium, welches an unserer Uni angeboten wird, an dem du teilgenommen hast."

„Richtig. Es entspricht alles meiner ganz persönlichen Erfahrung. Ich bin froh, dass du mit meiner Arbeit zufrieden bist und mir die Möglichkeit gibst, auch über kontroverse Dinge zu schreiben." Seine Finger glitten über ihren Arm. „Und ich bin sicher, dass ich von dir noch eine Menge lernen kann." Mit gespielter Schüchternheit blickte er zu Boden, wartete gespannt auf ihre Reaktion.

„Ach was." Eine leichte Röte überzog Nadines Wangen.

Keine Frage, sie fühlte sich geschmeichelt, genau so, wie er es beabsichtigt hatte. „Was hältst du davon, wenn du mich bei einem netten Abendessen ein bisschen an deiner Erfahrung als Redakteurin teilhaben lässt?" Er machte eine Kunstpause und zwinkerte ihr verschmitzt zu. „Vergiss nicht, dies könnte der Beginn einer langen, Erfolg versprechenden Zusammenarbeit werden", fügte er mit Nachdruck hinzu. Sie sollte unbedingt glauben, dass es ihm wirklich wichtig war, für dieses Blatt zu arbeiten, obwohl es ihm natürlich um etwas ganz anderes ging. Die Unizeitung war nur Mittel zum Zweck, mehr nicht.

Nadine überlegte kurz. Diese Einladung war sicher nett gemeint, sie wusste beim besten Willen nicht, wie sie sie hätte ablehnen sollen. Eigentlich versuchte sie Job und Privatleben stets strikt zu trennen, aber Marcel machte einen netten Eindruck und man konnte sich gut mit ihm über Medizin unterhalten. Das gab den Ausschlag. „Okay, gern. Wann würde es dir denn passen?"

„Ach, warum lange warten? Hast du heute Abend schon etwas vor?" Erwartungsvoll blickte er sie an.

„Oh, das ist sehr spontan." Sie gab sich einen Ruck. „Gut, warum nicht. Es steht eigentlich nichts Besonderes an."

„Isst du gerne italienisch?" wollte Marcel wissen. „Dann könnte ich nämlich ein Restaurant empfehlen."

Nadine zuckte die Achseln. „Klar, warum nicht."

„Ich kann es kaum erwarten." Marcel bemühte sich, seiner Stimme einen besonders warmen, tiefen Klang zu gehen. „Dann reserviere ich schon mal einen Tisch." Der erste Schritt war geschafft. Er würde bei ‚Gianni' anrufen. Sobald man in dem kleinen, aber feinen Restaurant war, hatte man das Gefühl, in Urlaub zu sein. Italienische Musik spielte, frische Blumen standen auf den schlichten, aber edlen Holztischen. Und Gianni selbst, der Herr des Hauses und ein begnadeter Koch, war äußerst freundlich und um seine Gäste bemüht. Irgendwie fand er immer die Zeit, jeden persönlich mit Handschlag zu begrüßen.

Marcel hatte bisher noch keine Frau erlebt, der es bei ‚Gianni' nicht gefallen hatte. Außerdem lag ‚Gianni' direkt um die Ecke von seinem Zuhause.

Sollte der Abend tatsächlich noch romantisch enden, und er würde alles daransetzen, dieses Ziel zu erreichen, dann waren die Voraussetzungen geradezu perfekt.

Marcel hatte einen dezenten, aber kostspieligen Duft aufgelegt und seinen besten Anzug angezogen. Er sah aus wie ein reicher Gentleman aus irgendeinem amerikanischen Film. Marcel strich sich vor dem Spiegel noch einmal durch die Haare. So weit war alles in Ordnung, er war gut vorbereitet. Er überlegte noch, sich eine rote Rose ans Revers zu stecken, die er Nadine dann, im Falle eines Falles, in die Hand drücken konnte, aber das schien ihm dann doch zu übertrieben.

Kurze Zeit später saß er im ‚Gianni' und wartete auf Nadine. Selbstverständlich hatte er ihr angeboten, sie zu Hause abzuholen. Nadine hatte jedoch abgelehnt. Deshalb war er bereits eine Viertelstunde zu früh zum Restaurant geschlendert und hatte sich an den reservierten Tisch gesetzt. Auf jeden Fall wollte er vermeiden, dass Nadine vor ihm ankam und nicht wusste, wo sie sich hinsetzen sollte. Es war die Pflicht eines aufmerksamen Herrn, dafür zu sorgen, dass der Dame jede Unannehmlichkeit oder gar Peinlichkeit erspart blieb. In diesen Dingen hielt es Marcel ganz mit der alten Schule. Und er war sicher, dass er damit auch bei Nadine punkten konnte.

Er musste nicht lange warten, bis sie kam. Suchend und ein wenig schüchtern trat sie ein und blickte sich in dem Restaurant um.

Marcel winkte ihr fröhlich zu, stand dann auf und eilte ihr entgegen, um sie zum Tisch zu begleiten. Galant half er ihr aus dem Mantel und brachte ihn zur Garderobe.

Nadine wartete, bis er wieder zurück war, bevor sie sich setzte.

Sie sah gut aus, fand er.

Nadine hatte ein wenig Make-up aufgelegt, nicht zu aufdringlich, aber gekonnt. Sie trug einen schlichten Hosenanzug aus einem edlen Material.

Diese Frau besaß Stil, das musste Marcel ihr lassen. Jeder, der sie sah, konnte auf den ersten Blick erahnen, dass sie aus einem wohlhabenden Elternhaus stammte.

Marcel spürte, wie ihm dieser Gedanke einen Stich versetzte, zwang sich aber sofort, an etwas anderes zu denken. Er wusste, auch er machte einen guten Eindruck an diesem Abend. Niemand konnte ahnen, aus welch beschämend desolaten Verhältnissen er stammte. Marcel riss sich zusammen. „Nadine, schön, dass du kommen konntest."

Sie nickte. „Ja, habe ich gerne gemacht."

Es entging ihm nicht, dass sie ihre Finger nervös ineinander schlang. War das nun ein gutes Zeichen oder ein schlechtes? Jedenfalls wirkte sie recht angespannt.

„Es ist mir eine Ehre, dich heute Abend einzuladen", erklärte er ohne jede Überheblichkeit.

Nadine wollte widersprechen, doch er ließ ihr keine Gelegenheit dazu, indem er einfach weiterplauderte. „Ich bin öfter hier, das ergibt sich zwangsläufig, denn ich wohne ganz in der Nähe. Und wenn ich keine Lust habe, für mich etwas zu kochen oder ich einfach nicht allein sein will, dann gehe ich ins ‚Gianni'." Damit hatte er zumindest schon mal klargestellt, dass er zu haben war. Das erste Signal war gesetzt, das Beste jedoch kam erst noch. „Ich habe eine kleine Überraschung für dich." Marcel war schon gespannt auf ihren Gesichtsausdruck. „Ich hoffe, du fühlst dich nicht zu überrumpelt, aber ich habe für uns ein Menü zusammenstellen lassen, das nicht auf der Karte steht. Es besteht ausschließlich aus Dingen, die ich hier ganz besonders empfehlen kann. Und ich kann versichern, es ist *alles* wunderbar."

„Oh, was für eine nette Idee." Nadine war sichtlich

verblüfft. So viel Aufwand, für ein schlichtes Essen, musste nun wirklich nicht sein. Sie bereute es bereits, überhaupt eingewilligt zu haben.

Marcel merkte, dass er nicht den erhofften Effekt erzielt hatte. Zwar war Nadine ausgesucht freundlich, aber er spürte, dass die Distanz zwischen ihnen blieb. Sie öffnete sich ihm einfach nicht in der Weise, wie er es sich gewünscht hatte. Woran konnte das liegen? Hatte sie vielleicht einen Freund und gehörte zu der Sorte Frauen, für die dann alle anderen Männer uninteressant waren? Wenn er sie so ansah, konnte das gut sein. Sie wirkte ernst und sensibel, keine Frau für ein flüchtiges Abenteuer. Er seufzte resigniert. Der Abend versprach anstrengend zu werden.

Während sie die Vorspeise aßen, sprachen sie über dies und das, doch ihre Unterhaltung kam nicht recht in Gang. Nur wenn es um medizinische Themen ging oder um ihre Arbeit für die Unizeitung taute Nadine endlich auf.

Dies änderte sich auch während des Hauptganges nicht. Marcel hatte gehofft, dass Nadine, wenn sie erst den einen oder anderen Wein getrunken hatte, vielleicht etwas lockerer würde. Doch sie nippte nur an ihrem Glas.

Einmal, sie waren mittlerweile beim Dessert angekommen, ertappte sich Marcel dabei, wie er verstohlen auf seine Armbanduhr blickte.

Hartnäckig versuchte er ihr ein paar Bemerkungen über ihr Privatleben zu entlocken, doch jedes Mal biss er auf Granit. Nadine schien äußerst diskret zu sein. Marcel tappte im Dunkeln. Er war ratlos.

Schließlich sah er ein, dass er zumindest für diesen Abend an seine Grenzen gestoßen war. Vielleicht brauchte Nadine einfach etwas länger, um ein bisschen mehr aus sich herauszugehen.

„Was meinst du, soll ich in den nächsten Tagen noch mal beim ‚medic' vorbeikommen?" fragte er resigniert.

„Aber natürlich. Ich fände es schön, wenn du auch die Redaktionspost zu deinem Thema selbst beantworten würdest. Je nachdem wie die Resonanz ist, können wir vielleicht für ein paar Wochen auch ein festes Diskussionsforum auf ein paar Seiten einrichten. Ich kann mir durchaus eine längerfristige Sache sehr gut vorstellen."

„Das ist eine gute Idee. Dafür stehe ich gern zur Verfügung." Dies war eine schamlose Lüge, doch was blieb ihm übrig? Wenn er bei dieser Frau weiterkommen wollte, dann musste er mehr investieren als nur ein edles Abendessen. Und selbst wenn er ihr die Sterne vom Himmel geholt hätte, Marcel war nicht sicher, ob sie das beeindruckt hätte. Er konnte sich nicht erinnern, bei einer Frau schon einmal derart kläglich und hundertprozentig gescheitert zu sein. Das war eine bittere Pille, die er schlucken musste.

7. KAPITEL

Mit einem etwas bangen Gefühl machte sich Marcel auf den Weg zum Herrenhaus, wo er eine weitere Unterrichtseinheit in Hypnosetherapie absolvieren musste. Nachdem es das letzte Mal fast ausschließlich um die Theorie gegangen war, stand nun ein ausgiebiger Praxisteil an. Mit Grauen erinnerte er sich daran, wie er selbst reagiert hatte, als er in Trance gewesen war. Diesmal würde er sich weigern. Gern schaute er bei den anderen Kursteilnehmern zu, analysierte und versuchte vielleicht sogar, selbst jemanden zu hypnotisieren, doch er würde sich auf keinen Fall noch einmal in diesen Zustand versetzen lassen. Erinnerungen waren seine ureigenste Angelegenheit und diese Geheimnisse sollten die seinen bleiben und nicht von wildfremden Menschen hervorgezerrt werden.

Allerdings war Marcel gespannt, was er bei den anderen Teilnehmern erleben würde. Daraus ließ sich ohne Zweifel vieles lernen, was er später einmal, wenn er vielleicht selbst eine Hypnosetherapie durchführte, gut einsetzen konnte. Marcel gab es ungern zu, doch er war ein wenig aufgeregt und gespannt, was ihn erwartete. Erst durch seine Bekanntschaft mit Bormeier und der Hypnosetherapie war ihm klar geworden, wie mächtig es machte, die Psyche eines Menschen zu kennen. Wenn man es richtig anstellte, dann konnte man eine Person manipulieren, ganz ohne dass sie es merkte – eine faszinierende Perspektive.

Als Marcel sich mit der Stammzellenforschung beschäftigte, hatte es ausgereicht, seine Geschäftspartner richtig einzuschätzen, sich ein Bild davon zu machen, ob sie zuverlässig und vertrauenswürdig waren oder nicht. Doch das war nun vorbei. Ein neuer Nebenjob musste her. Marcel fand den Anti-Aging-Bereich immer interessanter. Inzwischen hatte er sich mit Hilfe des Internets einen recht guten Überblick über die Einrichtungen verschafft, die es in Deutschland gab. Und auch deren Angebote hatte er genau studiert. Er war überzeugt, dass sich mit ein bisschen Geschick in jeder einzelnen dieser Schönheitsfarmen der ein oder andere schnelle Euro verdienen ließ. Mit den richtigen Drähten zu der Pharmaindustrie nach Amerika durfte das eigentlich kein Problem sein. Schaffrath hatte sich zwar geweigert, dort ein gutes Wort für ihn einzulegen, doch das spielte nun keine Rolle mehr. Jetzt konnte der Assistenzarzt ihn nicht mehr daran hindern, selbst die Initiative zu ergreifen. Alle Unterlagen und Daten über Schaffraths Deals und die dazugehörigen Konditionen lagen ihm vor. Er war entschlossen, schon in den nächsten Tagen Kontakt zu einigen Firmen in den USA aufzunehmen und sich in das Geschäft miteinzuklinken.

Um einen Einblick in diesen Bereich zu erhalten und sich einen Überblick zu verschaffen, wollte er versuchen, als medizinischer Berater vielleicht in einer der Schönheitsfarmen einzusteigen. Und war er erst irgendwo als Berater tätig, dann konnte es nur von Vorteil sein, seiner Kundschaft durch geschickte psychologische Kniffe und gezielte Suggestion eine andere Selbsteinschätzung zu vermitteln. Damit ließen sich ganz sicher beachtliche Placeboeffekte erzielen. Marcel ahnte, dass er sich eine sehr sensible Branche für seinen zukünftigen Nebenjob ausgesucht hatte, doch das schreckte ihn nicht. Er war gut vorbereitet.

Der Kurs hatte gerade erst begonnen, als, wie Marcel es erwartet hatte, Bormeier die Teilnehmer aufforderte, sich in Zweiergruppen zusammenzufinden. Leider war deren Zahl diesmal ungerade, denn Marcels Freund Peter fehlte. Er hatte sich eine hoch ansteckende Grippe eingehandelt und lag zu Hause mit Fieber im Bett.

So kam es, dass Marcel allein übrig blieb. Er fühlte sich unwohl in seiner Haut und ein wenig verloren. Mit keinem der übrigen Teilnehmer hatte er bisher ein persönliches Wort gewechselt, es sogar bewusst vermieden, einen Kontakt aufzubauen. Nun hatte er das Nachsehen.

Sofort hatte Bormeier eine Lösung parat. „Kein Problem, Herr Borchert.“ Er nickte ihm aufmunternd zu. „Dann werde *ich* die Übungen eben zusammen mit Ihnen durchführen."

Augenblicklich verkrampfte Marcel. Schon einmal hatte er nicht verhindern können, dass der Arzt einen ungewollt tiefen Blick in sein Innerstes geworfen hatte. Bormeier war einfach über eine Grenze hinwegspaziert, die Marcel heilig war. Seither empfand er eine gewisse Art von ängstlichem Respekt für diesen Mann, der ohne Zweifel eine fast magische Faszination auf alle Kursteilnehmer ausübte.

Bormeier winkte Marcel zu sich heran und er folgte dieser Aufforderung zögernd.

Alle übrigen bildeten einen Kreis um sie beide.

Unwillkürlich griff sich Marcel an den Hals, öffnete die oberen Knöpfe seines Hemdes, um etwas besser Luft zu bekommen. Doch das Gefühl von Beklemmung blieb.

Bormeier schien nichts von Marcels Unbehagen zu bemerken. „Das große Thema an diesem Wochenende ist diesmal die Technik der Suggestion", hob er an. „Und damit Sie mit eigenen Augen sehen, wie wirkungsvoll diese Methode ist, wird jeder von Ihnen seinem Übungspartner seine größte Stärke nennen. Ihre Aufgabe wird es dann sein, durch die Wahl der richtigen Worte, unterstützenden Einfluss auf diese Selbsteinschätzung zu nehmen." Streng blickte er in die Runde. „Oberste Regel dabei ist, möglichst aufbauend auf Ihren Übungspartner einzuwirken. Ansonsten werde ich sofort eingreifen."

Alle nickten zustimmend.

Bormeier fuhr fort. „Denken Sie daran, auch der Klang Ihrer Stimme ist wichtig. Jede Zweiergruppe kommt nacheinander dran und ich werde aufpassen, dass Sie alles richtig machen." Leises Gemurmel erhob sich, doch Bormeier brachte seine Schüler mit einer ungeduldigen Handbewegung zum Schweigen. „Ich muss Sie bitten, während der ganzen Zeit still zu sein, um die Konzentration des jeweils aktiven Paares nicht zu stören." Er wandte sich nun Marcel zu, der mit vor der Brust verschränkten Armen neben ihm stand. „Fangen wir doch gleich mit Ihnen an." Bormeier ließ sich einen Stuhl bringen und deutete darauf. „Setzen Sie sich bitte hin."

Marcel bewegte sich keinen Millimeter vorwärts.

„Nur nicht schüchtern sein, Herr Borchert", forderte Bormeier ihn erneut auf.

Erwartungsvoll richteten sich alle Blicke auf Marcel und zu seinem eigenen Entsetzen schoss ihm die Röte ins Gesicht. Das war ihm schon seit einer Ewigkeit nicht mehr passiert, vermutlich das letzte Mal, als er noch ein Kind gewesen war. Wieso nur ließ er sich von Bormeier so unter Druck setzen? „Nein, ich ...", begann er stockend und schwieg dann ganz.

„Bisher war ich der Meinung, Sie sind hier, um etwas

zu lernen." Verärgert zog Bormeier die Stirn in Falten. „Wenn Sie sich weigern, diese Übung zu absolvieren, dann bin ich nicht sicher, ob ich Ihnen das Abschlusszertifikat am Ende des Seminars werde überreichen können."

„Ich fürchte, das muss ich riskieren." Marcel hatte seine gewohnte Selbstsicherheit endlich wiedergefunden. „Sorry, aber für diese Übung stehe ich nicht zur Verfügung. Außerdem fühle ich mich nicht besonders. Ich denke, ich werde mir ein Glas Wasser holen." Entschlossen schob er einen der anderen Kursteilnehmer beiseite und trat aus dem Kreis. Mit großen Schritten verließ er den Raum. Er spürte, wie sich die Härchen in seinem Nacken aufrichteten.

In dem Übungsraum herrschte betretenes Schweigen, als Marcel gegangen war. Gespannt warteten die anderen Kursteilnehmer, was nun geschehen würde. Wie würde Bormeier auf diese unverhohlene Provokation reagieren?

Nachdenklich blickte der Arzt noch ein paar Momente zur Tür hinüber, als erwartete er, dass Marcel es sich noch einmal anders überlegte. Dann klatschte er entschlossen in die Hände. „Okay, dann der nächste bitte." Er machte weiter, als sei nichts geschehen.

Als Marcel in dem Flur vor dem Übungsraum stand, atmete er erleichtert auf. Jetzt erst bemerkte er, dass sein Herz heftig pochte. Langsam beruhigte er sich wieder und die Anspannung fiel von ihm ab. Er schlenderte in die Eingangshalle, denn dort hatte er einen Wasserspender und ein paar Plastikbecher gesehen, als er am Morgen angekommen war. Er füllte einen davon und trank in gierigen, langen Schlücken. Nach und nach begann er sich etwas besser zu fühlen. Seine Neugierde kehrte zurück. Er überlegte kurz, ob er es wagen konnte, wieder in den Übungsraum zurückzukehren. Aber warum eigentlich nicht? Schließlich hatte Bormeier ganz Recht, er wollte etwas lernen, wenn auch nur als Zuschauer. Sollten sich andere zu Versuchskaninchen machen, er, Marcel Borchert, war dazu nicht bereit. Dennoch sollte Bormeier ihm kein mangelndes Interesse vorwerfen können, und bestimmt würde er ihn nach dieser Szene nicht noch einmal auffordern, mitzumachen. Marcels Entscheidung war gefallen. Leise, um die anderen nicht zu stören, schlüpfte er in den Übungsraum zurück.

Das Bild, das sich ihm bot, verblüffte und faszinierte ihn zugleich. Zwar hatte Marcel, weil er draußen gewesen war, nicht mitbekommen, was der junge Mann, der umringt von den übrigen Kursteilnehmern auf einem Stuhl saß, als seine größte Stärke genannt hatte, doch er strahlte über das ganze Gesicht und klatschte vor Freude sogar in die Hände.

Ein Seminarkollege stand neben ihm und sagte ihm

immer und immer wieder, wie großartig er sei, wie stark und entschlossen. Dem Mann, der in Trance war, tat dies sichtlich gut, er schien die Aufmunterungen förmlich aufzusaugen.

Bormeier ließ die beiden keine Sekunde aus den Augen, beobachtete alles ganz genau. Keine einzige Regung des Mannes auf dem Stuhl entging ihm. Er hatte die Situation vollkommen und zu jeder Zeit unter Kontrolle, das war allen im Raum klar.

Marcel war tief beeindruckt.

Als Bormeier den Zeitpunkt für gekommen hielt, ergriff er die Initiative und holte den Mann auf dem Stuhl mit einem kurzen Fingerschnippen wieder aus der Trance zurück. „Atmen Sie ein paarmal tief durch und entspannen Sie sich."

Der Mann tat, was Bormeier verlangte. Er wirkte gelassen und ruhig. „Es geht mir wunderbar." Anerkennend nickte er. „Ich habe das Gefühl, als könne mich nichts und niemand verunsichern. Egal, welche Anforderungen irgendjemand an mich stellt, ich bin sicher, ihnen gewachsen zu sein. Ich kann mich nicht entsinnen, ein solch starkes Gefühl von Zuversicht und Freude schon einmal empfunden zu haben."

Bormeier lächelte zufrieden. „Das wundert mich nicht. So sollte es auch sein. Sie haben der Person, die bei Ihnen die Suggestion durchgeführt hat, für einen kurzen Moment erlaubt, in Ihr Unterbewusstsein vorzudringen und dort positiv unterstützend zu wirken." Bormeier war zufrieden.

Der junge Mann stand auf, ging auf Bormeier zu, um ihn zu umarmen.

Der Arzt machte sofort einen Schritt von ihm weg. „Bitte, nein. Lassen Sie das! Mit mir hat das alles nichts zu tun. Sie dürfen das nicht verwechseln. Die Wirkung liegt in der Methode begründet und hat nichts mit dem zu tun, der sie anwendet. Jeder, der eine gute Hypnosetherapieausbildung genossen und ein wenig Erfahrung gesammelt hat, kann das, glauben Sie mir."

Marcel war zugleich bestürzt und fasziniert. Dies hier waren alles noch recht harmlose Übungen, das wusste er wohl. Doch Bormeier hatte den Beweis geliefert, dass es möglich war, Gedanken und Gefühle eines anderen Menschen zu manipulieren, ohne dass dieser sich dagegen wehren konnte.

In den nächsten Tagen konzentrierte sich Marcel voll und ganz auf sein Studium. Von morgens früh bis abends spät hielt er sich in der Unibibliothek auf und lernte wie ein Besessener. Meist schaffte er es nicht einmal, noch einkaufen zu gehen, um überhaupt etwas im Kühlschrank zu haben. An solchen Tagen kehrte er dann meist bei ‚Gianni' ein.

Einmal schaute er noch in der Redaktion des ‚medic' vorbei, um zu sehen, ob Nadine da war. Seit ihrem gemeinsamen Abendessen hatte er, abgesehen von einer E-Mail, die sie ihm geschickt hatte, nichts mehr von ihr gehört. Sie hatte ihm darin mitgeteilt, dass sein Artikel in der nächsten Ausgabe ohne jede Änderung erscheinen werde, und ihn gefragt, ob er denn tatsächlich noch weitere Artikel für den ‚medic' schreiben wolle. Bislang hatte er ihr noch nicht geantwortet. Das wollte er jetzt persönlich nachholen und ihr erklären, dass er wegen der Prüfungen erst mal keine Zeit haben würde, einen oder mehrere weitere Artikel zu schreiben.

Leider musste Marcel erkennen, dass er offenbar zu einem denkbar ungünstigen Moment in der Redaktion aufgetaucht war, denn Nadine hatte gerade sehr viel zu tun. Sie winkte ihm nur kurz zu, dann wandte sie sich wieder einigen Kollegen zu, die gerade eine heftige Diskussion führten. Marcel hatte keine Ahnung, worum es ging, doch er empfand auch wenig Interesse, es herauszufinden. Er machte sich zurück auf den Weg in die Bibliothek. Ohnehin waren die Uni und die Prüfungen jetzt das Wichtigste. Alles andere musste fürs Erste dahinter zurückstehen.

Auch wenn Marcel zu Hause in der Villa war, las er unentwegt Fachliteratur und notierte sich besonders wichtige Infos auf Karteikarten, die er alphabetisch ordnete. Irgendwann jedoch musste er, trotz allen Ehrgeizes, der ihn trieb, mal eine Pause einlegen. Dann saß er vor seinem Computer und recherchierte im Internet zum Thema Anti-Aging. Eine Tätigkeit als medizinischer Berater in diesem Bereich würde ihn schon reizen, denn sie wäre nicht sonderlich zeitaufwendig. Wenn er ein- oder zweimal die Woche bei einer Schönheitsfarm oder einer ähnlichen Einrichtung arbeitete, dann erlaubte ihm dies durchaus, parallel seinen Assistenzarzt in einer Sportklinik zu machen. Das Wichtigste an dieser Tätigkeit war jedoch, dass etwas Geld in seine Kasse kam – alles in allem eine perfekte Kombination.

Marcel klickte sich durch mehrere Internetseiten, die verschiedene Schönheitsfarmen rund um seine Stadt präsentierten. Das Geschäft mit der Schönheit lag voll im Trend, das Angebot war vielfältig. Er wählte die ‚Beauty-Oase' aus, eine Schönheitsfarm mit großem Wellnessbereich, die, so schien es, auf dem modernsten Stand der Technik war und ein umfangreiches Angebot lieferte. Marcel griff zum Telefonhörer und wählte die angegebene Nummer.

Sofort meldete sich eine junge Frau. „‚Beauty-Oase', guten Tag. Was kann ich für Sie tun?"

Marcel räusperte sich. „Borchert hier, hallo. Ich würde gerne einmal bei Ihnen vorbeischauen und mir die Räumlichkeiten und Ihre Behandlungsmethoden anschauen. Ich stehe kurz vor dem Abschluss meines

Medizinstudiums und suche nach beruflichen Herausforderungen."

„Da verbinde ich Sie gerne mit Frau Mertens, der Leiterin der ‚Beauty-Oase'. Einen Moment bitte."

Als sich besagte Dame meldete, wiederholte Marcel sein Anliegen noch einmal. Schnell wurde man sich einig. Schon am kommenden Vormittag konnte er zu einem Besichtigungstermin vorbeikommen. Doch das war noch nicht alles. Frau Mertens ließ durchblicken, dass in der ‚Beauty-Oase' derzeit der Posten eines medizinischen Beraters zu besetzen war, ohne dass sie ihm Hoffnung auf diese Stelle machte. Dennoch, wenn er sich gut verkaufte, standen ihm alle Möglichkeiten offen. So viel Glück hatte man nicht alle Tage, dies musste ein Wink des Schicksals sein.

Die Fahrt dauerte nicht lange. Marcel stellte seinen Wagen auf dem Gästeparkplatz ab und stieg aus. Hierher also kamen die Reichen und Schönen, die er, solange er denken konnte, beneidet hatte. Die Anlage war geschmackvoll gestaltet, auch dem Gebäude sah man an, dass es von einem Architekten geplant und umgesetzt worden war. Alles wirkte durchdacht und sehr modern.

Marcel trat ein. Vor ihm breitete sich eine großzügige, lichtdurchflutete Eingangshalle aus. Zielstrebig ging er auf das Informationsdesk zu. Es war aus massivem Kirschbaumholz gefertigt, das erkannte Marcel sofort. Auf seinen Blick für alles, was teuer und qualitativ hochwertig war, konnte er sich verlassen.

Eine hübsche junge Dame mit langen blonden Haaren lächelte ihn an. „Kann ich Ihnen irgendwie helfen?“ fragte sie freundlich.

„Ja, ich denke schon. Mein Name ist Marcel Borchert. Ich habe einen Termin mit Frau Mertens.“

„Oh, selbstverständlich. Ich werde ihr Bescheid sagen, dass Sie da sind.“ Sie betätigte die hausinterne Gegensprechanlage. Jetzt erst bemerkte Marcel das Headset, das sie trug. „Ihr Besuch ist da, Frau Mertens.“ Sie lauschte kurz, dann wendete sie sich wieder Marcel zu. „Frau Mertens wird in wenigen Augenblicken hier sein.“ Sie deutete auf die helle Ledercouch in der Ecke. „Wenn Sie so lange vielleicht Platz nehmen wollen. Und vielleicht kann ich Ihnen etwas zu trinken anbieten? Ein Wasser oder einen Saft vielleicht?“

„Sehr gerne. Ein Wasser, bitte.“

Die junge Frau öffnete die Tür eines Kühlschranks, der sich auf der Rückseite des Desks befand, holte eine Flasche heraus und goss Marcel ein Glas ein. „Mit Eis?“

„Nein, ohne.“ Marcel musste anerkennen, dass der Service hier wirklich sehr gut war.

Er hatte erst einen Schluck genommen, als eine Frau Mitte vierzig auf ihn zutrat. Sie hatte dunkelblond gefärbtes Haar und war braun gebrannt. Wahrscheinlich ging sie regelmäßig auf die Sonnenbank, schätzte Marcel. Durch ihre schlanke Figur und ihre aktive Ausstrahlung wirkte sie viel jünger, als sie war. Aber Marcel kannte sich mit Frauen in diesem Alter aus, schließlich waren sie es, die die meiste Anziehungskraft auf ihn ausübten. Freudig überrascht ergriff er die Hand, die sie ihm darbot. „Guten Tag, wir haben telefoniert. Mein Name ist Marcel Borchert."

„Ja, schön, dass Sie sich für die ‚Beauty-Oase' interessieren." Ihre Augen glitten an ihm herab, ihr Blick war wohlwollend. Offensichtlich gefiel ihr, was sie sah. „Vielleicht zeige ich Ihnen zuerst einmal den Wellnessbereich. Wir arbeiten hier mit Licht- und Farbtherapie. Aber natürlich finden Sie bei uns auch die Klassiker, wie Thalasso und Hamam. Außerdem haben wir seit neustem damit begonnen, Biofaceliftings anzubieten. Und das wird von unseren Kundinnen sehr gut angenommen, muss ich sagen."

Marcel spitzte die Ohren, ließ sich aber nicht anmerken, wie hellhörig er auf einmal wurde.

Frau Mertens führte ihn durch die verschiedenen Räume. Noch waren keine Kundinnen da, denn die ‚Beauty-Oase' öffnete erst in einer guten Stunde. So lange blieb ihnen Zeit für einen Rundgang.

Marcel war beeindruckt, hier war wirklich an alles gedacht worden. Es gab Bereiche, die pompös und orientalisch anmuteten, andere waren vollkommen puristisch gehalten. Die Liegen für Massagen und sonstige Schönheitsbehandlungen waren komfortabel und bequem. Marcel probierte gleich eine aus, natürlich erst, nachdem er Frau Mertens um Erlaubnis gefragt hatte. Anschließend zeigte sie ihm die Produkte, mit denen gearbeitet wurde. Das Angebot war zwar nicht schlecht, aber ausbaufähig, vor allem, was die Vielfalt an Beautypräparaten anging. Marcel gab sich Mühe, die innere Unruhe, die ihn befallen hatte, zu verbergen. Die ‚Beauty-Oase' schien geradezu paradiesische Voraussetzungen für jeden zu bieten, der sich mit weiteren innovativen Produkten versuchen wollte. Diese Schönheitsfarm war genau das, was er gesucht hatte. Viele der Frauen, die hierher kamen, waren verzweifelt und einsam genug, um ihrem Berater bedingungslos zu vertrauen, das ahnte er.

Zum Abschluss des Rundgangs durch die Schönheitsfarm lud Frau Mertens ihn in ihr Büro ein. Dort wollte sie ungestört noch ein paar Details besprechen. Inzwischen war sie sicher, dass sie Marcel als Mitarbeiter ihres Hauses gewinnen wollte. Sie deutete auf den eleganten Freischwinger vor ihrem Schreibtisch. „Bitte sehr, nehmen Sie doch Platz."

Marcel folgte ihrer Aufforderung. Sie machte einen sehr selbstbewussten Eindruck auf ihn. Diese Frau ließ sich nicht vorschreiben, was sie zu tun oder zu lassen hatte, so viel war klar. Das machte den Umgang mit ihr spannend.

Sie setzte sich und betrachtete ihn schweigend.

Marcel kam sich vor, als sei er eine Ware, die vor dem Kauf eingehend geprüft wurde. Etwas Herausforderndes lag in jeder Geste dieser Frau. Ein Mann musste vor ihr auf der Hut sein, keinesfalls durfte man ihr zu weit entgegenkommen, sonst hatte man verloren. Ein Kräftemessen dieser Art reizte Marcel. Es würde der Arbeit hier, sollte es wirklich dazu kommen, eine Prise Spannung verleihen.

Endlich entschied sie sich, das Schweigen zu brechen. „Nun, was sagen Sie? Wie hat Ihnen die ‚Beauty-Oase' gefallen?"

„Sehr gut", antwortete Marcel ohne zu zögern. „Alles hier hat meine Erwartungen bei weitem übertroffen. Die Beschreibung im Internet, die mich auf Ihre Einrichtung hat aufmerksam werden lassen, wird der Wirklichkeit nicht gerecht. Eine Tätigkeit in Ihrem Hause würde mich wirklich sehr reizen."

„Das freut mich." Sie studierte weiterhin unverhohlen sein Gesicht. „Wann werden Sie denn Ihre Prüfungen ablegen?"

„Ich denke, dass ich, wenn alles gut läuft, in etwa zwei Wochen fertig sein werde", antwortete ihr Marcel scheinbar gelassen, obgleich er innerlich doch sehr angespannt war.

Sie nickte und legte schließlich die Karten auf den Tisch. „Also, Herr Borchert. Warum soll ich lange drum herum reden? Ich kann mir sehr gut vorstellen, dass Sie zu uns und unserem Haus hier passen. Es würde mich freuen, wenn Sie sich sehr bald wieder bei uns melden. Ich möchte es gerne mit Ihnen als medizinischem Berater versuchen."

Innerlich triumphierte Marcel, doch nach außen hin blieb er kühl. Er hatte sein Ziel erreicht. Ein feines Lächeln huschte über seine Züge. Marcel stand auf. „Das ist ein sehr großzügiges Angebot von Ihnen. Ich denke darüber nach."

Frau Mertens erhob sich ebenfalls und begleitete Marcel zur Tür. „Es hat mich gefreut, Sie kennen gelernt zu haben."

Als sich ihre Augen trafen, war da ein kurzes Aufblitzen, das Marcel nicht entging. In diesem Moment wusste er, sie würde ihm keine Grenzen setzen, er konnte von ihr *alles* haben, alles, was auch immer er wollte.

Er hatte sich bereits die Finger wund gewählt. Marcel konnte gar nicht mehr genau sagen, mit wie vielen ehemaligen Ansprechpartnern Schaffraths in der amerikanischen Pharmaindustrie er schon telefoniert hatte. Bislang war es nicht besonders gut gelaufen. Keiner wollte mit ihm kooperieren.

Fast hätte Marcel schon aufgegeben, als er endlich an einen Mann geriet, der Interesse signalisierte. Er hieß John Burton und arbeitete in leitender Funktion für einen Pharmariesen in Houston/Texas, der auf Hormonbehandlungen spezialisiert war.

Marcel war wie elektrisiert. Er richtete sich auf der Relaxingliege auf, auf der er es sich in seinem Wohnzimmer gemütlich gemacht hatte. Von einer Sekunde auf die andere war er hundertprozentig konzentriert.

Sie tauschten ein paar Freundlichkeitsfloskeln aus und umrissen vorsichtig, worum es ihnen ging, sollte ein Geschäft zustande kommen. Burton checkte Marcels Glaubwürdigkeit durch ein paar gezielte Fragen gründlich ab, hielt sich aber, was seine eigene Person betraf, ziemlich bedeckt. Allerdings gelangten sie in ihrem Gespräch schnell an einen Punkt, an dem es unmöglich war, es am Telefon weiterzuführen.

Es gab nur eine Möglichkeit – Marcel würde nach Houston reisen müssen. Zwar brauchte er eigentlich jeden freien Tag, um sich auf seine Prüfung vorzubereiten, doch eine solche Chance würde sich ihm nicht noch einmal bieten.

Sie einigten sich darauf, dass Marcel direkt den nächsten Flieger nehmen sollte. Er würde nur sehr kurz in Houston bleiben, das Unternehmen war nicht weit vom Flughafen entfernt. Burton würde Marcel am Flughafen abholen und zu seinem Büro bringen oder an einen anderen Ort, wo sie ungestört sprechen konnte. Bis zu Marcels Rückflug nach Deutschland, der auf jeden Fall noch am gleichen Tag stattfinden sollte, musste der Deal perfekt sein. Das Ganze bedeutete natürlich eine Menge Stress, aber das war es Marcel wert.

Kaum hatte er das Gespräch beendet, eilte er in sein Schlafzimmer und packte die nötigsten Sachen für seinen Trip zusammen. Und auch ein paar Fachbücher steckte er ein. Er wollte den langen Flug nutzen, um zu lernen, so würde er den Zeitverlust so gering wie möglich halten.

Anschließend buchte er über das Internet seine Flüge. So kurzfristig waren natürlich keine Schnäppchen mehr zu bekommen. Marcel störte es nicht. Wenn dieses Geschäft wirklich zustande kam, dann hätte sich diese Investition mehr als rentiert. Eingehend betrachtete er noch einmal die Unterlagen, aus denen hervorging, zu welchen Konditionen Schaffrath zu seiner Zeit mit John Burton seine Abschlüsse gemacht hatte. Er konnte es kaum abwarten, dem Mann endlich gegenüberzustehen.

Marcel schob sich durch die engen Gänge des Fliegers zu seinem Platz. Die Maschine war ausgebucht. Ihm widerstrebte die unangenehme Enge in der Economyclass, doch er hatte keinen anderen Platz mehr bekommen.

Seufzend ließ er sich neben dem Fenster nieder. Zum Glück würde er wenigstens hinausschauen können, ansonsten wäre dieser Flug gar nicht zu ertragen.

Marcel blickte sich um. Die meisten Reisenden waren Männer, Geschäftsleute in Anzügen. Sie waren ebenso wenig wie er auf Smalltalk aus, wollten einfach ihre Ruhe haben. Das kam ihm entgegen. Er zog sein Jackett aus und verstaute es im Gepäckfach. Dann versuchte er es sich auf seinem Platz so bequem wie möglich zu machen.

Kaum war die Maschine gestartet und hatte ihre Flughöhe erreicht, holte Marcel seine Bücher hervor und begann zu lernen. Irgendwann jedoch konnte er sich nicht mehr konzentrieren, denn er begann müde zu werden. Die Lider wurden ihm schwer. Und schon waren sie wieder da, die Bilder, die er bereits so gut kannte – und so sehr fürchtete. Sandys schmales, zartes Gesicht erschien aus den Tiefen seines Unterbewusstseins. Marcels Magen krampfte sich in bangem Erschrecken zusammen, ohne dass er irgendetwas hätte dagegen tun können. Die Haare in seinem Nacken richteten sich auf. Marcel erwachte. Benommen schaute er sich um, brauchte ein wenig, um sich zu erinnern, wo er war. Sein Nacken schmerzte. Er seufzte resigniert.

Wieso nur ließ ihn seine Vergangenheit nicht endlich los? Würde sie ihn immer in ihren Fängen halten, ihn noch lange weiter quälen und ihm ein Gefühl von Minderwertigkeit geben?

Marcel musste an Bormeier denken. Was hatte der Arzt beim zurückliegenden Seminarwochenende noch über positive Selbstsuggestion gesagt? Er versuchte sich zu erinnern. War es vielleicht möglich, all diese Dinge aus der Vergangenheit, die er so hasste, ein für alle Mal aus seinem Gedächtnis zu löschen? Schnell verwarf er diesen Gedanken jedoch wieder. Für andere mochte die Methode genau das Richtige sein, für ihn kam sie nicht in Frage. Zu vieles in ihm sträubte sich dagegen. Da *konnte* eine Selbstsuggestion einfach nicht funktionieren. Trotzdem glaubte er grundsätzlich an diese Methode, dazu hatte er in Bormeiers Seminar zu viele Gegenbeispiele erlebt. Marcel spürte, wie die Müdigkeit erneut in ihm aufzusteigen begann. Augenblicke später war er in einen tiefen, aber unruhigen Schlaf gefallen.

Erleichterung fand er darin jedoch nicht, ganz im Gegenteil. Sein Traum setzte sich fort, auch wenn es nur Szenen waren, die unzusammenhängend schienen. Wieder spürte er Sandys Nähe. Und dann sah er sie, doch diesmal war sie nicht allein. Ihrer beider Mutter war bei ihr. Die Frau war betrunken und schwankte auf ihn, Marcel, zu. Obwohl Sandy schon sehr schwach war und sich nicht mehr gut bewegen konnte, stellte sie sich der Mutter in den Weg. „Ich werde nicht zulassen, dass du ihn schlägst", sagte sie aufgebracht. Ihre Mutter begann hysterisch gackernd zu lachen, holte aus und verpasste Sandy eine schallende Ohrfeige.

Schlagartig war Marcel hellwach – und er war froh darüber. Resigniert seufzte er. Wahrscheinlich würde er die Dinge, die er in seiner Kindheit erlebt hatte, niemals völlig hinter sich lassen können. Zu tief saß in ihm die Scham.

Zum ersten Mal, seit er in diesen Flieger gestiegen war, war er froh, dass ihm bis zur Landung noch einige Stunden Zeit blieben. So konnte er sich wenigstens in Ruhe von dem unerwarteten Schrecken, der ihn hier über den Wolken ereilt hatte, erholen.

Am Flughafen in der amerikanischen Metropole herrschte großes Gedränge. Marcel blickte sich suchend um. Er hatte mit John Burton ausgemacht, dass sie sich vor dem Informationsdesk einer bestimmten Leihwagenfirma treffen sollten, denn schließlich wusste keiner von ihnen, wie der andere aussah.

Marcel entdeckte einen großen, kräftigen Mann Ende fünfzig, der mit einem suchenden Blick vor der besagten Leihwagenfirma stand. Marcel ging zu ihm hinüber und lächelte ihn an. „Hallo, sind Sie Mister John Burton?" Am Telefon hatten sie sich bereits darauf verständigt, deutsch zu sprechen. Für Burton war das praktischerweise kein Problem, da er als Sohn eines Deutschen und einer Amerikanerin zweisprachig aufgewachsen war.

„Ja, der bin ich“, antwortete er mit einer tiefen Bassstimme.

Die beiden Männer schüttelten einander die Hände.

„Ich schlage vor, wir fahren sofort zu mir in mein privates Büro. Sie haben ja bereits angedeutet, dass Sie nicht viel Zeit haben.“ Burton war weder besonders verbindlich noch unfreundlich.

„Ja, das stimmt. Ich möchte gerne direkt zur Sache kommen, denn mein Flieger zurück nach Deutschland startet schon in einigen Stunden.“ Marcel ließ sich von Burton, an den vielen Menschen vorbei, zu dessen Wagen dirigieren – ein unauffälliges Mittelklassemodell. Marcel registrierte dies verwundert. Sollte dieser Mann mit seinen Geschäften viel Geld verdienen, so verstand er dies jedenfalls geschickt zu verbergen.

Die Fahrt zu einem riesigen, unpersönlichen Gebäudekomplex dauerte nur zehn Minuten. Burton lenkte seinen Wagen in die Tiefgarage und parkte. Von dort ging es mit einem Aufzug sofort bis hinauf in den einundvierzigsten Stock. Kurz darauf betraten sie Burtons Büro. Auf dem ganzen Weg von der Tiefgarage bis hierher war ihnen kein einziger Mensch über den Weg gelaufen. Marcel fand das ein wenig unheimlich, zugleich aber auch äußerst praktisch.

Sie waren allein. Burton schien keine Sekretärin zu

haben. Auf dem Schreibtisch vor der breiten Fensterfront stapelten sich Papierberge. Und auch sonst sah es in dem Raum recht chaotisch aus. Marcel schluckte. So hatte er sich die Räumlichkeiten eines wichtigen Kopfes der amerikanischen Pharmaindustrie nicht vorgestellt. Er hatte angenommen, in ein Hightechgebäude geführt zu werden, doch im Vergleich dazu glich dieses Büro viel eher einer Bruchbude. Beinahe bereute es Marcel bereits, all die Unbequemlichkeiten in Kauf genommen zu haben und hierher gekommen zu sein.

Burton bot ihm einen Platz an, doch da auch auf dem einzigen Stuhl, der in Frage kam, mehrere Zeitschriften lagen, musste Marcel sie zunächst einmal zur Seite räumen. Er begann sich unbehaglich zu fühlen.

John Burton schien zu ahnen, was in Marcels Kopf vor sich ging. Ein amüsiertes Lächeln spielte um seine Lippen. „Dies hier ist mein so genanntes ‚Zweitbüro'. In der Firma habe ich selbstverständlich noch ein weiteres – und dort sieht es wesentlich zivilisierter aus", fügte er vergnügt hinzu. „Aber das, was wir zu besprechen haben, ist nicht für die Ohren Dritter gedacht, und deshalb ist es mir lieber, wenn keiner meiner Kollegen Sie sieht. Heutzutage kann man gar nicht vorsichtig genug sein."

„Ja, natürlich." Unmerklich atmete Marcel auf.

Burton ging zur Wand und öffnete einen Tresor,

der sich hinter einem Bild verbarg. Kein besonders originelles Versteck, fand Marcel. Doch darauf kam es schließlich nicht an.

Mit einer lässigen Handbewegung räumte Burton ein Fleckchen auf seinem Schreibtisch frei und breitete darauf einige Päckchen aus, die er aus dem Tresor genommen hatte.

Sofort war Marcel hellwach. Er wusste genau, vor ihm lagen die Produkte, wegen denen er den weiten Weg hierher gekommen war – hoch dosierte Hormonpräparate, die in Amerika zwar legal, aber in Deutschland nicht zugelassen waren, weil sie noch nicht alle dafür notwendigen Teststufen durchlaufen hatten. Alle diese Produkte hatten eines gemeinsam: Angeblich ließen sich mit ihnen die natürliche Hautalterung aufhalten und bereits vorhandene Falten deutlich reduzieren. Der Traum von der ewigen Jugend schien damit, glaubte man den Anpreisungen Burtons, in greifbare Nähe gerückt.

Burton hielt ihm einen Zettel hin. „Hierauf finden Sie eine Auflistung der Inhaltsstoffe und der möglichen Nebenwirkungen. In seltenen Fällen sind bei Patienten Herzprobleme aufgetreten, aber sie waren die Ausnahme."

Marcel war nicht sonderlich beunruhigt. Nach allem, was er bisher über Hormonbehandlungen wusste – und er hatte eine ganze Menge zu diesem Thema gelesen –, richteten solche Tabletten in der richtigen Dosis bei gesunden Menschen in der Regel keinen ernsthaften Schaden an. Er hoffte es jedenfalls. Nicht, dass er sich Sorgen gemacht hätte, doch natürlich wollte er Ärger vermeiden. Marcel sah keinen Grund, die Pillen nicht in Deutschland auszuprobieren. Er war zufrieden. „Das scheint mir genau das zu sein, was ich gesucht habe."

„Freut mich." Burton wirkte vollkommen gelassen. „Ich muss mich natürlich für die Zukunft dahingehend absichern, dass Sie ein zuverlässiger und diskreter Geschäftspartner sind." Er räusperte sich. „Und deshalb würde ich, bei allem Vertrauen und guten Willen, ein ‚Probegeschäft' vorschlagen."

„Das kann ich verstehen. Auch mir ist daran gelegen, dass die Abwicklung unseres Geschäfts von beiden Seiten aus termingerecht und so anonym wie möglich abläuft."

Sie erstellten eine Liste mit Stückzahlen der zu liefernden Waren, ohne hinzuzufügen, was genau sie bezifferten. Jeder von ihnen wusste aber Bescheid, was gemeint war. Marcel würde Burton die Tabletten zu einem Festpreis abkaufen und dann seine Gewinnspanne selbst kalkulieren. Die Lieferung würde unter falschem Namen per Luftpost nach Deutschland kommen und an ein nummerngesichertes Schließfach gehen, auf das ausschließlich Marcel Zugriff haben würde. Sollte die Ware aus irgendwelchen Gründen nicht innerhalb einer Woche abgeholt werden, so erlosch Marcels Zugriffsberechtigung sofort und neue Lieferungen kamen nicht mehr zustande. Die Ware würde an eine Briefkastenfirma in den USA zurückgeschickt und dort vernichtet werden. Und so würde es auch in Zukunft ablaufen. Burton verfügte über entsprechende Möglichkeiten. Er war ausgesprochen gut organisiert.

Marcel empfand es mittlerweile als äußerst angenehm, mit diesem John Burton Geschäfte zu machen. Man merkte, dass er ein echter Profi war, genau wusste, was er wollte. Trotzdem hatte Marcel nicht das Gefühl, dass er versuchte, ihn über den Tisch zu ziehen.

Marcel warf einen Blick auf seine Armbanduhr. Ihm blieb noch eine gute Stunde, bis er wieder am Flughafen sein musste.

Burton bemerkte dies. „Wenn Sie wollen, kann ich mit Ihnen gerne noch am Hauptsitz des Konzerns vorbeifahren. Dann bekommen Sie wenigstens einen kleinen Eindruck."

„Sehr gerne." Marcel war sofort einverstanden.

Der Konzern war untergebracht in einem riesigen, modernen Gebäude aus einer Mischung aus Glas, Stahl und Beton. Das Firmengebäude hatte Marcel tief beeindruckt, obwohl er es nur von außen gesehen hatte. Bei einem so großen Konzern, der finanziell offensichtlich auf einer soliden Basis stand, würde der Nachschub an Testware sicherlich nie ausgehen.

Marcel war mehr als zufrieden mit seinem Trip in die USA. Diese Reise hatte sich gelohnt, der Weg in eine glückliche Zukunft war bereitet.

Die Maschine mit Marcel an Bord hatte kaum vom Boden abgehoben, da fiel er in einen tiefen und diesmal traumlosen Schlaf.

8. KAPITEL

Er wusste, jetzt kam es darauf an, jetzt würde sich entscheiden, ob er seine Träume in die Tat umsetzen konnte oder nicht. Heute war der Tag seiner Abschlussprüfung an der Uni. Ihm stand eine vierstündige Klausur bevor. Zwar hatte er in den letzten Wochen und Monaten alles in seinen Kräften Stehende getan, um gut abzuschneiden, dennoch war er nervös. Außerdem wollte er nicht einfach nur bestehen, sondern eine erstklassige Prüfung hinlegen. Marcel tigerte durch die Zimmer der Villa. Mal setzte er sich hin, las noch einmal etwas nach, dann lief er wieder nur ziellos umher. Er konnte nicht sagen, wie viele Tassen Kaffee er schon getrunken hatte, um wach zu werden und zu bleiben. Leider war der einzige Effekt, dass sein Puls raste.

Eine Stunde vor dem eigentlichen Termin war er bereits in der Uni. Vor lauter Unruhe ging er auf direktem Wege zu dem Raum, in dem die Prüfung stattfinden würde. Außer Marcel war noch niemand da und auch die Tür war noch verschlossen.

Marcel entschloss sich, wenigstens für einen Moment, nach draußen zu gehen und frische Luft zu schnappen. Weil die Sonne schien, setzte er sich auf eine Bank. Sein Blick schweifte in die Ferne. Nach der Klausur heute stand noch eine kurze mündliche

Prüfung an, doch die war bei weitem nicht so wichtig für das Endergebnis. Er nahm sich vor, sich nicht verrückt zu machen, sondern einfach sein Bestes zu geben. Dann würde schon alles gut werden.

Nach einer Weile stand er entschlossen auf und kehrte zum Prüfungsraum zurück. Er fühlte sich bereits etwas besser, denn in die Anspannung mischte sich erste Vorfreude auf das, was nach dem Studium kommen würde.

Inzwischen waren auch weitere Prüflinge angekommen. Nachdem alle Formalitäten abgewickelt waren und jeder seinen Personalausweis vorgelegt hatte, ging es los. Marcel suchte sich einen Platz, etwas abseits von den anderen. Die Themen wurden verteilt.

Stille senkte sich über den Raum. Nur noch das Kratzen von Stiften über Papier war zu hören, hier und da ein Rascheln oder ein Seufzen.

Marcel wurde plötzlich ganz ruhig. Er schrieb und schrieb und vergaß alles andere um sich herum.

Das Einzelgespräch mit Bormeier im Herrenhaus machte Marcel etwas Sorgen. Es bildete den offiziellen Abschluss seiner Hypnosetherapieausbildung. Marcel hatte es in der letzten Zeit vermieden, mit dem Arzt allein in einem Raum zu sein. Bormeier machte ihn nervös, denn in seiner Gesellschaft hatte Marcel das ungute Gefühl, ein offenes Buch zu sein, in dem der

Arzt lesen konnte, wie er es nur wollte. Alles in Marcel sträubte sich dagegen. Dennoch war er dankbar, für die neue Welt, die Bormeier ihm mit Hilfe des Seminars eröffnet hatte.

Bormeier empfing ihn in seinem Arbeitszimmer. Als Marcel eintrat, stand er auf und streckte ihm die Hand entgegen. „Hallo, Herr Borchert. Setzen Sie sich doch und machen Sie es sich gemütlich. Ich will Sie nicht lange auf die Folter spannen. Ich habe das Dokument, das Ihnen die erfolgreiche Teilnahme an meinem Seminar bescheinigt, ausgestellt."

Marcel sank auf den Stuhl, auf den Bormeier deutete. Er war erleichtert.

„Ich muss zugeben, dass ich einige Zeit darüber nachgedacht habe, ob ich dies tun kann. Sie wissen selbst, Sie waren nicht immer das, was man einen einfachen Schüler nennen kann. Dennoch habe ich Sie als äußerst wissbegierig erlebt und mit aller Ernsthaftigkeit darum bemüht, die Hypnosetherapie wirklich zu erlernen. Und ich glaube, das ist Ihnen auch gelungen."

Wenig später, sie hatten nur noch einige unbedeutende Nettigkeiten ausgetauscht, verließ Marcel das Herrenhaus, das wichtige Dokument trug er stolz bei sich. An diesem Ort hatte er nicht nur schöne Erfahrungen gemacht, doch das war jetzt nicht mehr wichtig. Wahrscheinlich würde er niemals wieder hierher zurückkehren.

Die nervenzehrende Zeit, bis ihm das Ergebnis seiner Prüfungen mitgeteilt wurde, verbrachte er zwischen Hoffen und Bangen. Dann erhielt er endlich die erlösende Nachricht. Alles war wunderbar gelaufen, er hatte ein glattes Einserexamen hingelegt. Marcel war überglücklich.

Als Erstes rief er in der ‚Beauty-Oase' an, um Katharina Mertens die gute Nachricht mitzuteilen. Spontan machte sie ihm ein Angebot, das er einfach nicht ablehnen konnte. Schon am kommenden Montag sollte er auf der Schönheitsfarm anfangen, zu einem Gehalt, das seine Erwartungen bei weitem übertraf. Auch von der Sportklinik, in der er seinen Assistenzarzt machen konnte, hatte er eine Zusage erhalten. Schon vor Tagen war ihm diese in den Briefkasten geflattert. Alles lief perfekt.

Doch bis es wieder ernst wurde mit der Arbeit, wollte Marcel am liebsten durchfeiern. Schließlich hatte er einen gewissen Nachholbedarf nach der harten Zeit vor der Prüfung.

Getragen von einem Hochgefühl, machte sich Marcel auf den Weg ins ‚Dr. Med.'. Von dort aus rief er alle Leute an, die er gern wissen lassen wollte, dass er jetzt sein Studium abgeschlossen hatte, und bat diese, in die Bar zu kommen. Er würde allen die Getränke ausgeben und vielleicht das ein oder andere interessante Gespräch führen.

Natürlich ließen sich die meisten eine solche Gelegenheit nicht entgehen. Recht bald füllte sich die Bar mit Marcels Bekannten.

Auch Peter war natürlich gekommen. Marcel und er hatten sich seit einer Weile nicht mehr gesehen, da Peter bei der Hypnosetherapieausbildung wegen einer Grippe die letzten Male gefehlt hatte. Und Marcel war in den Wochen vor seiner Prüfung gar nicht mehr ins ‚Dr. Med.' gegangen, hatte sich nur noch zu Hause hinter seinen Büchern verbarrikadiert.

Die beiden Männer begrüßten sich mit einem freundschaftlichen Schulterklopfen. Peter grinste ihn an. „Mensch, altes Haus. Oh, Entschuldigung, Herr Doktor, wollte ich natürlich sagen."

„Hallo Peter." Marcel strahlte. Er ging mit Peter zur Bar hinüber, wo der sich einen Cocktail mixen ließ. Marcel bevorzugte ein gutes Glas Wein.

Zufrieden zog Peter an dem Strohhalm in seinem Getränk. „Alle Achtung, Marcel. Dass du das alles hingekriegt hast, das hätte ich nicht für möglich gehalten."

„Ach, das war gar nicht so schlimm. Du schaffst das auch, wenn du es erst willst."

„Na ja, ich weiß nicht." Peter verzog das Gesicht zu einer selbstironischen Grimasse. „Ich habe sogar schon überlegt, ob ich nicht besser abbrechen und etwas anderes anfangen sollte. Leider habe ich noch keine

Ahnung, was das sein könnte." Er wirkte ungewohnt ernst, doch dann schob er alle traurigen Gedanken energisch beiseite. „Ich bin nicht hergekommen, um Trübsal zu blasen. Ich sorge jetzt mal ein bisschen für Stimmung und bringe den Laden auf Trab." Aufgedreht stürzte er sich ins Getümmel und schon bald schob sich eine von Peter angeführte Polonäse durch das ‚Dr. Med.'.

Marcel blieb an der Bar stehen und beobachtete das Treiben mit distanzierter Mine.

Inzwischen war es schon recht spät geworden, aber noch immer war es im ‚Dr. Med.' ziemlich voll. Marcel dachte gerade darüber nach, nach Hause zu gehen, als er eine Frau entdeckte, mit der er hier an diesem Ort gar nicht gerechnet hatte – Nadine Dannenberg stand in einer Ecke und unterhielt sich mit Peter. Die beiden schienen sich köstlich zu amüsieren.

Marcel bahnte sich den Weg zu ihnen herüber und begrüßte Nadine. Sie freute sich offenbar, ihn zu sehen. „Herzlichen Glückwunsch zu deiner bestandenen Prüfung. Peter hat mich angerufen und es mir gesagt. Er hat auf mich eingeredet, dass ich unbedingt auch herkommen soll – ich hoffe, das war dir recht", erklärte sie.

„Natürlich. Ich finde es toll, dass du gekommen bist." Verlegen drehte er sein volles Weinglas zwischen den Fingern. Zu dumm, dass er nicht selbst daran gedacht hatte, sie herzubitten. Das hätte natürlich einen wesentlich besseren Eindruck gemacht. Doch wenn er ehrlich war, dann hatte er es schlicht vergessen. Nun allerdings, da sie vor ihm stand, bereute er seine Nachlässigkeit. Noch immer lag ihm nämlich eine ganze Menge daran, ihren Vater, Professor Richard Dannenberg, einmal persönlich kennen zu lernen. Seine Instinkte waren geweckt, er witterte eine Chance. „Es ist schön, dass du Zeit gefunden hast, herzukommen." Er stieß mit ihr an. „Was macht die Arbeit bei der Unizeitung? Leider habe ich es ja auch nicht mehr geschafft, die Leserbriefe zu meinem Artikel zu beantworten. Ich hoffe, du kannst mir das verzeihen. Aber ich wusste auch so schon kaum noch, wo mir der Kopf stand."

„Ja, das war sehr schade. Wir haben eine Menge Reaktionen bekommen, vollkommen unterschiedliche natürlich. Doch deinen Abschluss zu machen, das war natürlich wichtiger." Schüchtern senkte sie den Blick. Von Marcels Mitarbeit beim ‚medic' hatte sie sich eigentlich mehr versprochen. Sie hatte gehofft, er würde öfter für das Uniblatt schreiben und vielleicht auch ein wenig Werbung machen. Aber sein Engagement für die Zeitung hatte, aus irgendwelchen Gründen, nach dem gemeinsamen Abendessen mit ihr vor einiger Zeit, rapide nachgelassen. Nadine hatte das nicht recht verstanden, traute sich aber auch nicht, ihn darauf anzusprechen. Und vielleicht hatte sein Rückzug ja wirklich nur damit zu tun gehabt, dass er zu viel um die Ohren hatte. Keinesfalls wollte sie ihm Unrecht tun.

Marcel spürte, dass ihr etwas auf dem Herzen lag. Er zog es aber vor, nicht weiter nachzuforschen, was dies sein könnte. Nach Problemdebatten stand ihm an diesem Abend nun gar nicht der Sinn. „Was steht bei dir denn in nächster Zeit so an?“ fragte er stattdessen.

„Oh, kommende Woche werde ich meinen Vater sehen.“ Ihre Augen leuchteten auf. „Er kommt hierher und hält einen Vortrag an der Uni.“

Unmerklich fuhr Marcel zusammen. „Das ist ja fantastisch!“ begann er eifrig. „Meinst du, es ist möglich, dass ich dich dorthin begleite? Dein Vater hat einen hervorragenden Ruf als Mediziner. Es wäre mir eine große Ehre, ihn einmal leibhaftig zu erleben.“

„Klar, gerne.“ Nadine freute sich, dass er so viel von ihrem Vater hielt. „Ruf mich an, dann können wir uns vorher treffen und zusammen hingehen. Wenn du willst, stelle ich ihn dir auch gerne vor.“

Bingo! Marcel konnte es kaum glauben. Gerade ging ein lang gehegter Wunsch in Erfüllung. Er wollte auf keinen Fall riskieren, dass sie es sich noch einmal überlegte. „Wenn du das tun würdest, das wäre wunderbar!“ sagte er deshalb einfach. Sein Herz klopfte vor Aufregung, doch das verbarg er geschickt.

Ab sofort sorgte Marcel dafür, dass Nadine immer

etwas zu trinken hatte. Peter oder er, einer von ihnen beiden, war ständig um sie herum, denn außer ihnen schien sie niemanden im ‚Dr. Med.' zu kennen. Marcel gab sich große Mühe, da er die Sache mit der Einladung schon vermasselt hatte, nun wenigstens jetzt ein perfekter Gastgeber zu sein. Und das gelang ihm schließlich auch recht gut.

Trotzdem wollte Nadine schließlich gehen, sie war bereits viel länger geblieben, als sie ursprünglich gewollt hatte. Sie nickte Marcel noch einmal kurz zu. „Sag mir einfach Bescheid, wenn du zum Vortrag willst, ja? Du hast ja meine Handynummer."

„Das mache ich auf jeden Fall." Marcel begleitete sie noch zur Tür. „Es war wirklich sehr nett, dass du hier warst. Du hast mir eine riesige Freude gemacht." Damit sagte er wirklich die Wahrheit. Allerdings war seine Äußerung nicht als nettes Kompliment gemeint, sondern lediglich eine schlichte Feststellung, die mit Nadine persönlich nicht das Geringste zu tun hatte.

9. KAPITEL

Endlich war es so weit – für Marcel stand heute der erste Tag als medizinischer Berater auf der Schönheitsfarm an. Er war gespannt, was ihn dort erwartete. Besonders neugierig war er auf die Damen, die die ‚Beauty-Oase' regelmäßig aufsuchten, um sich optisch verjüngen zu lassen. Denn sie waren genau die Klientel, die als potenzielle Kandidatinnen für seine Hormonprodukte aus den USA in Frage kamen.

Pfeifend schlenderte Marcel zu seinem Wagen, stieg ein und fuhr los. Seit er seine Prüfungen hinter sich hatte, war es, als sei eine tonnenschwere Last von seinen Schultern genommen worden. Marcel fühlte sich so beschwingt und zuversichtlich wie lange nicht mehr. Dunkle Ahnungen und schlechte Träume hatten ihn seit seinem Spontantrip in die USA nicht mehr gequält. Er genoss es, frei und unabhängig zu sein und über sein Leben selbst zu bestimmen. Endlich war er selbst seines Glückes Schmied, nicht mehr nur der Handlanger für irgendjemand anderen. Er trug das Risiko, aber er strich, wenn alles gut ging, auch den vollen Gewinn ein. So musste es sein.

Als er in der ‚Beauty-Oase' ankam, winkte ihn die junge Dame, die er bereits von dem Tag seines Vorstellungsgesprächs kannte, gleich zu sich. „Hallo, Herr

Borchert", rief sie ihm zu. Offensichtlich war sie auf sein Kommen vorbereitet worden.

„Mein Name ist Brigitte Werner. Wir werden uns nun wohl häufiger über den Weg laufen", lachte sie. „Frau Mertens bittet Sie zu einem kurzen Gespräch in ihr Büro. – Ich nehme an, Sie wissen, wo das ist?"

Marcel nickte.

„Sie wird Sie dann nachher auch noch einmal durch die verschiedenen Bereiche unseres Wellnesscenters führen, um Ihnen alle Anwendungen und Behandlungsformen dort ausführlich erklären. Im Groben wissen Sie ja schon Bescheid." Brigitte Werner zwinkerte ihm vergnügt zu. „Tja, und ansonsten, auf eine schöne Zeit hier bei uns." Sie fand Marcel sympathisch und machte keinen Hehl daraus.

Marcel fühlte sich geschmeichelt. Außerdem konnte es nicht schaden, wenn er hier ein paar Verbündete hatte, die ihm schon mal die eine oder andere Information zukommen ließen oder ihn einfach ein bisschen über die Gerüchteküche auf dem Laufenden hielten, die hier ganz sicher existierte. Auch private Infos über die Kundinnen konnten ihm von Nutzen sein.

Er ging den Gang entlang, bis er vor dem Büro von Frau Mertens stand. Marcel holte noch einmal tief Luft, dann klopfte er an.

„Herein!" erklang es sofort von drinnen.

Marcel trat ein.

Frau Mertens hatte bereits in einer Ecke ihres Büros einen Tisch für das Gespräch vorbereitet. Dort standen verschiedene Getränke und eine Schale mit Müsliriegeln und Plätzchen bereit. Frau Mertens forderte ihn mit einer Geste auf, dort Platz zu nehmen.

Nur zu gern kam Marcel diesem Wunsch nach. Er war neugierig, was sie ihm nun mitteilen würde, denn sie machte ein sehr ernstes Gesicht.

„Ich freue mich, dass Sie sich entschieden haben, bei uns anzufangen. Und natürlich hoffe ich auf eine lange und erfolgreiche Zusammenarbeit, deshalb halte ich es für sinnvoll, wenn ich Sie zunächst ein wenig über die Philosophie unseres Hauses wissen lasse. Und weil ich der Ansicht bin, dass steife Förmlichkeiten in einem Umfeld, in dem es um Entspannung und Wohlbefinden geht, nichts zu suchen haben, schlage ich vor, wir gehen zum etwas freundlicheren ‚Du' über. Mein Name ist Katharina."

„Sicher, warum nicht?" Marcel fühlte sich ziemlich überrumpelt. Normalerweise mochte er es nicht, wenn sich eigentlich Fremde auf dieser persönlichen Ebene begegneten. Aber was blieb ihm übrig? Wenn er ihr jetzt direkt widersprach, dann war der erste Sympathiebonus sicherlich schnell verspielt. Darauf wollte er es nicht ankommen lassen.

Katharina Mertens hob bereits an, um weiter zu sprechen. „Wir in der ‚Beauty-Oase' legen größten Wert auf einen erstklassigen, zuvorkommenden Umgang mit unseren Gästen. Deren Wunsch ist uns Befehl. Wir haben sehr viele finanzkräftige Stammkundinnen, und das kommt nicht von ungefähr. Wir empfinden uns hier alle ein bisschen wie eine große Familie, die ständig wächst. Das haben wir nicht zuletzt einer gut funktionierenden Mund-zu-Mund-Propaganda zu verdanken." Sie blickte Marcel direkt in die Augen.

Marcel nickte beflissen und Katharina Mertens fuhr fort. „Natürlich kann es auch bei uns schon mal zu Unstimmigkeiten kommen. Wenn dem so ist, dann erwarte ich, dass ich umgehend davon in Kenntnis gesetzt werde. Im Zweifel werde ich auch eingreifen und eine Lösung finden. Wende dich also an mich, egal, worum es geht. Ich bin deine Ansprechpartnerin." Ihre letzten beiden Sätze hatte sie in einem anderen Tonfall gesprochen als die vorherigen. Ihre Stimme hatte einen leicht gurrenden Klang bekommen, der tief aus der Kehle kam.

‚Nicht unsexy', dachte Marcel, rief sich aber sofort wieder zur Ordnung und verwarf den Gedanken.

Sie stand auf. „Ich werde dir die verschiedenen Bereiche unserer Wellnesslandschaft noch einmal eingehender als beim ersten Mal zeigen. Damals wusste ich noch nicht, ob wir zusammenkommen würden." Sie ging zum Schrank und holte einen weißen Arztkittel heraus, auf den in goldener Farbe das Logo der

‚Beauty-Oase' gestickt war. „Ich möchte dich bitten, den hier anzuziehen, damit du für die Kunden sofort als Ansprechpartner unseres Hauses zu erkennen bist."

„Selbstverständlich, sehr gern." Marcel, der ein lockeres Seidenshirt und eine helle Leinenhose trug, schlüpfte in den Kittel. Insgeheim dachte er, dass es sicher nicht leicht war, auf Dauer mit Katharina Mertens' bestimmender Art klarzukommen. Aber sie schien eine kleine Schwäche für ihn zu haben, da sollte es ihm doch gelingen, sich mit ihr zu arrangieren.

Es war, wie er es erwartet hatte. Die Damen, die es sich auf den Liegen bequem gemacht hatten, waren alle über fünfzig und man sah ihnen ihren Reichtum an. Viele von ihnen trugen teuren Schmuck, obwohl Marcel das in diesem Ambiente wirklich vollkommen unangemessen fand. Es war, als würden sie versuchen, sich gegenseitig im Präsentieren ihrer Besitztümer zu übertreffen.

Katharina schien seine Gedanken zu erahnen. Sie dirigierte ihn in eine Ecke, in der sie ungestört reden konnten. „Viele unserer Kundinnen sind reiche Witwen, andere wiederum lassen sich die Behandlungen hier von ihren begüterten Ehemännern bezahlen, die ein schlechtes Gewissen haben, weil sie keine Zeit für ihre Liebste haben. Bestimmt wirst du bei den Damen gut ankommen, aber ich muss dich warnen. Ich dulde keine Affären im Hause."

Sie wies ihn noch auf einige besonders beliebte Produkte hin, die für Massagen verwendet wurden. Auch das Biofacelifting, das auf besonderen Wunsch durchgeführt wurde, erläuterte sie ihm kurz. „Wenn du Fragen hast, zögere nicht, zu mir in mein Büro zu kommen", bot sie an.

Er zweifelte nicht daran, dass sie dies ernst meinte.

Sie geleitete ihn zu seinem Büro, in dem er in Zukunft seine Beratungsstunden abhalten würde. „Ich stehe dir gern Rede und Antwort, doch nun warten ein paar wichtige Telefonate auf mich, die dringend erledigt werden müssen." Sie zog sich zurück.

Marcel war froh, als er endlich allein war. Der helle, sehr modern eingerichtete Raum war mit einer Liege, einer Sitzecke und einem Schreibtisch ausgestattet. Hier gab es mehr Pflanzen als in den anderen Räumen, die er bisher gesehen hatte, denn Katharina Mertens war der Ansicht, dass damit ein Gefühl von Wohlbehagen ausgelöst und eine vertrauensfördernde Atmosphäre geschaffen würde. Marcels Geschmack traf sie damit zwar nicht, doch das ließ sich leicht verschmerzen.

Hier würde er also in Zukunft seine Beratungen durchführen. Die Kundinnen konnten mit ihren Anliegen und Wünschen zu ihm kommen und er erstellte dann einen ganz auf sie persönlich zugeschnittenen Behandlungsplan. Das konnten längerfristige Therapien sein, Ernährungspläne oder punktuelle Bewegungsprogramme. Oder eben bestimmte Sonderbehandlungen …

Marcel hatte sich kaum mit den Begebenheiten seines neuen Arbeitsplatzes vertraut gemacht, da betrat bereits die erste Dame den Raum. Sie musste mindestens sechzig sein, schätzte Marcel. Sie hatte sich einen dicken, flauschigen Bademantel über einen für ihr Alter unangemessen jugendlichen Einteiler gezogen. Ihre halblangen grauen Haare hatte sie mit einem Tuch zurückgebunden, an den Ohren prangten dicke Ohrringe. Kurz, sie war ein typisches Exemplar der Art Frauen, die sich nicht damit abfinden konnten, älter zu werden, und die daher in Zukunft sicher offen waren für Marcels spezielle Angebote.

Auf ihren goldenen Flipflops tänzelte sie auf die Sitzgruppe zu und ließ sich darauf nieder. Erwartungsvoll sah sie ihn an.

Marcel nahm ihr gegenüber Platz. Er kam nicht dazu, irgendetwas zu sagen, denn die Dame plapperte sofort los.

„Wie schön, dass wir Sie jetzt hier haben.“ Sie legte ihre Hand auf die seine und tätschelte sie. Marcel hatte sie unvorsichtigerweise auf den Tisch gelegt, nichts ahnend, was ihm blühte. Entgeistert zuckte er zurück.

Mit einer derart offensiven Kontaktaufnahme hatte er nun wirklich nicht gerechnet.

Die Dame schien sich durch seine ablehnende Reaktion jedoch nicht im Geringsten beleidigt zu fühlen. Stattdessen setzte sie ein Lächeln auf, das sie offenbar für charmant hielt. „Mein Name ist Susanne Heinrich. Aber alle hier nennen mich ‚Susi'. Das dürfen Sie auch gerne tun."

„Natürlich, danke." Marcel geriet ins Schwitzen. Er hatte nicht den Eindruck, dass es dieser Frau wirklich um eine medizinische oder kosmetische Behandlung ging. „Also, Susi, womit kann ich Ihnen denn helfen?"

„Ach, um direkt zu sein, ich würde gerne einfach jünger aussehen. Ich habe hier schon vieles ausprobiert und kenne mich aus. Packungen mit Algen und Tang, Pflegemasken aus Collagen, das habe ich alles hinter mir. Der Effekt war, na ja, das sehen Sie ja selbst. Sicher, man darf natürlich keine Wunder erwarten, aber trotzdem." Die Frau war gar nicht mehr zu stoppen. Sie schnappte nur einmal kurz nach Luft, dann redete sie weiter. „Die Farbtherapie war sehr nett, danach war ich immer viel ausgeglichener. Aber meine Haut ist davon auch nicht besser geworden. Jetzt setze ich meine ganze Hoffnung in Sie, Herr Doktor." Erwartungsvoll blickte sie ihn an. Das Vertrauen, das in ihren Augen zu lesen war, schien nahezu grenzenlos zu sein.

„Das ehrt mich.“ Marcel gab sich Mühe, zuversichtlich zu wirken. „Ich bin sicher, wir werden etwas finden, das Sie zufrieden stellt.“

„Wenn Sie es tatsächlich schaffen, mich jünger aussehen zu lassen, dann können Sie sicher sein, dass auch die anderen hier alle zu Ihnen kommen werden. Ich kenne die meisten Frauen schon seit einer halben Ewigkeit. Sie sind fast alle meine Freundinnen. Wir haben keine Geheimnisse voreinander“, sie kicherte so albern wie ein junges Mädchen. „Na gut, so gut wie keine.“

„Ich verstehe. Vielleicht kann ich etwas für Sie tun.“ In Gedanken war er bereits weiter. In den nächsten Tagen sollte die erste Lieferung von John Burton eintreffen. Susi war die Erste, die die Präparate ausprobieren sollte. Bestimmt war es nicht schwer, sie zum Einnehmen der Tabletten zu überreden. Er lächelte verbindlich. „Für heute rate ich Ihnen noch einmal zu einer Thalasso-Behandlung. Dabei wird durch Mineralien, Kalzium, Jod, Eisen und Magnesium die Haut angeregt. Sie wird besser durchblutet und der Stoffwechsel kommt in Gang. Kommen Sie nächste Woche wieder und dann unterhalten wir uns weiter …“ Marcel wollte sich erst mal ein besseres Bild von den Gepflogenheiten auf der Farm machen, bevor er mit seiner persönlichen „Therapie“ begann.

Als Susi eine Woche später wieder vor Marcel saß,

hing sie gebannt an seinen Lippen. Ihre Wangen waren vor Aufregung gerötet.

„Ich biete Ihnen die exklusive Chance, eine Therapie zur Verjüngung zu machen, die bislang in Deutschland noch gänzlich unbekannt ist. In den USA hingegen sind damit bereits hervorragende Erfolge erzielt worden“, erklärte er ihr. „Sie sollten die Therapie über einen Zeitraum von mindestens drei Monaten machen, damit die optimale Wirkung erzielt wird. Sie werden sehen, das Hautbild verfeinert sich und wird fester. Innerhalb kürzester Zeit werden Sie eine Veränderung spüren und, Susi, das verspreche ich, Sie werden sich wieder fühlen wie ein junges Mädchen.“ Marcel war unsicher, ob er nicht doch zu dick aufgetragen hatte, aber Susi schien jedes Wort begierig in sich aufgesogen zu haben.

Ihre Augen leuchteten. „Oh, das hört sich fast zu schön an, um wahr zu sein.“

„Leider wird die Therapie nicht billig sein.“ Das war ihm ganz spontan eingefallen. Tatsächlich hatte er sich über den Preis, den er verlangen wollte, noch gar keine Gedanken gemacht. Aber bestimmt war es besser, in dieser Hinsicht schon mal vorzubauen und auszuloten, wie weit er gehen konnte.

Susi winkte ab. „Ach, das macht nichts. Am Geld soll es nicht scheitern. Mein lieber Ehemann wird das bezahlen. Er ist immer froh, wenn ich in die ‚Beauty-

Oase‘ gehe und er mit seinen Freunden zum Golfen kann.“ Ihre Stimme hatte bei ihren letzten Worten einen bitteren Klang bekommen, doch der verschwand schnell wieder.

Marcel war sicher, das erste perfekte ‚Opfer‘ gefunden zu haben. Susi war ohne Zweifel nicht übermäßig intelligent. Kritisches Hinterfragen war von ihr nicht zu erwarten. „Die Therapie besteht aus einer Kombination von Pillen und Pflegemasken – je nach Vorliebe auf Gel- oder Cremebasis. Ich denke, wir können Anfang kommender Woche mit der Therapie beginnen.“

Susi stand auf. „Ich kann es kaum erwarten.“ Und ehe Marcel recht wusste, wie ihm geschah, zog sie ihn an sich und drückte ihm einen feuchten Schmatzer auf die Wange. Dann verließ sie sein Büro.

Marcel schaute ihr nach. Er wischte sich mit dem Ärmel seines Kittels über die Wange. Angewidert verzog er das Gesicht. Wenn die Damen in der ‚Beauty-Oase‘ alle so anhänglich waren wie Susi, dann würde er sich noch auf einiges gefasst machen müssen. Aber das sollte ihn nicht weiter stören, solange nur alle Damen seinen Präparaten gegenüber so aufgeschlossen waren wie Susi.

Marcel war völlig überrascht, als sein Handy klingelte und Nadine dran war. Mit ihrem Anruf hatte er nicht gerechnet. Sie wollte ihm nur Bescheid sagen, dass der Vortrag ihres Vaters vorverlegt worden war und noch am selben Abend stattfand.

Sie nannte ihm Ort und Uhrzeit. Für Richard Dannenberg war der größte zur Verfügung stehende Vorlesungssaal ausgewählt worden. Marcel und Nadine vereinbarten, sich in der Cafeteria der Uni zu treffen, um dann gemeinsam dorthin zu gehen. In dem zu erwartenden Gewühl vor dem Vorlesungssaal würden sie sonst sicher ohnehin nur aneinander vorbeilaufen.

Marcel freute sich schon. Zwar war er nicht gerade begeistert gewesen, als Nadine angekündigt hatte, dass ihre Mutter vielleicht mit dabei sein würde, doch was sollte er tun? Für gewöhnlich kam er gut mit Müttern zurecht, den meisten gefielen seine guten Umgangsformen.

Marcel warf sich in Schale und wählte dafür einen teuren Anzug aus. Um nicht zu förmlich gekleidet zu sein, entschied er sich, darunter einen leichten Kaschmirrolli zu tragen. Das gab seinem Outfit eine etwas legerere Note, schließlich ging er in die Universität und nicht in ein edles Restaurant. Aber man wusste nie, wie der Abend weiterging. Marcel wollte auf alle Eventualitäten vorbereitet sein.

Als er in der Cafeteria ankam, wartete Nadine dort bereits auf ihn. Ihr dunkler Hosenanzug brachte ihre schlanke Figur gut zur Geltung. Doch die Frau neben ihr fesselte Marcels Aufmerksamkeit wesentlich mehr. Ihre halblangen Haare, auf denen ein rötlicher Schimmer lag, umspielten ihr Gesicht, gaben ihm etwas Geheimnisvolles. Und ihre Augen sprühten nur so vor Energie und Lebensfreude. Doch da war noch etwas, das von ihr ausging, Marcel spürte es deutlich. Diese Frau war kein romantisches, kleines Mädchen mehr, sondern eine Frau, die eine gute Portion Sinn für die Realität besaß und genauso wie er eine ausgeprägte Fähigkeit zu nüchterner Kalkulation. Sofort fühlte sich Marcel zu ihr hingezogen, denn diese Frau strahlte ein selbstverständliches Gefühl von Macht aus.

Beinahe hätte er vergessen, Nadine zu begrüßen, so gebannt hatte er die Frau an ihrer Seite angestarrt. Verlegen räusperte er sich und ergriff die Hand, die Nadine ihm schon seit einigen Momenten hinhielt. „Nadine, hallo. Freut mich, dass es geklappt hat und wir uns den Vortrag deines Vaters nun tatsächlich gemeinsam anhören."

Sie nickte und deutete auf ihre Begleitung. „Darf ich vorstellen, das ist meine Mutter Tamara."

Marcel konnte es kaum glauben. Er deutete eine leichte Verbeugung an. „Guten Tag, es ist mir eine Ehre." Das war sein purer Ernst. Tamara reizte ihn auf eine ganz bestimmte Art und Weise. Er hatte das Gefühl, einer Frau gegenüberzustehen, die ihm mindestens ebenbürtig war, nein, mehr noch. In ihren Augen erkannte er jenen unbedingten Willen zum Sieg, der die Basis für nachhaltigen Erfolg bildete. Außerdem ging eine gewisse Unnahbarkeit und Kälte von ihr aus. Wer sich mit Tamara Dannenberg anlegte, der musste mit gewaltigem Ärger rechnen. Marcel wünschte sie sich nicht zur Feindin. Ganz im Gegenteil, ein Gedanke begann in seinem Kopf Gestalt anzunehmen.

Marcel zögerte nicht, einen ersten, vorsichtigen Annäherungsversuch zu wagen. „Wie ist es möglich, dass Sie schon eine erwachsene Tochter haben, ich hätte sie beide fast für Schwestern gehalten."

„Danke, ein netter Versuch. Doch leider ist die Lüge zu offensichtlich." Tamara wirkte keinesfalls verärgert, sondern amüsiert. Sie beäugte ihn mit unverhohlenem Interesse. Marcel gefiel ihr. Er sah gut aus und schien zudem intelligent zu sein. Und ein bisschen Selbstbestätigung durch einen so jungen, attraktiven Mann – wer konnte das nicht gebrauchen? Sie schaute auf ihre Uhr. „Wir sollten gehen, denke ich, sonst kommen wir noch zu spät."

Gemeinsam machten sie sich auf den Weg in den Hörsaal, wobei Marcel sehr darauf bedacht war, immer in Tamaras Nähe zu sein. Mit Nadine redete er nur das Nötigste, doch die schien sein Interesse an ihrer Mutter gar nicht zu bemerken.

Einige Male strich Marcels Arm sacht an dem von Tamara vorbei, und die Berührung verursachte ihm eine Gänsehaut. Er war sicher, dass Tamara längst gemerkt hatte, wie er sie mit seinen Blicken verschlang. Es blieb ihm nicht viel Zeit, einen bleibenden Eindruck bei ihr zu hinterlassen, deshalb war dezente Zurückhaltung fehl am Platze.

Der Vortrag von Richard Dannenberg begann, aber Marcel konnte sich einfach nicht richtig darauf konzentrieren. Eigentlich schade, aber der Zweck heiligte in diesem Fall die Mittel. Marcel überlegte fieberhaft. Er wollte die beiden Frauen, in deren Mitte er saß, irgendwann unbedingt noch zu einem Getränk einladen, am liebsten im Anschluss, was allerdings unwahrscheinlich war. Aber er würde es trotzdem versuchen. Das ‚Inside' lag nicht allzu weit von der Uni entfernt. Und der Weinkeller war eigentlich eine recht romantische Location. Unterhalten konnte man sich dort auch gut, weil die Musik leise im Hintergrund spielte. Im ‚Dr. Med.' war das ganz anders, deshalb kam die Bar nicht in Frage.

Richard Dannenberg hatte seinen Vortrag eben erst beendet, da stand Marcel schon auf. „Das war wirklich sehr interessant. Wie sieht es aus, haben die beiden Damen noch ein wenig Zeit? Dann könnten wir irgendwo einen Drink nehmen. Ich habe gerade so viele spannende Informationen bekommen, dass ich mich gerne noch ein wenig darüber unterhalten würde." Fragend blickte er erst Tamara und dann Nadine an.

„Also, von meiner Seite aus, spricht nichts dagegen“, antwortete Nadine unbekümmert.

Tamara hingegen starrte stirnrunzelnd auf ihr Handy, das ausgerechnet in diesem Moment klingelte. „Entschuldigen Sie bitte ganz kurz.“ Bedauernd zuckte sie mit den Schultern. „Ja, Dannenberg“, meldete sie sich dann. „Okay, ja natürlich.“ Ihre Miene verdunkelte sich. „Das verstehe ich. Schade, aber es lässt sich eben nicht ändern.“ Sie beendete das Gespräch und schaltete das Handy aus. Entschlossen lächelnd ging sie auf Marcel zu. „Das war mein Mann. Er hat leider noch eine Besprechung mit irgendeinem wichtigen Herrn von der Uni. Wir müssen also auf ihn verzichten.“ Entschlossen, beinahe trotzig, reckte sie das Kinn. „Das heißt aber auch, dass einem Drink nun nichts im Wege steht. Es wartet niemand auf uns.“ Damit war Marcel nun auch klar, dass er, zumindest an diesem Tage, Richard Dannenberg nicht vorgestellt werden würde. Aber immerhin war er nun in Begleitung seiner Frau und Tochter.

„Nun, ich kenne da einen recht netten Weinkeller, das ‚Inside‘.“ Er wendete sich an Nadine. „Dort sind wir uns doch sogar das erste Mal begegnet, nicht wahr?“

Nadine nickte eifrig. „Das ist eine sehr gute Idee. Mir gefällt es dort.“ Sie hakte sich bei ihrer Mutter unter. „Und ich bin sicher, deinen Geschmack trifft das ‚Inside‘ auch.“

„Daran habe ich nicht die geringsten Zweifel.“

Tamara sagte dies mit einem Seitenblick auf Marcel, der ihm um ein Haar die Röte in die Wangen getrieben hätte.

Im ‚Inside' war schon eine Menge los. Sie hatten Glück, dass sie überhaupt noch einen Tisch bekamen, da sie nicht reserviert hatten. Marcel kümmerte sich um alles. Erst brachte er die Mäntel seiner Begleiterinnen zur Garderobe, dann instruierte er den Kellner unauffällig, eine Flasche Champagner zu bringen. Erst dann kehrte er zu den beiden Frauen zurück.

Zu seiner Freude hatten Tamara und Nadine einander gegenüber Platz genommen, er konnte sich also aussuchen, neben welche der beiden er sich setzen wollte. Marcel musste nicht lange nachdenken. Er wählte den Stuhl neben Tamara.

Als der Kellner den Champagner brachte, wurde er zunächst mit Verwunderung empfangen, erntete dann aber begeisterte Zustimmung. Marcel lächelte still in sich hinein. Er hatte gehofft, mit dieser Aktion punkten zu können, offenbar war es ihm geglückt.

Die drei stießen fröhlich auf den schönen Abend an, der hoffentlich gerade erst begann.

Sie sprachen über dies und das und Nadine konnte gar nicht oft genug sagen, wie wunderbar sie den Vortrag ihres Vaters gefunden hatte. Sie platzte beinahe vor Stolz und Hochachtung für ihren Daddy.

Marcel fand das lobenswert, doch nach Fachsimpeleien stand ihm eigentlich nicht der Sinn. Und auch Tamara hielt sich in ihren Äußerungen sehr zurück.

Nadine trank wie immer nur sehr vorsichtig aus ihrem Glas. Sie vertrug Alkohol nicht gut. Nach kurzer Zeit begann sie zu gähnen und entschuldigte sich schließlich. „Es tut mir Leid. Ich will euch ja den Spaß nicht verderben, aber ich glaube, es ist besser, ich gehe nach Hause und lege mich ins Bett." Sie gab ihrer Mutter einen Kuss auf die Wange und winkte Marcel zum Abschied noch einmal zu.

Als sie das ‚Inside' verlassen hatte, rückte Marcel näher an Tamara heran. Die Luft zwischen ihnen knisterte, doch sie hüteten sich beide, zu eindeutige Signale zu geben. Das heizte das Feuer nur noch mehr an.

„Sie haben erwähnt, dass Sie als medizinischer Berater für eine Schönheitsfarm arbeiten", nahm Tamara das Gespräch an einem Punkt auf, an dem es durch Nadines Aufbruch zuvor unterbrochen worden war. „Ist es nicht merkwürdig für Sie, immer umgeben zu sein von lauter Frauen?"

„Ach, das ist nicht so, wie Sie vielleicht glauben", beeilte sich Marcel zu versichern. „Die Damen sind frustriert und trauern ihrer Jugendlichkeit hinterher. In Versuchung wird man dort wirklich nicht geführt, obwohl die Frauen zum Teil recht erfinderisch sind, wenn es darum geht, meine Nähe zu suchen." Diese kleine Bemerkung hatte er sich einfach nicht verkneifen können. „Ich war erst einen Vormittag dort, aber ich bin bereits mit Fragen zu allerlei Zipperlein gelöchert worden, die mit meiner Aufgabe als medizinischer Berater nichts zu tun hatten." Die Erinnerung ließ ihn schmunzeln. „Eine Frau ist sogar zu mir in die Sprechstunde gekommen, weil sie angeblich unter häufigen Schmerzen in der Brust litt. Sie wollte wissen, ob ich ihr vielleicht mit einer Massage helfen könnte. Natürlich habe ich sie sofort durchschaut und ihr ein wenig Entspannung im Hamam empfohlen."

Tamara lachte. „Auf jeden Fall lernen Sie dort sicherlich den perfekten Umgang mit der sensiblen Frauenseele. Nicht schlecht, das ist doch was fürs Leben."

„Und was machen Sie?" nutzte Marcel die Chance, etwas mehr über sie zu erfahren.

„Ach, ich bin Verwaltungschefin in der Markland Klinik", winkte Tamara ab. „Aber ich persönlich finde es viel spannender und vor allen Dingen unterhaltsamer, was Sie zu erzählen haben."

Fassungslos starrte Marcel sie an. „Sie sind …" Er brach ab, konnte es noch immer nicht recht glauben. Dies war mehr als nur ein Wink des Schicksals, dies war ein Geschenk. Noch mehr als er es zuvor schon getan hatte, strengte sich Marcel an, Tamara bei Laune zu halten. Er bestellte noch eine Flasche Champagner und sie amüsierten sich prächtig. Jeder von ihnen wusste längst, dass ihre Bekanntschaft ein prickelndes Potenzial besaß, aber ihre Berührungen blieben wie zufällig, überschritten nie die gerade noch zu tolerierende Dauer. Marcel fragte sich, was wohl Richard Dannenberg dazu sagen würde, wenn er sie so sähe. Bestimmt würde es ihm nicht gefallen, aber er musste es ja auch nicht erfahren. Wichtig war nur, dass er, Marcel, Kontakt zu ihm bekam, ihm am besten mit warmen Worten vorgestellt wurde. Und wer würde das besser können als Dannenbergs Ehefrau?

10. KAPITEL

Ungeduldig riss er das Paket auf, das er aus dem Schließfach geholt hatte. Nur mit Mühe war es ihm gelungen, seine Neugierde zu bezähmen, bis er die Villa erreicht hatte. Dort jedoch gab es für ihn kein Halten mehr.

Endlich hielt er die Gläser mit den Tabletten in Händen. Marcel öffnete eines der Gefäße und nahm eine davon heraus. Er drehte sie zwischen seinen Fingern hin und her, betrachtete sie eingehend. Sie hatte eine blassrosa Farbe und sah vollkommen unauffällig aus. Er roch daran, konnte aber keinen wahrnehmbaren Geruch feststellen. Wie John Burton ihm versichert hatte, enthielten die Pillen ausschließlich gut verträgliche Inhaltsstoffe und einen recht hohen Hormonanteil, der bereits nach kurzer Zeit zu einer deutlich sichtbaren Glättung der Haut führen sollte.

Marcel hoffte das Beste. So vorsichtig, als habe er Angst, sie könne zerbrechen, ließ er die Tablette wieder in das Glas zurückgleiten. Jede Einzelne davon würde er sich von den Damen in der ‚Beauty-Oase' teuer bezahlen lassen.

Bei Lieferung war seinerseits eine erste Überweisung an John Burton fällig. Marcel kontrollierte die Anzahl der Gläser und wollte sich eigentlich schon damit zufrieden geben, dann allerdings überlegte er es sich anders. Er öffnete Gläschen für Gläschen, kippte die Pillen auf ein flauschiges Tuch, das er extra auf seinem Wohnzimmertisch ausgebreitet hatte, und zählte jede einzelne nach. Vertrauen war sicherlich gut, Kontrolle aber besser, besonders wenn man seinen Geschäftspartner noch nicht gut kannte. Zufrieden stellte er fest, dass die Zahl der Pillen exakt mit der bestellten Menge übereinstimmte. Burton schien zuverlässig zu sein.

Schon am nächsten Tag wollte er die ersten Tabletten verkaufen. Susi Heinrich konnte es kaum erwarten, das angebliche Wundermittel gegen Falten und, wie sie vermutlich annahm, damit auch gegen Trübsal und Einsamkeit, einzunehmen. Marcel hatte ihr mehrfach eingebläut, dass sie, zumindest vorerst, mit niemandem darüber sprechen durfte, selbst wenn sie von dem Effekt noch so begeistert sein sollte. Unbedingt wollte er vermeiden, dass Katharina Mertens ihm auf die Schliche kam und herausfand, dass er für die Frauen in der ‚Beauty-Oase' nicht nur individuell zusammengestellte Anti-Aging-Pläne erarbeitete, sondern zudem auch mit in Deutschland noch nicht zugelassenen Hormonpräparaten experimentierte. Sie würde seinem Treiben, sobald sie es durchschaute, einen Riegel vorschieben oder ihn sogar entlassen, deshalb musste er sehr vorsichtig handeln. Trotzdem steckte Marcel voller Optimismus. Endlich würden sich seine kleinen ‚Nebengeschäfte' wirklich lohnen. Und die

Gefahr aufzufliegen, war, trotz allem, geringer, als es zuletzt bei seinen Deals mit den Stammzellen gewesen war. Marcel war gespannt, ob mit den Hormonen tatsächlich ein sichtbarer Effekt zu erzielen sein würde. Natürlich war ihm bewusst, dass es bisher keinerlei aussagekräftige Langzeituntersuchungen auf diesem Gebiet gab. Die Aussicht auf unvergängliche Jugend war allerdings auch ausgesprochen reizvoll. Marcel wollte in jedem Fall genau Buch führen, ob er sicht- oder messbare Veränderungen feststellte.

Nachdenklich zog Marcel die Stirn in Falten. Er würde eine Einverständniserklärung aufsetzen, die jede Frau vor Beginn der Behandlung unterschreiben musste. Sollte es zu Komplikationen kommen, hielt er so wenigstens etwas in Händen, mit dem er beweisen konnte, dass sich die Frauen freiwillig zur Einnahme der Pillen entschlossen hatten. Burton hatte ihn darauf hingewiesen, dass es in vereinzelten Fällen zu Kreislaufproblemen und Herzrasen gekommen war, allerdings waren die Probleme nie lebensgefährlich für die Frauen gewesen.

Marcel konnte es kaum erwarten, loszulegen. Noch am selben Abend schrieb er eine verschlüsselte E-Mail an John Burton, in der er den Eingang der Lieferung bestätigte und die sofortige Begleichung der fälligen Summe versprach. Dank Internetbanking war das heutzutage zum Glück kein Problem mehr.

Kaum hatte Marcel am nächsten Tag die ‚Beauty-Oase' betreten, als Susi Heinrich vor ihm stand. Erwartungsvoll schaute sie ihn an. „Und, wie sieht es aus? Haben Sie die Tabletten?" flüsterte sie ihm zu, nachdem sie sich zunächst ängstlich besorgt umgesehen hatte, um sicherzugehen, dass ihnen niemand zuhörte.

„Habe ich." Er klopfte gegen die Ledertasche, die er unter den Arm geklemmt hatte.

Susi und er verschwanden in seinem Büro. Zwanzig Minuten später verließ Susi es wieder mit einem hoffnungsvollen Lächeln im Gesicht. Sie schluckte die Pillen mit einer Sorglosigkeit, als seien es Lutschbonbons.

Die Pillen durften Marcels Büro nicht verlassen, das hatte er zur Bedingung gemacht. Es wäre eine Katastrophe, wenn sie in die falschen Finger gerieten, womöglich sogar jemand auf die Idee kam, ihre Zusammensetzung zu analysieren. Mit viel Geduld hatte Marcel zu Hause die alten Aufkleber von den Pillengläschen abgelöst und stattdessen neutrale neue darauf festgeklebt. Er hatte alles bedacht.

Susi schwebte wie auf Wolken. Schon nach wenigen Wochen war sie sicher, die ersten positiven Veränderungen an ihrem Körper festzustellen. Es gehörte zu ihren täglichen Ritualen, sich eingehend in einem unbarmherzig scharfsichtigen Spiegel zu betrachten. Und sie war sicher, dass die Tiefe der Falten um den Mund

und unter den Augen bereits sichtbar vermindert worden war. Doch das war nicht der einzige Effekt. Sie fühlte sich so beschwingt und voller Energie, dass sie den ganzen Tag singen und tanzen mochte, so übermütig wie ein junges Mädchen.

Wäre es nach ihr gegangen, dann hätte sie bei jedem Besuch bei Marcel Borchert die Dosis erhöht. Aber er hatte ihr erklärt, dass der Körper sich erst einmal eine gewisse Zeit an das Präparat gewöhnen musste, bis man ihm mehr davon zumuten konnte. Sie akzeptierte dies, doch es fiel ihr schwer. Susi hatte Blut geleckt und wollte nun das Unmögliche möglich machen. In ihren kühnsten Träumen stellte sie sich bereits vor, wie es sein würde, wieder körperbetonte Klamotten tragen zu können. Tatsächlich hatte sie auch bereits ein paar Gramm abgenommen, bedingt dadurch, dass sie wieder aktiver geworden war und sich mehr bewegte. Susi war inzwischen beinahe süchtig nach den Tabletten. Sie konnte sich kaum erinnern, wie sie ihren Alltag zuvor ertragen hatte. Er musste unendlich trübsinnig gewesen sein.

Nur eine Sache gab es, die sie sehr traurig machte. Ihr Ehemann verbrachte noch immer die meiste Zeit ohne sie. Er ging ihr aus dem Weg, wo es möglich war. Seine Freunde oder seine Hobbys waren ihm nach wie vor wichtiger als sie. Susi kränkte das sehr. Je länger sie die Pillen nahm, desto deutlicher wuchs in ihr jedoch noch ein anderes Gefühl – Trotz. Wenn ihr Mann sie nicht mehr sexy fand, dann vielleicht ein anderer, jüngerer möglicherweise.

Marcel Borchert beispielsweise würde ihr schon gefallen, doch der Arzt war zwar immer freundlich und charmant, leider ließ er es jedoch nie zu, dass sie ihm etwas näher kam. Wenn sie es versuchte, dann machte er stets unmissverständlich klar, dass eine gewisse Distanz zwischen dem behandelnden Arzt und seinen ‚Patientinnen' auf jeden Fall gewahrt bleiben musste. Das verstand sie natürlich. Immerhin war Marcel Borchert so nett, ihr immer wieder zu bestätigen, wie gut sie aussah. Sie habe eine Wandlung von hundert Prozent durchlebt, sagte er ständig.

Und Susi zweifelte nicht an seinen Worten.

Momentan lief alles zu Marcels vollster Zufriedenheit. Er konnte sich nicht erinnern, wann in seinem Leben es ihm jemals so gut gegangen war. Die Albträume waren schon seit einer Ewigkeit nicht mehr aufgetaucht, und er hoffte, dass dies auch so blieb.

Er arbeitete nun schon seit einem Vierteljahr auf der Schönheitsfarm und die Kasse klingelte. Mittlerweile hatte er, was die Hormonbehandlungen anging, seinen Kundenstamm auf zwei weitere Frauen ausgeweitet. Beide waren langjährige und enge Freundinnen von Susi. Sie hatte die beiden als absolut vertrauenswürdig beschrieben und erklärt, sie lege für deren Verschwiegenheit beide Hände ins Feuer. Marcel hatte ihnen erlaubt, untereinander über ihre Hormonbehandlung zu sprechen, weil er ahnte, dass sie es nicht aushalten würden, darüber eisern zu schweigen. Ansonsten war das Thema jedoch absolut tabu und er hoffte, dass er sich darauf verlassen konnte.

Marcel fühlte sich wie die Made im Speck. Die Lieferungen aus den USA kamen pünktlich und zuverlässig und die Pillen wurden ihm förmlich aus den Händen gerissen.

Katharina Mertens, die Leiterin der ‚Beauty-Oase', schätzte Marcels Arbeit sehr und ließ es sich nicht nehmen, ihn regelmäßig zu einer Besprechung zu sich zu bestellen. Eigentlich war dies aus fachlicher Sicht zwar nicht notwendig, doch sie genoss Marcels Gesellschaft sehr, der berufliche Teil war nur ein Vorwand.

Marcel blieb es natürlich nicht verborgen, dass Katharina Mertens eine gewisse Schwäche für ihn hegte. Ihm konnte das nur recht sein. Zwar ermutigte er sie nicht, gab ihr aber immer gerade so viel Anlass, sich geschmeichelt zu fühlen, dass ihre Schwärmerei stets neue Nahrung fand.

Auch diesmal hatte sie ihn wieder zu sich in ihr Büro gerufen. Marcel war etwas verwundert, denn eigentlich stand ein neuerliches Treffen noch nicht wieder an. Konnte es sein, dass sie etwas über die Tabletten herausgefunden hatte? Sofort verwarf er den Gedanken wieder, er hielt es für ausgeschlossen.

Als er ihr Büro betrat, deutete Katharina Mertens mit einer lässigen Handbewegung in Richtung der Sitzecke, die für Besucher gedacht war.

Marcel ließ sich auf den glatten Lederpolstern nieder und lehnte sich erwartungsvoll zurück. Sicher würde sie ihn nicht lange im Ungewissen lassen, weshalb sie ihn herbeordert hatte.

Sie holte einen alkoholfreien Piccolo aus dem Kühlschrank in der Ecke des Zimmers und nahm zwei Gläser aus dem Hängeschrank darüber. Sie stellte die Gläser auf dem niedrigen Couchtisch ab, öffnete die Flasche und goss das prickelnde Getränk ein. Dann erst nahm sie Marcel gegenüber Platz und reichte ihm eines der Gläser. „Wir haben etwas zu feiern, denke ich."

Marcel war irritiert. Er verstand nicht, worauf sie hinauswollte.

Sie schien seine Verwirrung zu genießen und sah ihn mit einem bedeutungsvollen Lächeln an. „Ich gratuliere dir. Du bist nun schon seit ein paar Monaten bei uns, und, wie du sicher gemerkt hast, bin ich mehr als zufrieden mit dir. Deshalb habe ich mir überlegt, dass es gut wäre, deinen Kompetenzbereich zu erweitern. Und ich bin selbstverständlich bereit, dies auch entsprechend großzügig zu entlohnen."

Einen Moment lang war Marcel sprachlos. Damit hatte er nun wirklich nicht gerechnet.

Katharina sprach bereits weiter. „Du leistest erstklassige Arbeit. Deshalb werde ich mich aus der Kundenbetreuung ganz zurückziehen und dir in diesem Bereich völlig freie Hand lassen. Im Interesse unseres Hauses kannst Du tun und lassen, was du willst, für uns werben – zum Beispiel mit Sonderaktionen oder was dir gerade einfällt. Wenn du es für richtig hältst, kannst du auch das Produktsortiment erweitern. Na, was meinst du dazu?“

Marcel schluckte. Dies war ein Geschenk des Himmels, das ihm perfekt in die Hände spielte. Nun würde Katharina kaum noch eine Chance haben, sein Tun aufzudecken. Allerdings, mehr als zwei Tage die Woche auf der Farm zu arbeiten war nicht möglich. Immerhin lag seine Hauptverpflichtung – nämlich seinen Assistenzarzt zu machen – woanders. Dennoch, das Angebot würde er sich nicht entgehen lassen.

„Ich fühle mich geehrt. Vielen Dank.“ Er hob sein Glas und sie stießen an.

„Auf eine lange und weiterhin so erfolgreiche Zusammenarbeit wie bisher.“

Katharina mochte es, wenn er verlegen war. Am liebsten wäre sie aufgestanden, hätte ihn einfach an sich gezogen und geküsst. Aber natürlich tat sie es nicht. Diese Blöße würde sie sich nicht geben.

Mittlerweile konnte sich Susi ein Leben ohne die Tabletten, die sie bei Marcel Borchert bekam, nicht mehr vorstellen. Sie gab inzwischen Summen dafür aus, die weit über dem lagen, was sie sich eigentlich leisten konnte. Doch sie verdrängte diese Einsicht. Sie und ihr Mann Walter hatten ein gemeinsames Konto – und bisher war ihr in der Bank immer noch etwas ausgezahlt worden.

Nun allerdings war Walter aufgefallen, welch astronomischen Summen abgebucht worden waren. Er hatte ein paar fällige Rechnungen überweisen wollen und war von dem Leiter der Bank angesprochen worden. Mit bedauerndem Gesichtsausdruck hatte der Mann ihm mitgeteilt, dass das Limit des Dispokredits erreicht war.

Walter Heinrich war geschockt gewesen. Er war ein Mann, der sich und seiner Frau gerne mal einen kleinen Luxus gönnte, doch das, was da offenbar geschehen war, sprengte den Rahmen.

Am Abend, als er nach Hause kam, stellte er Susi zur Rede. Sie verfolgte gerade das Programm eines Shoppingsenders, als er das Wohnzimmer des Einfamilienhauses betrat, das für sie beide eigentlich viel zu groß war. Er machte den Fernseher aus, baute sich vor ihr auf und kam sofort zur Sache. „Was hast du mit dem ganzen Geld gemacht, um das du mich erleichtert hast?“ fragte er sie so ruhig wie möglich. Er musste sich sehr beherrschen, um nicht loszubrüllen, doch er wusste, dass er damit nichts erreichte, außer dass Susi in Tränen ausbrechen würde.

Natürlich wusste Susi sofort, wovon er sprach. „Nichts Besonderes“, druckste sie herum. Ihr Gesicht hatte den bockigen Ausdruck eines Kindes angenommen.

Walter Heinrich wusste aus schmerzlicher Erfahrung, dass mit ihr dann kein vernünftiges Wort zu wechseln war. Diesmal würde sie damit jedoch nicht durchkommen. „Was heißt hier ‚nichts Besonderes‘? Hast du überhaupt eine Ahnung, um was für eine Summe es sich da handelt?“

„Nun ja, so genau nicht.“ Sie wich seinem bohrenden Blick aus.

„Nochmal: Was hast du mit meinem Geld gemacht?“ Er trat noch einen Schritt mehr auf sie zu – und Susi gab auf.

Sie sah ein, dass es besser war, die Wahrheit zu sagen, jedenfalls einen Teil davon. „Bisher habe ich geglaubt, es sei *unser* Geld.“ Diese Bemerkung hatte sie sich nicht verkneifen können. „Ich war ein paarmal in der ‚Beauty-Oase‘. Und die Behandlungen dort sind jeden Cent wert, den sie kosten. Ich habe eben ein bisschen was Neues ausprobiert.“ Vorwurfsvoll funkelte sie ihn an. „Dass dir das nicht auffällt, wundert mich allerdings nicht, so selten wie du mich anschaust.“

Dieser verbale Hieb saß. Walter Heinrich wusste, dass er seine Ehefrau schon seit langer Zeit vernachlässigte. Ihrer beider Interessen hatten sich einfach auseinander entwickelt. Jeder von ihnen lebte sein eigenes Leben und sie versuchten einander dabei so wenig wie möglich zu stören. So dachte er zumindest über ihre Beziehung.

„Mir ist mein Wohlbefinden dieses Geld wert", erklärte Susi klipp und klar. „Und wenn ich mich attraktiv fühle, dann geht es mir gleich viel besser. Aber das ist dir ja egal, du denkst nur an dich."

„Wie kannst du so etwas sagen?" brauste Walter auf. „Das ist doch nicht wahr! Du weißt, ich bin normalerweise nicht knausrig. Aber was du dir da im Moment leistest, das *kann* ich einfach nicht mehr bezahlen. Es tut mir Leid. Aber du bringst uns mit deinem Verhalten noch an den Rand des Ruins." Er holte tief Luft. „Ich habe bereits Konsequenzen gezogen, als ich heute in der Bank war. Deine Vollmacht für das Konto habe ich löschen lassen. Du kannst, ohne meine Zustimmung, kein Geld mehr abheben."

Susis Mund klappte auf und wieder zu. Sie konnte nicht glauben, was sie da hörte. Nach fast dreißig Jahren Ehe so etwas! Aber sie musste nur in das wütende Gesicht ihres Mannes sehen, um zu wissen, dass er die Wahrheit sprach und nicht nur leere Drohungen ausstieß. Sie hatte das Gefühl, als greife eine eisige Hand nach ihrem Herzen und drohe es zu zerquetschen. Ihr wurde schwindelig. Für einen Moment schloss sie die Augen und wartete darauf, dass es ihr wieder besser ging. Doch ein weiterer Schwindelanfall überkam sie. Schweißperlen glitzerten auf ihrer Stirn. In letzter Zeit war es häufiger vorgekommen, dass sich plötzlich der Boden unter ihren Füßen drehte. Jetzt schob sie es auf ihre Erregung.

Susi konnte und wollte nicht auf die Pillen verzichten, die sie von Marcel Borchert bekam. Sie würde einen Weg finden müssen, auch ohne Geld an die Hormone zu gelangen. Sie musste mit Marcel Borchert reden. Blanke Panik ergriff sie bei der Vorstellung, wieder in ein Leben ohne Hormone zurückkehren zu müssen. Susi brach in Tränen aus und konnte sich gar nicht mehr beruhigen.

Walter Heinrich legte ihr beruhigend die Hand auf die Schulter, doch Susi nahm ihn kaum wahr. Sie fühlte sich unendlich einsam – und plötzlich sehr alt.

Schweren Herzens entschied sie sich am nächsten Tag, in die ‚Beauty-Oase' zu gehen und Marcel Borchert ihre Notlage zu offenbaren. Er würde ohnehin bald merken, was los war.

Verzagt stand Susi vor der Tür seines Büros. Sie hatte sich genau überlegt, was sie sagen wollte, aber nun, da es darauf ankam, fiel ihr kein einziges Wort ein. Resigniert schüttelte sie den Kopf. So zerstreut war sie früher nicht gewesen. Doch es half nichts, sie pochte gegen die Tür.

„Herein", erklang es von drinnen fröhlich. Marcel war nicht überrascht, Susi zu sehen, schließlich gehörte sie zu seinen besten Kundinnen. Ihm fiel jedoch sofort ihr unglückliches Gesicht auf. „Hallo, was kann ich für Sie tun? Ist irgendetwas geschehen?"

„Ja, leider", antwortete sie geknickt. „Das kann man wohl sagen." Marcel war beunruhigt. So kannte er die quirlige Frau gar nicht. Sollte sie Probleme mit den Tabletten haben? Sie sah sehr blass aus, stellte er fest. „Na, so schlimm wird es schon nicht sein", versuchte er sie und sich selbst zu beruhigen. „Wir finden bestimmt eine Lösung."

„Das hoffe ich, denn sonst weiß ich nicht mehr weiter." Susi setzte sich auf die Couch und hockte da wie Häufchen Elend.

Marcels ungutes Gefühl verstärkte sich. Er runzelte die Stirn und sah sie fragend an.

„Ich kann die Pillen nicht mehr bezahlen", stieß Susi mühsam hervor und krallte sich im gleichen Moment an dem Polster fest, auf dem sie saß.

Sofort war Marcel bei ihr. „Susi, geht es Ihnen nicht gut?"

„Nein, nicht besonders. In letzter Zeit wird mir häufig schwindlig", gab sie zu.

Hier waren seine Fähigkeiten als Arzt gefragt, das erkannte Marcel sofort. Er prüfte ihren Puls und maß ihren Blutdruck. Marcel erinnerte sich an die Randbemerkung von John Burton, in der er von den selten auftretenden Nebenwirkungen gesprochen hatte. Bisher hatte Marcel das verdrängt, doch nun fiel es ihm siedendheiß wieder ein. Er gab ihr ein den Kreislauf stabilisierendes Mittel und eines zur Beruhigung der Nerven.

Allmählich bekamen Susis Wangen wieder ein wenig Farbe.

Marcel setzte sich neben sie auf die Couch und tätschelte ihre Hand. „Das wird schon alles, keine Sorge." Er würde die Dosis bei ihr sofort senken. „Lassen Sie mich überlegen." Nachdenklich rieb er sich ums Kinn. „Ich könnte Ihnen das Produkt etwas günstiger geben."

„Vielen Dank, sehr nett, dass Sie mir das anbieten." Traurig schüttelte sie den Kopf. „Aber ich fürchte, auch das kann ich mir nicht mehr leisten." Sie machte ganz den Eindruck, als werde sie jeden Moment anfangen zu weinen.

„Kein Grund, schon aufzugeben", versuchte Marcel sie zu trösten. „Dann, nun …" Er stockte. Ihm war gerade eine Idee gekommen, die ihm selbst aber noch nicht ausgereift genug erschien, um sie laut auszusprechen. Er würde eingehend darüber nachdenken müssen. „Vielleicht gibt es eine Möglichkeit. Ich muss allerdings erst ein paar Dinge abwägen und will Ihnen nicht zu viel versprechen. Kommen Sie doch morgen einfach wieder her. Dann weiß ich mehr."

Susi schöpfte Hoffnung. Noch mit etwas weichen Knien stand sie auf und ging zur Tür. Dort drehte sie sich noch einmal um. „Sie wissen, wie viel mir die Pillen bedeuten. Ich würde alles tun, um nicht darauf verzichten zu müssen." Dann fiel die Tür hinter ihr ins Schloss.

Marcel kehrte zu seinem Schreibtisch zurück. Er war geschockt und zugleich fasziniert von Susi Heinrichs Benehmen. Sie verhielt sich beinahe wie eine Drogensüchtige. Allerdings war er sicher, dass kein Stoff in den Tabletten war, der das verursachen konnte. Wenn überhaupt, dann war diese Frau psychisch abhängig. Wahrscheinlich steigerte sie sich schon seit Jahren immer mehr in den Wahn von ewiger Jugendlichkeit hinein. Tragisch, dass sie einem Ziel hinterherlief, das unerreichbar war.

Marcel überlegte, ob er den gewagten Gedanken, der ihm gekommen war, wirklich in die Tat umsetzen konnte. Eigentlich wollte er mit diesem Geschäft nichts mehr zu tun haben, aber auf Susi konnte er nicht verzichten. Es war eine Möglichkeit, seiner besten Kundin die Präparate erschwinglich zu machen, und er könnte nebenbei vielleicht auch etwas dazuverdienen. Außerdem hielt er Susis mögliche „Entzugserscheinungen“, mit denen bestimmt zu rechnen wäre, wenn sie die Pillen zu diesem Zeitpunkt absetzen würde, momentan für nicht kalkulierbar. Er konnte es nicht riskieren, dass sie aus lauter Verzweiflung anfing, über ihre „Therapie“ und die Pillen zu plaudern.

Sobald er die ‚Beauty-Oase‘ heute verlassen hatte und wieder zu Hause in der Villa war, wollte er zum Telefonhörer greifen und versuchen, ein paar seiner alten Kontakte oder vielmehr die von Werner Schaffrath wieder aufleben zu lassen. Die Labore waren sicherlich noch immer an ‚Materialien‘ interessiert, aus denen sich Stammzellen herstellen ließen. Wenn es ihm gelang, Susi Heinrich zu einer kleinen Blutspende zu überreden, die er dann an ein Labor verkaufte, dann würde er ein gutes Geschäft machen. Er könnte der Frau die Pillen dann sogar kostenlos überlassen ... Die Idee gefiel ihm immer besser, je länger er darüber nachdachte.

Es war einfacher gewesen, als er gedacht hatte. Schon beim zweiten Anruf war er erfolgreich. Eines der Labore, zu dem Marcel als Kurier schon einmal eine Lieferung Nabelschnurblut gebracht hatte, signalisierte Interesse. Über die Geschichte mit Schaffrath schien inzwischen Gras gewachsen zu sein. Bei den entscheidenden Leuten bestanden offenbar keine Bedenken mehr, dass die Polizei in dieser Sache immer noch ermittelte.

Marcels Ansprechpartner nahmen dessen Angebot mit Kusshand an, denn Blut war für gesetzlich verbotene Experimente Mangelware – und genau damit beschäftigte sich dieses Labor hauptsächlich.

Es gelang Marcel, einen beachtlichen Betrag auszuhandeln. Er selbst würde die Blutprobe nehmen und dann höchstpersönlich zum Labor transportieren. Solange Frau Mertens von der ‚Beauty-Oase' nichts davon mitbekam, war alles bestens. Und es erschien Marcel mehr als unwahrscheinlich, dass sie sich plötzlich und unerwartet zu einer Taschenkontrolle hinreißen ließ. Solch unschöne Gepflogenheiten gab es auf der Schönheitsfarm nicht. Das einzige Risiko waren und blieben die Frauen. Sie mussten dichthalten. Aber Marcel nahm an, dass sie schon im eigenen Interesse schweigen würden.

Inzwischen war Marcel Susi Heinrich beinahe schon dankbar, dass sie mit ihrem Problem zu ihm gekommen war. Wahrscheinlich wäre er ansonsten nie auf die Idee mit dem Blut gekommen. Ein perfekter Deal! Lohnend und zugleich ein Kinderspiel, so musste es sein! Marcel war stolz auf sich.

Zu seinem Leidwesen hatte Marcel in der Nacht zuvor Bereitschaftsdienst in der Klinik gehabt, in der er seinen Assistenzarzt machte. Entsprechend müde und abgespannt fühlte er sich, als er am Morgen in die ‚Beauty-Oase' kam. Meist ließen sich seine Dienste besser aufeinander abstimmen, aber diesmal war es nicht möglich gewesen.

Er hatte sein Büro kaum betreten, als Susi Heinrich zielstrebig hereinkam. In banger Erwartung sah sie ihn an. Sie machte einen mitgenommenen Eindruck. Ihr Blick war fahrig und unter ihren Augen lagen tiefe Schatten, sie schien in der letzten Nacht ebenso wenig geschlafen zu haben wie er selbst.

Marcel seufzte. Viel hätte er um ein bisschen Ruhe gegeben, bevor er mit Susi dieses schwierige Gespräch führen musste. Die Frau konnte manchmal sehr anstrengend sein in ihrer Art. Aber was blieb ihm übrig? Er rang sich ein Lächeln ab. „Hallo Susi. Sie scheinen es ja kaum erwarten zu können, mich zu sehen." Er hatte eine launige Bemerkung machen wollen, um sie aufzuheitern, doch sie zuckte nicht einmal mit der Wimper. Marcel räusperte sich. „Also, ich brauche jetzt erst mal eine Tasse Kaffee. Wie sieht es bei Ihnen aus? Soll ich Ihnen eine mitbringen?"

Susi, die sonst äußerst redselig war, schüttelte den Kopf. „Ich bin auch so schon nervös genug", presste sie hervor.

„Okay, dann entschuldigen Sie mich bitte für zwei Minuten." Marcel ließ sie allein. Wenn er seinem

Körper nicht bald eine Portion Koffein zuführte, dann schlief er womöglich noch hinter seinem Schreibtisch ein.

Als er wenig später zurückkehrte, stand Susi noch immer an derselben Stelle wie zuvor. Sie hatte sich keinen Millimeter weiterbewegt. Marcel deutete auf das Sofa, auf dem sie meist während ihrer Treffen saßen, weil es dort leichter war, ein ungezwungenes Gespräch zu führen.

„Ich habe eine gute Nachricht für Sie", begann Marcel betont fröhlich. „Es war nicht ganz einfach, aber ich habe einen Weg gefunden, wie ich Ihnen die Pillen weiterhin geben kann – ohne Bezahlung."

„Wirklich?" Ungläubig schlug sie sich die Hände vor den Mund. „Oh, das wäre wunderbar!"

„Ja." Er ließ sie nicht aus den Augen, wollte ganz genau sehen, wie sie reagieren würde. „Allerdings muss ich natürlich schon eine gewisse Gegenleistung dafür bekommen."

„Selbstverständlich, das ist überhaupt kein Problem", antwortete Susi wie aus der Pistole geschossen. Sie nickte eifrig. „Ich will doch nichts geschenkt haben. Ich bin froh, wenn ich mich in irgendeiner Weise erkenntlich zeigen kann."

„Es ist eigentlich nichts Besonderes, was Sie tun müssten. Allerdings wird Ihnen mein Anliegen vielleicht ein wenig merkwürdig vorkommen."

„Das ist mir egal“, erklärte sie im Brustton tiefster Überzeugung. „Ich vertraue Ihnen.“

Ihre Naivität rührte und schockierte ihn zugleich. Er lächelte milde. „Gut, dann vertraue ich Ihnen auch. Was ich Ihnen jetzt vorschlage, ist ein exklusives Angebot für Sie. Deshalb sprechen Sie bitte mit niemandem darüber, ja?“

Susi hing wie gebannt an seinen Lippen.

„Können Sie mir das versprechen?“ hakte Marcel nach.

„Ja, natürlich. Was ist es denn nun?“ Vor lauter Aufregung spürte sie ein feines Kribbeln auf ihrer Haut.

Marcel gab sich einen Ruck. Auch er war angespannt, denn immerhin würde sich nun entscheiden, ob sich ihm ein neuer Geschäftszweig eröffnen würde – oder nicht. „Sind Sie bereit, sich alle zwei Wochen von mir Blut abnehmen zu lassen?“

Verständnislos starrte sie ihn an. Sie hatte mit etwas wesentlich Spektakulärerem gerechnet, ohne eine genaue Vorstellung zu haben. „Das ist alles?“ fragte sie verwundert.

„Ja“, antwortete Marcel.

Susi wollte gar nicht wissen, wofür er ihr Blut brauchte, es war ihr auch egal. Stattdessen schob sie einfach den Ärmel ihres Bademantels nach oben. „Wenn es sonst nichts ist. Bitte, von mir aus können wir gleich anfangen.“

Marcel war überrascht, dass sie ihn nicht mit Fragen löcherte, normalerweise kannte er sie als eine ausgesprochen neugierige Person. Aus seiner geräumigen Arzttasche holte er alle Utensilien hervor, die er brauchte. Und dann ging alles ganz schnell. Ein kleiner Pikser, ein kurzes Zucken, und das Röhrchen der Spritze füllte sich mit dem kostbaren Lebenssaft.

Als das Röhrchen voll war, zog Marcel die Spritze aus Susis Arm, klebte ihr noch ein kleines Pflaster über die Stelle, wo der Einstich gewesen war. Das Plastikröhrchen verstaute er vorsichtig in der Tasche, in einem mit Schaumstoff gepolsterten Fach. Dann griff er nach dem Döschen mit Pillen, das er ebenfalls in der Tasche transportiert hatte. Nun endlich wendete er sich wieder Susi zu. Er füllte ein Glas mit Wasser und reichte es ihr zusammen mit einer Tablette. Das war deutlich weniger, als sie sonst eingenommen hatte, aber sie schien es kaum zu bemerken.

Gierig griff sie danach und schluckte die Pille. Für einen Moment schloss sie die Augen und lehnte sich auf der Couch zurück. Dann öffnete sie sie wieder und strahlte über das ganze Gesicht. „Das werde ich Ihnen niemals vergessen!“ sagte sie überglücklich. „Ich hatte schon geglaubt, dass ich mich niemals wieder würde jung fühlen können, doch Sie ermöglichen es mir nun aufs Neue. Ich kann gar nicht sagen, wie dankbar ich Ihnen dafür bin.“ Sie schlang ihre kräftigen Arme um ihn und drückte ihn so fest, dass es Marcel äußerst unangenehm war. Er hielt durch: Zufriedenheit der Kundinnen und ein gutes Geschäft hatten oberste Priorität.

Gerade wollte Marcel die ‚Beauty-Oase' verlassen, als ihm Katharina Mertens über den Weg lief. Sie trat gerade in dem Moment aus ihrem Büro, als er daran vorbei dem Ausgang zustrebte. Instinktiv zog er seine Tasche fester an sich. Hatte sie irgendetwas bemerkt? Marcel konnte es sich nicht vorstellen, trotzdem blieb eine gewisse Anspannung.

„Ach, gut, dass ich dich gerade sehe." Sie lächelte ihn freundlich an. „Komm doch bitte mal einen Moment rein zu mir."

Unmerklich zuckte Marcel zusammen, hatte sich aber sofort wieder unter Kontrolle. „Ich habe es leider etwas eilig. Ich werde erwartet." Es stimmte, er musste sich sputen, wenn er das Labor noch zur verabredeten Zeit erreichen wollte. Und natürlich wollte er bei seiner ersten Blutlieferung nicht gleich unangenehm auffallen.

„Es wird nicht lange dauern." Katharina Mertens hielt ihm die Tür auf. Sie war nicht bereit, sich umstimmen zu lassen.

Widerwillig folgte Marcel ihr in das Büro, machte dort aber keine Anstalten, sich zu setzen, auch nicht als Katharina auf dem Stuhl hinter ihrem Schreibtisch Platz nahm.

Leicht befremdet zog sie die Augenbrauen in die Höhe, sagte aber nichts dazu. Sie stützte die Ellenbogen auf den Tisch und betrachtete ihn ernst. „Ich habe mit ein paar unserer treuesten Kundinnen gesprochen."

Marcel spürte, wie er blass wurde, konnte es aber nicht verhindern.

„Und ich habe festgestellt, dass sie alle ganz begeistert sind. Offenbar verstehst du es, auf die nicht immer einfachen und sehr persönlichen Bedürfnisse der Damen einzugehen. Dafür hast du meine volle Hochachtung. Ich muss sagen, ich bin froh, dass du in der ‚Beauty-Oase' angefangen hast, und ich hoffe, dass wir noch lange weiterhin so erfolgreich zusammenarbeiten werden."

Marcel fiel ein Stein vom Herzen. „Vielen Dank." Er schaute zu der Uhr an der Wand hinter Katharina. Die Zeit drängte sehr.

Natürlich entging ihr dies nicht. „Das war schon alles." Sie grinste. „Du kannst gehen. Bis dann."

„Auf Wiedersehen. Und danke für die netten Worte", brachte Marcel gerade noch heraus, dann eilte er mit großen Schritten aus dem Raum.

Er hatte Glück, die Straßen waren leer, er kam gut voran. Die Fahrt zum Labor verlief ohne Zwischenfälle. Trotzdem blickte Marcel immer wieder in den Rückspiegel, um festzustellen, ob ihm irgendjemand folgte. Er wusste eigentlich nicht, weshalb er das tat, doch diese Vorsicht hatte er sich bei seinen Transporten von Nabelschnurblut angewöhnt, und nun behielt er sie bei.

Wenig später bog er in die Einfahrt ein, die zum Labor führte. Mit einem Blick auf seine Armbanduhr versicherte er sich, dass er auf die Minute pünktlich war, dann stieg er aus.

Marcel sollte nicht klingeln, sondern gegen die Eingangstür klopfen, so war es vereinbart worden und genau so tat er es.

Sofort wurde ihm geöffnet, von dem Mann, den er bereits von früher kannte und mit dem er auch telefoniert hatte. Ohne dass viele Worte gewechselt worden wären, wurde die Ware ausgetauscht und im Gegenzug erhielt Marcel den vereinbarten Betrag. Alles ging vollkommen reibungslos und sehr professionell vonstatten.

Als er wieder in seinem Wagen saß, atmete Marcel erleichtert auf. Erst jetzt merkte er, wie angespannt er die ganze Zeit über gewesen war. Diese Art der Geschäfte war er nicht mehr gewohnt. Doch eigentlich war die ganze Sache ein Kinderspiel gewesen.

11. KAPITEL

In den letzten Monaten hatte Marcel auf der Schönheitsfarm einige Neuerungen eingeführt. Ein Service, der bei den Damen in der ‚Beauty-Oase' ganz besonders gut ankam, waren Hypnosen, in denen es um Stressabschirmung und Entspannung ging.

Zunächst waren viele der Damen skeptisch gewesen, hatten Angst davor gehabt, in eine Trance versetzt zu werden. Dann jedoch, nachdem die Ersten sich getraut hatten, nahm die Zahl der Interessentinnen rapide zu. Mittlerweile existierte sogar eine Warteliste, die Marcel in seinem Büro ausgelegt hatte.

Es war allein seine Idee gewesen, die Hypnose anzubieten. Zum einen konnte er so seine Kenntnisse auf diesem Gebiet einsetzen, gewann etwas mehr Übung darin und zum anderen brachte es der ‚Beauty-Oase' gute Einnahmen. Marcel war das nur recht, denn auf diese Weise konnte er sich bei Katharina Mertens auch in finanzieller Hinsicht unentbehrlich machen.

Nachdem er zunächst ziemlich nachdrücklich auf sie eingeredet hatte, hatte die Leiterin der Schönheitsfarm ihm extra einen Raum für diese spezielle Form der Behandlung zur Verfügung gestellt. Wenn er es wirklich darauf anlegte, dann konnte sie ihm eben keinen Wunsch abschlagen.

Gerade erst hatte er wieder eine Kundin, die noch neu in der ‚Beauty-Oase' war, hypnotisiert, um ihr zu helfen, emotionalen Stress nicht so sehr an sich herankommen zu lassen. Eine Farbtherapie zur Stimmungsaufhellung hatte sie bereits ausprobiert, doch dabei war der Effekt nur von kurzer Dauer gewesen. Sie brauchte etwas anderes, deshalb hatte sie sich an Marcel gewendet.

Marcel bat sie, nachdem die Hypnose beendet war, noch zu einem kurzen Feedbackgespräch. Das gehörte mit zum Angebot, denn natürlich wollte Marcel wissen, wie seine Kundinnen sich danach fühlten. Frau Johanna Berger, so hieß die Dame, saß ihm in seinem Behandlungszimmer gegenüber. Sie trug ihre rot gefärbten Haare stets hochtoupiert, damit sie ein wenig voller wirkten. Wie meist war sie stark geschminkt.

„Nun, Frau Berger, was sagen Sie? Wie geht es Ihnen jetzt?" fragte Marcel, ohne einen Zweifel zu hegen, wie die Antwort ausfallen würde.

„Es ist fantastisch, Herr Doktor. So etwas habe ich noch nicht erlebt. Ich fühle mich wie neugeboren. Das möchte ich in Zukunft regelmäßig machen."

„Es freut mich, wenn ich Ihnen habe helfen können." Es war ihm ein Rätsel, weshalb diese Frau sich ständig so unter Druck fühlte. Sie hatte keine Kinder und ging nicht arbeiten. Eigentlich müsste sie sich unendlich langweilen, fand Marcel. Aber vielleicht war genau das ihr Problem. Sie steigerte sich in irgendwelche imaginären Ängste hinein, glaubte überall Bedrohungen für Leib und Leben zu entdecken. Das hatte sie zu einem regelrechten Nervenbündel werden lassen.

Auch jetzt spielte sie die ganze Zeit an dem Bändchen der Seidentunika herum, die sie über einen dünnen Wellnessanzug gezogen hatte. Besonders ruhig und gelassen wirkte sie auch jetzt nicht, stellte Marcel nüchtern fest. Aber wenn sie meinte, es ginge ihr besser, dann konnte ihm das natürlich nur recht sein. Er wollte sich schon erheben und sie galant zur Tür begleiten, als sie eine Frage stellte, die ihn sofort wieder auf seinen Stuhl zurücksinken ließ.

„Ich habe gehört, dass Sie auch noch andere interessante Dinge anbieten“, begann sie vorsichtig.

Marcel war sofort alarmiert. „Was meinen Sie?“ Stocksteif saß er da. Welche der Frauen, die er kannte, hatte das Geheimnis ausgeplaudert? Johanna Berger konnte eigentlich nur von den Hormontabletten sprechen.

Im nächsten Augenblick wurde seine Vermutung bestätigt. „Na ja, ich würde gerne etwas jünger aussehen. Mit Cremes komme ich nicht weiter, da habe ich schon so ziemlich alles ausprobiert, was es auf dem Markt gibt. Aber Sie arbeiten doch auch mit Anti-Aging-Pillen, oder?“

War das eine Falle? Wollte diese Frau ihn verleiten,

sein Geheimnis preiszugeben? War sie vielleicht sogar von irgendjemandem geschickt worden, um ihn auszuspionieren? „Wovon reden Sie?“ fragte er deshalb spitz. Er kannte diese Frau nicht gut genug, um sie einschätzen zu können.

„Ach, das spielt doch keine Rolle.“ Sie winkte ab, fuchtelte dabei unnötig wild mit den Armen in der Luft umher. „Ich will niemanden verpetzen, aber ich würde diese Pillen auch gern nehmen. Ich habe nur Gutes darüber gehört.“

Marcel wusste nicht, was er tun sollte. Er hatte Susi Heinrich im Verdacht, dass sie geplaudert hatte, aber vielleicht täuschte er sich auch. Er entschied sich, sich fürs Erste dumm zu stellen. Zunächst musste er herausfinden, woher die Frau ihre Informationen hatte. „Ich werde darüber nachdenken, was ich Ihnen als weitere Anti-Aging-Maßnahmen vorschlagen kann“, erwiderte er distanziert und ohne jede Freundlichkeit in der Stimme.

Johanna Berger war die Enttäuschung anzusehen. Trotzdem wagte sie nicht, weiter nachzuhaken. Sichtlich geknickt verließ sie das Büro.

Die Gedanken überschlugen sich in Marcels Kopf. War es klug gewesen, die Frau einfach wegzuschicken? Oder würde sie sich vielleicht sogar über ihn bei Katharina Mertens beschweren und so seine Sondergeschäfte auffliegen lassen?

Marcel verließ sein Büro und machte sich schnurstracks auf die Suche nach Susi Heinrich. Er hatte sie heute schon gesehen, doch er wusste nicht, wo genau sie sich im Moment aufhielt. Marcel hoffte nur, dass sie nicht schon nach Hause gefahren war.

Sie war nicht bei der Aromatherapie und nicht im Hamam, das waren ihre bevorzugten Aufenthaltsorte in der ‚Beauty-Oase'. Doch nirgendwo gab es eine Spur von ihr. Schließlich entdeckte er sie – allerdings erst beim zweiten Hinsehen. Sie hatte sich gerade eine Gesichtsmaske auflegen lassen und sah aus wie ein Gespenst. Sie war kaum wiederzuerkennen.

Marcel schickte die Kosmetikerin mit einer fadenscheinigen Begründung weg, denn er wollte allein sein mit Susi. Er brauchte keine Zuhörer. Mit einer schwungvollen Bewegung zog er sich einen Stuhl heran und setzte sich neben die Liege, auf der Susi lag.

Sie sah ihn aus weit aufgerissenen Augen fragend an. „Was ist denn los? Ich meine, ich freue mich ja immer, Sie zu sehen, aber es ist bisher noch nie vorgekommen, dass Sie mich hier aufsuchen." Sie versuchte ein amüsiertes Grinsen, was ihr aber gründlich misslang. „Tut mir Leid, dass ich im Moment wahrscheinlich nicht gerade überwältigend aussehe."

Ungeduldig winkte Marcel ab. Er kam sofort zur Sache, denn in spätestens einer Viertelstunde würde die Kosmetikerin wieder bei ihnen auftauchen. Bis dahin musste er in Erfahrung gebracht haben, was er wissen wollte. „Seien Sie ehrlich. Haben Sie mit Frau Berger über die Pillen gesprochen?“ Unwillkürlich hatte er die Stimme gesenkt, obwohl sich niemand außer ihnen beiden in dem gut überschaubaren Raum aufhielt.

Susi Heinrich fuhr auf. „Nein, natürlich nicht! Wie kommen Sie darauf?“

Ihre Empörung kam ihm etwas zu groß vor, um echt zu sein. „Sie hat mich eben gefragt, ob ich ihr welche verkaufe“, erwiderte er sachlich.

Trotz der weißen Creme-Maske auf ihrem Gesicht konnte Marcel erkennen, dass Susi unruhig wurde. Die Frau war wirklich eine lausige Schauspielerin. Das nervöse Flackern in ihren Augen sprach Bände.

„Ich weiß nicht. Vielleicht, na ja.“ Verzweifelt suchte sie nach Worten, um ihr Tun als harmlos zu bemänteln. „Es kann schon sein, dass ich mal so ganz nebenbei etwas erwähnt habe. Aber nichts Wesentliches, ganz bestimmt nicht.“

Das reichte Marcel. Am liebsten hätte er sie gepackt und geschüttelt, aber natürlich beherrschte er sich. „Haben Sie noch mit anderen Frauen darüber geredet?“

„Nein, das habe ich nicht. Ich schwöre es!“ beteuerte sie kleinlaut. „Johanna hat einen so unglücklichen Eindruck gemacht, da habe ich ihr einfach etwas Gutes tun wollen.“

„Haben Sie schon einmal über die Folgen nachgedacht, die Ihr Verhalten haben kann?"

Betreten schüttelte Susi den Kopf und mied seinen Blick. Sie schämte sich.

Um sich zu beruhigen, holte Marcel tief Luft. Dann erst begann er zu sprechen, in einem Tonfall, als müsse er ein kleines Kind überzeugen. „Mir steht nur eine begrenzte Menge der Tabletten zur Verfügung. Und wenn die aufgebraucht ist, dann kann ich sie nicht beliebig nachbestellen. Das dauert seine Zeit. Ich habe nicht die Möglichkeit, diesen Prozess zu beschleunigen. In der Konsequenz kann das heißen, dass Engpässe auftreten. Im Ernstfall wäre ich nicht in der Lage, Ihnen Ihre Ration an Pillen zu geben, selbst wenn ich wollte. Verstehen Sie das?"

„Ja. Ach, es tut mir ja so unendlich Leid, was ich gemacht habe. Bitte, können Sie mir noch einmal verzeihen? Ich werde das niemals wieder tun." Tränen rannen ihr über die Wangen und verschmierten die Creme auf ihrem Gesicht. Aber das war ihr im Moment ganz egal. Sie griff nach Marcels Hand und sah ihn flehend an.

„Ist schon gut, wenn Sie mir wirklich garantieren, dass dies ein einmaliger Ausrutscher war, will ich noch einmal darüber hinwegsehen." Marcel stand auf. Es war nicht nötig, dass die Kosmetikerin ihn noch antraf, wenn sie wiederkam.

„Vielen, vielen Dank.“ Susis Stimme zitterte. Sie bereute zutiefst.

Er spürte, dass ihm alles ein wenig zu viel zu werden drohte. Die Arbeit in der Sportklinik, in der er seinen Assistenzarzt machte, schlauchte gewaltig. Die unregelmäßigen Dienste, dazu der Job in der ‚Beauty-Oase‘ und die inzwischen regelmäßigen Kurierfahrten zu dem Blutlabor, das alles wuchs ihm allmählich über den Kopf. Immer öfter unterliefen ihm Flüchtigkeitsfehler, weil er übermüdet war. Marcel sehnte sich danach, endlich einmal wieder ausspannen zu können. Er ging kaum noch aus, weil er sich entweder zu ausgelaugt fühlte oder arbeiten musste.

An diesem Abend saß er zu Hause in seinem Wohnzimmer. Er hatte es sich auf seinem schicken Sofa bequem gemacht und lauschte mit geschlossenen Augen der klassischen Musik, die aus seiner Stereoanlage erklang. Er ließ seine Gedanken schweifen. Seinen Bekannten Peter hatte er seit jenem Abend im ‚Dr. Med.‘ nicht mehr gesehen. Und dann fiel ihm Nadine Dannenberg ein – und natürlich ihre Mutter, die überaus reizvolle Tamara. In der letzten Zeit war so viel Trubel gewesen, dass sein Ziel, Kontakt zu Professor Richard Dannenberg aufzunehmen, irgendwie in den Hintergrund geraten war. Doch das musste sich ändern. Marcel machte sich keine Illusionen. Der Job auf der Schönheitsfarm konnte schnell zu Ende sein. Die Frauen dort waren zu labil und beeinflussbar, als dass er sich auf deren Verschwiegenheit wirklich würde verlassen können. Ein dummer Zufall konnte ausreichen, und alles flog auf. Außerdem reizte ihn die Aussicht, in einer renommierten Klinik wie der Markland-Klinik arbeiten zu können. Und in der Klinik von Professor Dannenberg eine Anstellung zu finden, das war sein Traum, denn dem Mann eilte im ganzen Land ein erstklassiger Ruf voraus.

Bei der Erinnerung an Tamara glitt ein Lächeln über sein Gesicht. Er würde sich freuen, ihr wieder einmal über den Weg zu laufen, denn bei ihrem letzten Treffen hatte es wirklich mächtig geknistert. Trotzdem, und das ärgerte ihn jetzt, hatte er damals nicht nach Tamaras Handynummer gefragt. Es war ihm zu eindeutig und profan vorgekommen, hätte die Magie des Augenblicks sicherlich zerstört.

Marcel beschloss, kurzerhand Nadine anzurufen. Er wollte versuchen, sich mit ihr zu verabreden und dabei, so beiläufig wie möglich, nach der Nummer ihrer Mutter fragen. Nadine würde sicher keinen Verdacht schöpfen, da war er fast sicher. Bestimmt kam sie gar nicht erst auf den Gedanken, dass Tamara ihn auf eine Art reizte, die den Rahmen einer normalen Bekanntschaft überschritt.

Marcel suchte ihre Nummer heraus, die er im Telefonbuch seines Handys gespeichert hatte, und wählte sie.

Nadine meldete sich sofort. „Dannenberg.“ Ihre Stimme klang anders als gewohnt.

Marcel war irritiert. „Borchert hier. Hallo Nadine, wie geht es dir?“

Einen Moment lang herrschte Schweigen am anderen Ende der Leitung. Dann hörte er, wie sie sich die Nase putzte. „Entschuldige, Marcel. Mit dir hatte ich im Moment gar nicht gerechnet.“

„Was ist denn los? Du hörst dich nicht so an, als würde es dir gut gehen. Kann ich irgendetwas für dich tun?“

„Nein, ich fürchte, das kannst du nicht. Mein Vater …“ Sie schluchzte nun laut und heftig. „Er, er ist …“ Es kostete sie ungeheure Überwindung, das Wort auszusprechen. „Er ist gestorben. Vorgestern erst.“

Mit einem Satz war Marcel vom Sofa herunter. Diese Neuigkeit traf ihn wie ein Schlag. „Nein! Das tut mir Leid! Herzliches Beileid.“ Er begann in seinem Zimmer auf und ab zu laufen. Eine Chance war vertan, ein für alle Mal. Marcel war geschockt. Als er Richard Dannenberg bei dem Vortrag gesehen hatte, den dieser vor gar nicht allzu langer Zeit in der Uni gehalten hatte, da hatte der Mann einen vollkommen gesunden und fitten Eindruck auf ihn gemacht. Es war erschütternd, wie schnell einen das Ende einholen konnte. Ein

Schauer jagte Marcel den Rücken hinab. „Soll ich zur Beerdigung kommen, würde dir das helfen?“ Ganz uneigennützig war der Vorschlag nicht, denn natürlich würde er auch Tamara dort treffen. Eigentlich hatte er sich zwar andere Umstände für ein Wiedersehen gewünscht, aber wenn er den edlen Tröster spielen konnte, dann wollte er die Gelegenheit ergreifen, die sich ihm jetzt bot.

„Ja, das würde es. Sehr nett von dir, dass du das anbietest. Du wolltest meinen Vater doch immer kennen lernen.“ Nadine rang um Fassung. „Es tut mir Leid, dass es dazu nicht mehr gekommen ist. Und je mehr Menschen dort sind, die meinen Vater und sein Lebenswerk geschätzt und verehrt haben, umso besser.“ Sie schniefte in ein Taschentuch. Es dauerte einen Moment, bis sie weitersprach. „Weißt du, ich muss das alles selbst erst mal verarbeiten. Ich kann es noch gar nicht fassen. Ständig habe ich das Gefühl, mitten in einem Albtraum zu stecken, und warte darauf, dass ich endlich aufwache. Aber es geschieht nicht.“ Nadine hatte sehr leise gesprochen, die letzten Worte waren kaum zu verstehen gewesen.

„Was für ein schrecklicher Verlust. Du hast mein vollstes Mitgefühl. Ich weiß, dass dich das sicher nicht trösten wird, trotzdem, es kommt von Herzen.“

„Danke, dass du das sagst. Bis dann.“ Nadine beendete das Gespräch.

Vor der Kapelle, in der die Beerdigung stattfinden sollte, traf Marcel Nadine und ihre Mutter. Nadine hatte ein vom vielen Weinen gerötetes Gesicht, aber sie bemühte sich, tapfer zu sein. Sie ging zu ihm und drückte Marcel einen Kuss auf die Wange. „Danke, dass du gekommen bist. Das ist wirklich sehr nett von dir."

„Das ist doch eine Selbstverständlichkeit."

Fast ein wenig ängstlich wanderte sein Blick zu Tamara hinüber, die ein paar Schritte von ihrer Tochter entfernt stand. Auch sie wirkte traurig. Trotzdem machte sie einen sehr starken und gefassten Eindruck.

Marcel ging zu ihr und streckte ihr seine Hand hin, die sie sofort ergriff. „Mein Beileid", stieß er hervor und geriet ins Stottern wie ein kleiner Junge. Er ärgerte sich über sich selbst, dass er sich so von ihr verunsichern ließ. Marcel wusste nicht, ob er dort würde wieder anknüpfen können, wo sie beide bei ihrer letzten Begegnung aufgehört hatten. Die Umstände jetzt waren so gänzlich anders.

Tamara hielt seine Hand eine Spur länger als nötig in der ihren.

Und war da nicht ein sanfter Druck gewesen, der einen Hauch von Zärtlichkeit versprach? Marcel war verwirrt. Er schaute sie an und entdeckte auf ihrem Gesicht den Anflug eines Lächelns, in ihren Augen lag ein Glimmen, das ein Versprechen war.

Während des Gottesdienstes hatte Marcel in einer der hinteren Reihen Platz genommen, denn schließlich gehörte er nicht zur Familie und hatte den Verstorbenen nicht einmal gekannt. Seine Gedanken kreisten unaufhörlich nur um eines: Hatte er richtig gesehen? War da eine Einladung gewesen zu mehr, eine Aufforderung an ihn, die Initiative zu ergreifen? Nach allem, was er bisher von Tamara wusste und wie er sie an jenem Abend in dem Weinkeller kennen gelernt hatte, war ihr dies zuzutrauen.

Die Trauergemeinde löste sich allmählich auf. Nadine verabschiedete sich von Marcel. Sie wollte so schnell wie möglich nach Hause, denn sie hatte das Gefühl, es an diesem Ort und vielleicht sogar in dieser Stadt nicht mehr auszuhalten. Der Tod ihres Vaters hatte ihr das Herz gebrochen.

Marcel sah, wie sie mit einem jungen Mann davonging, bei dem sie sich eingehakt hatte. Sie sah sehr jung und verletzlich aus.

Nach einer Weile waren nur noch Marcel und Tamara übrig.

Ein wenig hilflos stand er herum, wusste nicht recht, was er tun sollte, denn auf keinen Fall wollte er den Eindruck erwecken, er sei pietätlos.

Tamara war es schließlich, die den ersten Schritt machte. Sie griff nach seiner Hand und zog ihn mit sich. „Komm, ich möchte jetzt nicht allein sein und nach Hause will ich ebenso wenig."

„Wenn du möchtest, könnten wir ...", begann Marcel erfreut über das intime Du, mit dem sie ihn ansprach.

„Lass uns zu dir fahren", unterbrach sie ihn.

Marcel konnte sein Glück kaum fassen. Sein Herz klopfte ihm bis zum Hals, als er mit Tamara in die Villa fuhr. Es beruhigte ihn etwas, dass er noch eine Flasche Champagner im Kühlschrank hatte. Und auch ein paar schmackhafte Leckereien würde er ihr zubereiten können, wenn sie der Hunger einholen sollte.

Die Fahrt dauerte nicht sehr lange. Bevor Marcel die Haustür aufschloss, deutete er eine etwas theatralische Verbeugung an. „Herzlich willkommen in meinem bescheidenen Heim. Ich freue mich, dass du mir die Ehre deines Besuchs erweist. Und ich hoffe, dass du mich nicht gleich wieder verlässt", fügte er mit einem Augenzwinkern hinzu.

Tamara lachte. Wenn er sich bemühte, ein perfekter Gentleman zu sein, fand sie ihn wirklich sehr unterhaltsam.

Drinnen angekommen, half er ihr aus dem Mantel, brachte ihn zur Garderobe und eilte dann in die Küche. Mit der Flasche Champagner und zwei Gläsern in den Händen kehrte er zurück.

Tamara hatte es sich inzwischen auf dem Sofa

bequem gemacht. Herausfordernd sah sie ihm entgegen, ließ ihren Blick unverhohlen an ihm herabgleiten.

Um ein Haar wäre ihm die Röte ins Gesicht geschossen. Marcel setzte sich neben sie auf die weichen Polster und goss ein. „Auf den Beginn einer wundervollen Freundschaft."

Sie stießen miteinander an.

Marcel war fasziniert von Tamara. Noch niemals zuvor war er einer Frau begegnet, die ihm so viele Rätsel aufgab. Sie lächelte ihn an und dann schließlich wagte er es, sich zu ihr vorzubeugen. Ihre Lippen fanden sich in einem langen, zunächst noch zarten, vorsichtigen Kuss, der immer leidenschaftlicher wurde, bis sie sich gar nicht mehr voneinander trennen wollten.

Tamara war eine erfahrene Frau, die Kunst der Verführung beherrschte sie perfekt. Und sie wusste genau, was sie in diesem Moment wollte – ihn, Marcel.

Nur zu gern erfüllte er ihr diesen Wunsch. Das Feuer zwischen ihnen fand immer neue Nahrung, denn sie waren beide gleich stark, maßen sich aneinander, auch in den Momenten größter Nähe. Sie beide waren Kämpfernaturen, die es genossen, sich dieser zärtlichen und zugleich wilden Herausforderung zu stellen. Sie blieben nicht lange auf dem Sofa liegen, sondern ließen sich auf den Boden hinabgleiten, auf das weiche Lammfell, das dort lag. Sie konnten nicht damit aufhören, sich immer wieder neu zu entdecken und zu erforschen. Irgendwann lagen sie eng umschlungen da, erschöpft, aber zufrieden.

Sie konnten nicht mehr sagen, wie lange dieser Moment des Friedens andauerte. Sie gingen auseinander, ohne ein Versprechen oder die Bitte um ein Wiedersehen. Keiner von beiden wollte davon sprechen, solche Worte hätten den Zauber des Erlebten zerstört. Die Dinge würden sich entwickeln und sie würden sehen, in welche Richtung sie sie führten.

In letzter Zeit quälte Marcel, wenn er in die ‚Beauty-Oase' ging, ein unbehagliches Gefühl. Seit Johanna Berger ihn auf die Hormonpillen angesprochen hatte, ahnte er, dass ihm Ärger drohte. War das Schweigen erst einmal gebrochen, dann würde es wieder und wieder geschehen, früher oder später. Alle seine Instinkte waren geweckt und warnten ihn. Er musste vorsichtig sein und sich ganz genau überlegen, wie er weiter mit dieser Frau umging. Eigentlich blieb ihm gar nichts anderes übrig, als Johanna Bergers Wunsch nachzukommen, denn selbst wenn er es schaffte, sie von der Schönheitsfarm zu vergraulen, konnte sie ihm noch schaden, indem sie die Sache an die große Glocke hängte.

Das musste er verhindern. Er nahm sich vor, noch einmal mit ihr zu sprechen, sobald sie wieder in die

‚Beauty-Oase' kam. Seit ihrer letzten Unterredung war sie dort jedoch nicht mehr aufgetaucht. Für heute aber hatte sie einen Termin gemacht, das wusste Marcel von einer der Kosmetikerinnen.

Unkonzentriert ging er seinen üblichen Pflichten nach. Für zwei Kundinnen musste er einen Behandlungsplan ausarbeiten. Die beiden litten unter Antriebslosigkeit und fühlten sich matt. Und natürlich wollten sie am liebsten wieder aussehen wie irgendwelche zwanzigjährige Mädchen, die von Hochglanzmagazinen herablächelten.

Marcel reagierte zunehmend gereizt auf diesen Schönheitswahn, der an der Realität vollkommen vorbeiging. Was diesen Kundinnen vorschwebte, war einfach nicht machbar. Offenbar glaubten viele Frauen, die eine Schönheitsfarm besuchten, dass dort Wunder vollbracht werden konnten, ein völliger Unsinn. Entsprechend verärgert reagierten sie, wenn sie mit dem realen Ergebnis konfrontiert wurden. Als Marcel seinen Job in der ‚Beauty-Oase' angetreten hatte, hätte er niemals gedacht, dass er für diesen Job eine so beachtliche Portion diplomatisches Geschick benötigte.

Er war so in seine Gedanken versunken, dass er zusammenzuckte, als an die Tür seines Büros geklopft wurde. Er blickte auf.

Katharina Mertens stand vor ihm – und ihr Gesichtsausdruck verhieß nichts Gutes. Kein Lächeln war darin zu finden, sondern mühsam verhaltener Ärger.

„Oh, wie komme ich zu der Ehre deines Besuches?“ fragte er betont fröhlich, obwohl ihm äußerst flau zu Mute war. Sollte Johanna Berger schon geplaudert haben? Dann war sie wirklich schnell gewesen …

Die Leiterin der ‚Beauty-Oase‘ wartete gar nicht erst darauf, dass er ihr einen Platz anbot, sondern setzte sich ohne zu zögern ihm gegenüber.

„Ich bin wirklich sehr enttäuscht von dir“, legte sie sofort los. „Seit einigen Tagen habe ich das Gefühl, dass du deiner Arbeit nicht mehr mit dem Engagement nachgehst, das ich eigentlich von dir gewohnt bin. Was ist los? Bist du überarbeitet?“

Marcel atmete auf. Um die Pillen schien es nicht zu gehen. „Wieso? Hat sich jemand beschwert?“ fragte er deshalb relativ gelangweilt. War es möglich, dass er sich seine Unlust zu deutlich hatte anmerken lassen? Das wäre ziemlich dumm von ihm, aber keine Katastrophe.

„Beschwert nicht gerade, so kann man das nicht nennen. Aber ich höre sehr genau hin, was die Damen untereinander so sprechen. Und da klang neuerdings Kritik durch – an dir und an deiner Art, mit ihnen umzugehen. Du wirst verstehen, dass ich das nicht dulden kann.“ Sie fixierte ihn, schien seine Gedanken lesen zu wollen.

„Was soll das heißen?“ wollte Marcel wissen. „Du

musst dich zusammenreißen und wieder der werden, der du zu Beginn deiner Zeit hier warst – ein vorbildlicher, stets charmanter Mitarbeiter“, erklärte sie kühl. „Wenn ich nicht sehe, dass das geschieht, dann bist du draußen – auch, wenn ich es persönlich sehr bedauern würde.“

Marcel brauchte einen Moment, um zu begreifen, dass dies ihr absoluter Ernst war. Nie hätte er gedacht, dass sie direkt derart massiv durchgriff. Entweder sie lobte ihn über die Maßen, wie es bisher immer gewesen war, oder sie drohte direkt mit der Kündigung. Das war nicht fair! Marcel war empört, wie sie mit ihm umsprang. Trotzig reckte er das Kinn. „Nun, ich kann dir sagen, was den Frauen nicht gefällt. Sie können die Wahrheit nicht vertragen, das ist alles. Ich komme mir hier zunehmend vor wie ein Therapeut und nicht wie ein medizinischer Berater.“

Sie zuckte nur die Achseln und musterte ihn streng. „Das kann ich verstehen, aber es tut nichts zur Sache. Die Frauen sollen zufrieden sein, wenn sie die ‚Beauty-Oase‘ verlassen, egal wie. Und zurzeit sind sie es nicht.“

Marcel sah ein, dass es keinen Sinn machte, mit ihr zu diskutieren. Diese Frau war zu keinen Kompromissen bereit, für sie gab es nur Schwarz oder Weiß. Gut, dass er das nun wusste. „Na gut“, lenkte er widerwillig ein. „Ich werde versuchen, *noch* mitfühlender mit den Damen umzugehen, obwohl meine Schmerzgrenze allmählich erreicht ist.“

Katharina Mertens stand auf. „Dann haben wir uns ja verstanden.“ Sie rauschte aus dem Raum.

Marcel schlug mit der zur Faust geballten Hand auf den Tisch. Irgendwie schien ihm hier alles zu entgleiten.

Den Buchungsplänen hatte Marcel entnommen, um wie viel Uhr Johanna Berger ihren Termin hatte. Offenbar wollte sie am Nachmittag ein Biofacelifting durchführen lassen. Einem spontanen Entschluss folgend, griff Marcel zum Telefonhörer und wählte ihre Nummer. Er musste nicht lange warten, bis sie sich mit ihrer piepsigen, hohen Stimme meldete.

„Berger.“

„Borchert hier, von der ‚Beauty-Oase‘. Ich habe eine gute Nachricht für Sie. Ich glaube, ich kann auf den Wunsch, den Sie neulich geäußert haben, eingehen.“

„Oh, das ist ja wunderbar!“ Sie kicherte albern. „Ich war auch schon ein bisschen böse auf Sie.“

„Können Sie vielleicht eine Stunde vor Ihrem Termin in die ‚Beauty-Oase‘ kommen, damit wir alles besprechen können?“

„Natürlich, sehr gern.“

„Bis nachher.“ Marcel beendete das Gespräch und seufzte resigniert. In letzter Zeit häuften sich die

Probleme. Kaum schien eines gelöst, tat sich irgendwo ein neues auf. Es war zum Verrücktwerden.

Zu allem Überfluss musste er sich mittlerweile eingestehen, dass sich mit den Hormonpillen, die er für viel Geld verkaufte, kein sichtbarer Anti-Aging-Effekt erreichen ließ. Das Ergebnis war ernüchternd. Zuerst hatte er noch geglaubt, er müsse einfach ein Weilchen abwarten, dann zeige sich die Wirkung schon. Doch diese Hoffnung war erloschen. Die Haut seiner Kundinnen war noch genauso faltig wie zuvor. Zwar bemühte Marcel sich nach Kräften, ihnen einzureden, sie sähen um Jahre verjüngt aus, doch das stimmte nicht. Noch ließen sich die Frauen beruhigen, aber das würde nicht mehr ewig gelingen, dafür waren die Kapseln einfach zu teuer.

Marcel hatte bereits mit John Burton darüber gesprochen und der Arzt hatte ihm daraufhin höher dosierte Pillen geschickt. Doch leider hatten auch die keine Verbesserung gebracht. Marcel faxte Burton seine Berichte über Faltentiefe, Hautfestigkeit und Nebenwirkungen regelmäßig nach Houston. Sein Geschäftspartner dort war ratlos wie Marcel auch.

Im Geschäft mit der Schönheit musste man mit Rückschlägen rechnen. Deshalb bestand Burton darauf, dass Marcel weiterhin die abgesprochenen Mengen abnahm, eine Tatsache, die Marcels Entscheidung, Johanna Berger ebenfalls in den Genuss der Präparate kommen zu lassen, maßgeblich mitbeeinflusst hatte.

Als sie knapp eine Stunde später sein Büro betrat, strahlte sie über das ganze Gesicht. Johanna Berger konnte es kaum erwarten, das kostbare ‚Wundermittel' selbst auszuprobieren. Susi Heinrich hatte ihr die tollsten Dinge darüber berichtet. Zwar fand Johanna, dass ihre Bekannte sich nicht so sehr verändert hatte, aber ihre Begeisterung konnte nicht von ungefähr kommen. Susi selbst musste schließlich am besten beurteilen können, was sich verbessert hatte und was nicht.

Marcel holte aus einem Gläschen eine Pille hervor und reichte sie Johanna. „Hier, bitte. Aus Gründen, die ich jetzt nicht weiter erörtern will, muss ich darauf bestehen, dass Sie die Tabletten immer direkt hier in meinem Büro einnehmen. Eine gute Dosis für den Anfang wäre eine pro Woche, das lässt sich langsam steigern, je nachdem wie Sie darauf reagieren. Ist Ihnen alles klar?"

„Ja, selbstverständlich. Ich danke Ihnen sehr." Sie holte ihr Portemonnaie hervor. „Wie viel schulde ich Ihnen?"

„Zweihundert Euro."

Johanna schluckte. Mit so viel hatte sie nicht gerechnet. Susi, die die Pillen nach eigenen Angaben mittlerweile fast täglich nahm, hatte über den Preis dezent geschwiegen. Doch Johanna wollte jetzt keinen Rückzieher machen und bezahlte.

Dankbar nahm sie das Wasserglas, das Marcel ihr reichte, und spülte damit die Pille herunter.

Sie wollte schon gehen, doch Marcel stellte sich ihr in den Weg. „Eine Kleinigkeit noch. Sie sind zu absolutem Stillschweigen verpflichtet über die besondere Anti-Aging-Maßnahme, in deren Genuss Sie gerade gekommen sind. Sie gehören damit zu einem kleinen, exklusiven Kreis. Die Kapseln gibt es bisher nur in einer begrenzten Menge, deshalb die Geheimhaltung." Er wedelte mit einem Papier in der Hand herum. „Susi Heinrich hat eine Einverständniserklärung unterzeichnet. Und das Gleiche muss ich nun auch von Ihnen verlangen. Ich hoffe, Sie verstehen das – es ist auch nur eine Formalität."

Johanna Berger nickte.

Doch Marcel war noch nicht fertig. „Ich habe Susi Heinrich bereits ins Gewissen geredet. Sollte ich noch einmal von einem Verstoß gegen das Versprechen der Verschwiegenheit erfahren, werde ich die Therapie sofort abbrechen." In seiner Stimme hatte eine unüberhörbare Drohung mitgeschwungen – und Marcel hoffte, dass sie ihre Wirkung nicht verfehlte.

In dieser Nacht schlief er zum ersten Mal seit langer Zeit schlecht. Sobald er die Augen schloss, tauchten die schauerlichsten Bilder in seinem Kopf auf. Sie fielen über ihn her und ließen ihn nicht mehr los.

Diesmal waren es nicht die Erinnerungen an Sandy oder seine Mutter, die ihn quälten. Stattdessen huschten die Gesichter fremder Frauen durch seine Träume. Eigentlich waren es keine normalen Gesichter, denn sie trugen den Ausdruck von Fratzen, waren merkwürdig entstellt. Längst hatte Marcel seine Decke zu Boden geworfen, denn sie schien tonnenschwer auf ihm zu lasten.

Er dämmerte in einen leichten Schlaf hinüber, und in diesem Zustand zwischen Traum und Wirklichkeit konnte er sich erst recht nicht gegen die imaginären Spukgestalten wehren. Die Gesichter verfolgten ihn, hetzten ihn immer weiter, bis er kaum noch Luft bekam. Greisenhaft sahen sie aus, die Haut war dünn wie Pergament und so fest hinter die Ohren gezogen, dass sie durchscheinend geworden war. Die Adern darunter waren deutlich sichtbar. Jeden Moment schien die hauchfeine Schicht reißen zu können und es graute Marcel davor, zu sehen, was darunter zum Vorschein kommen würde.

Er unterdrückte einen Aufschrei, als sich eines der Gesichter zu verändern begann. Er erkannte es. Es war das von Susi Heinrich. Im nächsten Moment veränderten sich die Züge wieder und sie nahmen die von Johanna Berger an. Marcel schlug um sich, verzweifelt darum bemüht, die grausigen Bilder in seinem Kopf zu verjagen, aber er wachte nicht auf. Die Odyssee ging weiter. Nun erst erkannte Marcel, dass die alten Gesichter auf den Körpern von jungen Frauen saßen. Das alles passte überhaupt nicht zusammen. Marcel krümmte sich zusammen, kämpfte gegen eine aufsteigende Übelkeit an. Doch es wurde noch schlimmer. Die Münder der Frauen öffneten sich, ihre spindeldürren, knochigen Finger deuteten auf ihn. Und sie begannen zu schreien, hoch und durchdringend. Dann, allmählich, bildeten sich Wörter aus dem Gekreische. ‚Du hast uns das angetan. Du hast uns an die ewige Jugend glauben lassen.' Als er glaubte, ihre Hände an seinem Hals zu spüren, schlug er die Augen auf. Sein Herz pochte, er war nass geschwitzt. Er zitterte am ganzen Körper. Ein paarmal atmete er tief durch, bis es ihm wieder etwas besser ging. Marcel griff nach der Wasserflasche, die auf dem Nachttisch neben seinem Bett stand. Er trank ein paar Schlücke, doch das Gefühl von Trockenheit in seinem Mund blieb.

Obwohl die Bilder, die er gesehen hatte, schrecklich gewesen waren, fühlte er Erleichterung darüber, dass dieser Albtraum anders gewesen war als die, die er bisher kannte. Er war fast froh, dass Sandy nicht darin aufgetaucht war. Mit ihr schien er in den Tiefen seines Unterbewusstseins endgültig seinen Frieden gemacht zu haben. Der Albtraum in dieser Nacht würde ein einmaliger bleiben, davon war er überzeugt, denn er hatte eine klare Botschaft enthalten.

In den langen Stunden zwischen Tag und Nacht erkannte er, dass er etwas ändern musste. Er würde nicht warten, bis etwas geschah, das ihm den Boden unter den Füßen wegzog, sondern den Weg selbst bestimmen.

Er wusste nicht, ob er sich das alles nur einbildete oder ob es Wirklichkeit war, aber er hatte das Gefühl, dass seine Kollegen in der ‚Beauty-Oase' ihn misstrauisch beäugten. Auf Schritt und Tritt fühlte er sich kontrolliert. War es möglich, dass Katharina Mertens die anderen auf ihn angesetzt hatte? Vielleicht sollten sie ihr Bericht erstatten, wie er sich gegenüber den Kundinnen benahm. Seiner Chefin traute er durchaus zu, dass sie zu solchen Mitteln griff.

Missmutig machte Marcel seinen täglichen Rundgang durch den Wellnessbereich. Auch dies gehörte zu seinen Aufgaben, doch es war eine von denen, die er nicht sonderlich mochte. Er nickte den Damen, die sich dort aufhielten, freundlich zu. Bei denen, die ihn noch nicht kannten, stellte er sich vor und bot seine Beratung an. Marcel hasste es, auf diese Weise für sich selbst Werbung zu machen, aber es musste sein, sonst konnte er den Job gleich vergessen.

Als sein Name plötzlich über die Sprechanlage des

Hauses durchgerufen wurde, zuckte er zusammen. Er erkannte die Stimme von Brigitte Werner, der netten Dame vom Informationsdesk, sofort. „Herr Borchert, bitte zum Haupteingang kommen! Danke!“

So etwas war noch niemals vorgekommen! Mit einem mulmigen Gefühl in der Magengegend machte sich Marcel umgehend auf den Weg zum Haupteingang. Er hatte keine Ahnung, was ihn dort erwartete.

Ein Mann Mitte sechzig stand dort. Er stellte sich als Ehemann von Johanna Berger vor – und er schien äußerst aufgebracht zu sein. Böse funkelte er Marcel an, weigerte sich, ihm zur Begrüßung die Hand zu geben.

„Das ist wirklich eine Unverschämtheit“, polterte er los. „Da bezahlt man hier die teuren Behandlungen, und dann so was!“

„Entschuldigen Sie, ich weiß leider nicht, wovon Sie reden. Lassen Sie uns in mein Büro gehen. Dort können wir in Ruhe über alles sprechen“, bemühte sich Marcel höflich zu bleiben. „Es kann sich nur um ein bedauerliches Missverständnis handeln, etwas anderes kann ich mir beim besten Willen nicht vorstellen.“

„Glauben Sie bloß nicht, dass ich mich von Ihnen einschüchtern lasse!“ schimpfte der Mann weiter.

„Das ist auch nicht meine Absicht“, versuchte Marcel ihn zu beruhigen.

„Was ich Ihnen zu sagen habe, werde ich hier vor

Zeugen vorbringen." Klaus Berger holte tief Luft, sein Kopf war inzwischen puterrot angelaufen. „Was erlauben Sie sich, meiner Frau schöne Augen zu machen? Seit über dreißig Jahren sind wir verheiratet. Und nun schwärmt sie unentwegt von Ihnen und erzählt mir, wie ungeheuer charmant Sie sind."

„Entschuldigen Sie, aber ich pflege einen rein dienstlich-professionellen Umgang mit Ihrer Frau. Ich hege keinerlei Absichten in die Richtung, die Sie gerade angedeutet haben. Das muss ich mir in aller Deutlichkeit verbitten. Es ist absurd!" Er hatte mit sehr viel Nachdruck gesprochen, blieb aber dennoch sachlich. Alles andere machte in dieser Situation ohnehin keinen Sinn.

„Ja, ja, das behaupten sie alle", winkte Klaus Berger ab. „Ich sage Ihnen eines: Wenn Sie meiner Frau Flausen in den Kopf setzen, bekommen Sie es mit mir zu tun. Und ich finde heraus, wenn Sie ihr irgendwelche angeblichen ‚Wundermittel' andrehen, die völlig unnütz sind. Das kann ich Ihnen versprechen." Mit geballter Faust machte Klaus Berger noch eine drohende Geste in Richtung von Marcel, dann drehte er sich auf dem Absatz um und stürmte davon.

Marcel war bei den letzten Worten des Mannes unwillkürlich zusammengezuckt. Hatte Johanna Berger ihrem Mann von den Pillen erzählt, trotz seines rigorosen Verbots? Er stieß einen leisen Fluch aus, erinnerte sich dann aber wieder an Brigitte Werner, die die ganze Zeit schweigend dagestanden und versucht hatte, möglichst unbeteiligt zu tun, so als bekomme sie kein Wort mit, das gesprochen wurde. Aber natürlich war ihr kein einziges entgangen. Als er ihr einen fragenden Blick zuwarf, wich sie diesem aus, räumte auf ihrem Pult herum, als sei sie sehr beschäftigt. Auf ihre Unterstützung würde er sich im Ernstfall nicht verlassen können, so viel war sicher.

Enttäuscht und wütend kehrte Marcel in sein Büro zurück. Er ließ sich auf seinen Schreibtischstuhl fallen und starrte vor sich hin. Über kurz oder lang würde seine Chefin wieder hier bei ihm auftauchen und ihm auf ihre kühle und pragmatische Art mitteilen, dass sein Arbeitsvertrag mit sofortiger Wirkung beendet war. Gleich zwei Geldquellen würden dann für ihn versiegen. Marcel sah nur eine Möglichkeit, wie er das vielleicht verhindern konnte. Er musste irgendetwas finden, mit dem er Katharina Mertens Ärger bereiten, sie unter Druck setzen konnte. In jedem Haus gab es einen schwarzen Punkt, einen, an den möglichst niemand rühren durfte. Er würde aufspüren, welcher der der ‚Beauty-Oase' war.

12. KAPITEL

Es war ganz einfach gewesen. Ein paar Anrufe hier, ein paar Gespräche dort. Ein kurzer Flirt mit einer Dame aus der Buchhaltung, dann hatte Marcel erfahren, was er wissen wollte. Dank ihm strich die ‚Beauty-Oase' satte Gewinne ein. Seine Tätigkeit als medizinischer Berater machte sich mehr als bezahlt für Katharina Mertens. Seit er, Marcel, in der ‚Beauty-Oase' arbeitete, hatte sich die Zahl der Kundinnen deutlich erhöht, die Umsatzsteigerung, die dies auch für die normalen Anwendungen mit sich brachte, war beachtlich. Seine Chefin musste ihm dankbar sein, dass er auf der Schönheitsfarm arbeitete und es ihr ermöglichte, mit der Hypnose eine Leistung anzubieten, die viele andere Häuser noch nicht in ihrem Programm hatten. Durch ihn war die ‚Beauty-Oase' der Konkurrenz im Moment um eine Nasenlänge voraus.

Seit Marcel diese Information besaß, war seine Stimmung deutlich besser geworden. Und er hatte bereits einen Plan gefasst. Immer öfter kreuzte er absichtlich Katharina Mertens Weg. Nach den Vorwürfen, die sie ihm wegen seines nachlassenden Engagements gemacht hatte, herrschte zwischen ihnen beiden eine unterkühlte Stimmung. Allerdings war Marcel sich darüber bewusst, dass dies kein Dauerzustand werden durfte, schon in seinem eigenen Interesse. Falscher Stolz würde ihm in diesem Falle nur schaden. Er konnte es einfach nicht gebrauchen, dass sie ihm auf die Finger schaute und kontrollierte, was er tat oder ließ. Seine einträglichen Nebengeschäfte, die gerade so schön liefen, würde er dann schnell vergessen können.

Deshalb hatte er überlegt, was er tun sollte, und war recht bald zu einem Entschluss gekommen. Keinesfalls wollte er vor Katharina Mertens auf dem Boden kriechen, bitten und betteln. Das verbot ihm seine Selbstachtung. Stattdessen würde er ihr deutlich vor Augen führen, wie froh sie sein konnte, dass er nicht zur Konkurrenz ging. Dort würde man ihn sicherlich nur zu gern nehmen. Zwar dachte Marcel nicht daran, den Job zu wechseln, doch das wusste Katharina Mertens zum Glück ja nicht. Er war sicher, dass sie auf seine Forderung, ihm endlich wieder freie Hand zu lassen, eingehen würde. Seine neu gewonnenen Kenntnisse über die Finanzlage der ‚Beauty-Oase' stimmten ihn zuversichtlich und gaben ihm das Selbstbewusstsein, einen unkonventionellen Schritt zu gehen. Er würde seinen Charme spielen lassen und versuchen, Katharina Mertens um den Finger zu wickeln. Zu Beginn seiner Zeit in der ‚Beauty-Oase' hatte sie ihn recht deutlich spüren lassen, dass sie ihn als Mann durchaus attraktiv fand. An diesen Punkt wollte er nun anknüpfen. Und wenn er ihr klar machte, dass sie ihn brauchte, um weiterhin so gute Bilanzen zu erzielen, dann würde sie sich seinem Anliegen sicher nicht verschließen.

Marcel schlenderte auf dem Flur vor ihrem Büro auf und ab, ein paar Unterlagen mit Beratungsplänen in der Hand, damit nicht allzu offensichtlich war, dass er eigentlich nur darauf wartete, dass sie heraustrat. Er wusste inzwischen recht genau, wann sie Pause machte oder Besprechungen abhielt, so war es ein Kinderspiel für ihn, sie abzupassen.

Tatsächlich musste er nicht lange warten, da öffnete sich ihre Tür und sie rauschte heraus.

Marcel beschleunigte seinen Schritt und stand Augenblicke später vor ihr. Er lächelte sie an, als sei es das größte Glück seines Lebens, ihr hier und jetzt zu begegnen. „Katharina, wie schön, dich zu sehen." Er baute sich so vor ihr auf, dass es unmöglich für sie war, einfach an ihm vorbeizugehen und ihn stehen zu lassen.

Bereits leicht verärgert, runzelte sie die Stirn. „Hallo, ich dachte, du hast zu tun? Warten denn keine Kundinnen auf dich, dass du hier herumlaufen kannst?"

„Nein, im Moment nicht", antwortete er, ohne auf diesen leisen Vorwurf einzugehen. Das Strahlen auf seinen Zügen vertiefte sich. „Aber vielleicht kann ich dir etwas Gutes tun? Als kleine Erinnerung daran, was du an mir hast." „Mir?" Irritiert starrte sie ihn an. „Was soll das heißen?" Sie hatte keine Ahnung, worauf er hinauswollte, und sie schätzte es ganz und gar nicht, wenn man ihr Rätsel aufgab.

„Nun, das erkläre ich dir gern.“ Er deutete mit dem Kopf in die Richtung ihrer Tür. „Aber vielleicht ist es besser, wir gehen dafür in dein Büro.“ Sanft, aber bestimmt schob er sie nach drinnen.

Katharina war so überrumpelt, dass sie dies einfach mit sich geschehen ließ. In ihrem Büro fand sie langsam ihre Fassung wieder. „Da bin ich aber gespannt.“ Sie hoffte für ihn, dass er ihr wirklich etwas anzubieten hatte und ihre Zeit nicht vergeudete. Sie ging zur Couch hinüber und ließ sich dort mit vor der Brust verschränkten Armen nieder. Er sollte gleich merken, dass sie für Spielchen nichts übrig hatte.

Marcel war froh, dass sie die Couch gewählt und nicht hinter ihrem Schreibtisch Platz genommen hatte. So ließ es sich doch gleich viel netter plaudern, ganz dicht beieinander, mit ein wenig Körperkontakt. Er ergriff seine Chance und setzte sich direkt neben sie. Marcel beugte sich zu ihr vor, bis sein Gesicht ganz nah vor ihrem war. „Ich denke, du brauchst mich mehr, als dir lieb ist.“

„Wie kommst du denn darauf?“ fuhr sie ihn an.

Katharina wollte schon aufstehen, doch Marcel drückte sie mit Nachdruck auf die Couch zurück. „Na ja, ich habe mich ein wenig umgehört. Du stehst mit der ‚Beauty-Oase‘ finanziell recht gut da. Allerdings sind die Gewinne erst so richtig in die Höhe gegangen, seit ich hier arbeite. Ich bringe dir und der ‚Beauty-Oase' eine Menge Geld ein."

Katharina begriff nicht recht, worauf er hinauswollte, doch eines war ihr sofort klar: Marcel würde Forderungen an sie stellen, wie auch immer die aussehen mochten. Marcel war nicht der Typ, der einfach einen Versuchsballon startete, um zu sehen, wie weit er gehen konnte. Offenbar hatte sich Marcel informiert und wusste besser über die Bilanzen der ‚Beauty-Oase' Bescheid, als ihr recht war. Katharina ärgerte sich bereits, dass sie ihn nicht genauer beobachtet hatte. Dann wäre diese grobe Panne niemals geschehen. Es war nie gut, wenn die Angestellten zu viel über den finanziellen Hintergrund eines Unternehmens wussten, so oder so. „Ich soll dich brauchen?" fragte sie deshalb betont ironisch. „Na, das ist ja interessant." Es war besser, kaltschnäuziger zu wirken, als man war, so gelang es manchmal, den Gegner in die Flucht zu schlagen. Und im Moment, solange sie nicht wusste, worauf er hinauswollte, war er ein Gegner.

Marcel ließ sich nicht aus der Ruhe bringen. Seine Augen blickten kühl. „Es ist eigentlich ganz einfach. Wenn du mich wieder tun und walten lässt, wie ich es für richtig halte, dann bin ich durchaus bereit, noch ein Weilchen für die ‚Beauty-Oase' zu arbeiten und dir damit weiterhin gute Einnahmen zu garantieren. Ansonsten werde ich, deine sprudelnde Geldquelle, diesen gastlichen Ort verlassen und woanders mein Glück suchen – irgendwo, wo man mir uneingeschränkt vertraut. Du hast die Wahl."

Katharina schwieg betreten. Fieberhaft überlegte sie, wie detailliert seine Informationen sein konnten. Und, was vielleicht am wichtigsten war, woher stammten seine Kenntnisse? Doch jetzt war nicht der Zeitpunkt, darüber nachzudenken. Ihr bot sich gerade eine Gelegenheit, die sie nutzen sollte. Sie konnte es sich nicht leisten, ihn zu verlieren, da hatte er leider vollkommen Recht.

Marcel fuhr bereits fort. „Ich will, dass du mir garantierst, dass ich meinen Job auch dann nicht verliere, sollte sich irgendjemand über mich beschweren. Nicht dass damit zu rechnen wäre", fügte er eilig hinzu. „Glaubst du, dass du das tun kannst?"

Katharina dachte nach. Sie war unsicher. Sie wollte sich nicht zu festen Zusagen bewegen lassen. Bisher hatte sie die Erfahrung gemacht, dass es besser war, die Mitarbeiter im Ungewissen zu lassen, wie wertvoll sie für sie waren.

Marcel sah, dass sie mit sich kämpfte. Sanft strich er ihr über den Arm. Als er merkte, dass sich bei ihr kein Widerstand gegen diese Berührung regte, verstärkte er den Druck seiner Hände ein wenig. „Ich bin sicher, wir werden beide von dieser Form der Zusammenarbeit profitieren. Es wird für uns beide Vorteile haben, glaube mir."

Katharina nickte zögernd. Ging es ihm wirklich nur darum, mehr Freiheiten und eventuell wieder weitreichendere Kompetenzen zu erlangen oder verfolgte er in Wahrheit ein ganz anderes Ziel? Leider würde sie das jetzt nicht herausfinden können. Sie brauchte Marcel nur anzuschauen, er wirkte so entschlossen, dass ihr klar war, dass er es ernst meinte. „Vielleicht hast du Recht", räumte sie ein. „Und ich sollte dir und deiner Arbeit keine Grenzen setzen."

Marcel merkte, dass sie weich werden würde, wenn er jetzt noch einmal nachhakte. „Nun komm, vertrau mir. Ich will nur dein Bestes. Es ist doch wunderbar, wenn sich unsere Interessen so gut ergänzen. Ich verstehe dein Zögern nicht." Er legte seine Hand auf ihr Knie und sie machte keine Anstalten, sie beiseite zu schieben.

Stattdessen beugte sie sich einfach vor, schlang die Arme um seinen Hals, zog ihn zu sich heran und küsste ihn auf den Mund.

Marcel war einigermaßen perplex. Mit dieser Reaktion von ihr hatte er nicht gerechnet, obwohl sie eigentlich zu ihr passte. Katharina Mertens nahm sich, was sie wollte. Und ihm war klar, dass sie, wenn man sie nicht bei Laune hielt, gnadenlos sein konnte, das hatte sie ihm ja bereits bewiesen. Marcel wusste, dass er sich nicht dem Glauben hingeben durfte, sie unter

Kontrolle zu haben. Katharina Mertens war immer für eine Überraschung gut, auch für eine unangenehme. Fürs Erste jedoch hatte er sein Ziel erreicht.

Marcel ließ sich von ihren Umarmungen davontragen, und wenn er ehrlich war, dann machte ihm dies sogar Spaß. Dass dies alles in ihrem Büro stattfand, wo sie theoretisch jederzeit erwischt werden konnten, hatte einen gewissen Reiz. Es war ein Spiel mit dem Feuer, genauso wie diese kleine Eskapade, die sie sich gerade gestatteten. Natürlich war ihnen beiden klar, dass romantische Gefühle dabei keine Rolle spielten und dass es bei einem einmaligen Abenteuer bleiben würde. Es war nur eine Prüfung, ein unkonventioneller Test, um herauszufinden, wie stark der andere war, wie groß sein Wille zur Macht – und zugleich ein Abwägen von dessen Gefährlichkeit.

Bevor Marcel eine knappe Stunde später wieder auf den Flur hinaustrat, fuhr er sich schnell durch die Haare, die ziemlich verwuschelt waren. Katharina besaß Temperament, das musste er ihr lassen. Und wenn das Feuer in ihr erst einmal geweckt war, dann ließ sie sich so schnell nicht besänftigen. Verschmitzt grinste er vor sich hin. Dies war eine reizvolle Abwechslung seines Arbeitsalltags gewesen. Nicht mehr, aber eben auch nicht weniger. Beschwingt kehrte er wieder in sein Büro zurück.

Er ließ sich nichts vormachen. Klaus Berger war entschlossen, dem Treiben in der ‚Beauty-Oase' ein Ende zu bereiten. Marcel Borchert musste das Handwerk gelegt werden. Zwar hatte er keine Beweise, dass Marcel bei seinen Behandlungen unlautere Mittel einsetzte, aber die würde er schon noch auftreiben. Wo ein Wille war, war auch ein Weg. Seine Frau Johanna hielt sich immer öfter in der ‚Beauty-Oase' auf. Und wenn er sie darauf ansprach, was dort gemacht wurde, druckste sie meist herum. Das machte ihn noch misstrauischer.

Ständig ging seine Frau ihm damit auf die Nerven, dass sie ihn fragte, ob er denn keine Veränderung an ihr bemerke. Jedes Mal antwortete er wahrheitsgemäß mit ‚Nein'. Und so war es auch. Darüber waren sie in der letzten Zeit schon häufig in Streit geraten.

Klaus Berger hatte das Gefühl, dass sich seine Frau immer mehr von ihm entfremdete, seit sie sich auf der Schönheitsfarm diesen Behandlungen unterzog. Und er würde nicht tatenlos zusehen, wie ihre Ehe am Schönheitswahn seiner Frau und der Geschäftemacherei anderer zerbrach.

Johanna war nie eine übermäßig hübsche Frau gewesen, doch sie legte sehr viel Wert auf ihre Erscheinung und versuchte alles, um wenigstens modisch auf dem Stand der Zeit zu sein. Leider übertrieb sie es manchmal ein wenig mit der Schminke, ihre Kleidung war oft zu grell und stark gemustert. Doch darüber hatte er nie ein Wort verloren. Nun jedoch platzte ihm der Kragen. Die Häufigkeit der Besuche seiner Frau in der ‚Beauty-Oase' ließ ihn stutzen. Da konnte etwas nicht stimmen. Klaus Berger fiel nur *eine* schlüssige Begründung ein: Der medizinische Berater, von dem seine Frau stets in den höchsten Tönen sprach, trieb ein falsches Spiel.

Ein paarmal hatte er schon heimlich die Tasche seiner Frau durchsucht, wenn sie von einem Besuch in der ‚Beauty-Oase' zurückkehrte. Aber er hatte nichts Ungewöhnliches gefunden. Trotzdem war er sicher, dass er mit seinem Verdacht richtig lag. Mit diesem Marcel Borchert und seinen Behandlungsmethoden war etwas faul. Er war stolz darauf, diesem Mann, den er als einen arroganten und überaus selbstverliebten Schnösel empfunden hatte, eine Szene gemacht zu haben. Sollte Marcel Borchert darüber ruhig lachen. Er würde noch sehen, wie viel Unannehmlichkeiten er, Klaus Berger, ihm bereiten würde.

Er nahm sich vor, noch einmal mit seiner Frau zu sprechen. Diesmal wollte er es im Guten versuchen, denn in letzter Zeit gerieten sie sich ohnehin schon oft genug in die Haare wegen dieser Sache. Und Klaus Berger liebte seine Frau. Das war es, was ihn in erster Linie antrieb.

Als sie an diesem Abend von der ‚Beauty-Oase'

nach Hause kam, hatte er bereits eine gute Flasche Rotwein bereitgestellt und ein paar Kerzen angezündet. Er wollte eine romantische Atmosphäre schaffen. Johanna sollte sich nicht angegriffen fühlen, wenn er mit ihr redete.

Klaus Berger hörte, wie seine Frau im Flur des Reihenhauses hantierte, in dem sie schon so lange lebten, wie sie verheiratet waren.

Kurz darauf betrat Johanna das Wohnzimmer. Sie hielt inne, als sie ihren Ehemann mit erwartungsvoller Miene auf dem Sofa sitzen sah, umgeben von flackernden Kerzen. Sie überlegte kurz. Hatte sie etwas vergessen? Gab es einen Grund für diesen ungewohnten Aufwand, den ihr Gatte betrieben hatte? Nun stand er sogar noch auf, zauberte hinter der Sofalehne einen Blumenstrauß hervor und überreichte ihn ihr mit feierlicher Miene.

„Hier, Johanna. Diese Blumen sollen dir zeigen, dass ich mich – auch nach all den langen Jahren – noch immer sehr glücklich schätze, mit dir verheiratet zu sein. Du bist für mich die Beste und Schönste von allen."

Johanna griff nach den Blumen, doch die waren für sie im Moment zweitrangig. „Stimmt das? Du findest mich schön?" fragte sie überglücklich nach. Sie strahlte über das ganze Gesicht, wie er es schon seit einer Ewigkeit nicht mehr bei ihr gesehen hatte.

„Ja, natürlich. Aber damit meine ich nicht nur dein Aussehen."

Sofort verdunkelte sich ihre Miene wieder. „Ich gehe eine Vase holen." Sie verließ das Zimmer.

Klaus Berger nutzte die Gelegenheit, um nachzudenken. Vielleicht war es sinnvoller, seine Strategie zu ändern. Eigentlich hatte er sie bitten wollen, endlich mit der Wahrheit herauszurücken und ihm zu sagen, was in der ‚Beauty-Oase' geschah. Nachdem er nun jedoch ihre Reaktion miterlebt hatte, entschied er sich, anders vorzugehen. Komplimente machten sie vielleicht gesprächiger. Als sie wiederkam, griff er nach ihrer Hand und zog sie auf das Sofa neben sich. Er goss den Wein ein und erhob das Glas. „Ich trinke auf eine bezaubernd hübsche Frau."

Johanna stieß mit ihm an, wirkte jedoch skeptisch, was sie von dieser Ansprache zu halten hatte.

Er legte noch einmal nach. „Ganz im Ernst. Du siehst heute Abend zehn Jahre jünger aus als sonst. Wie ist das möglich?"

Johanna kicherte hingerissen. Alle Zweifel waren verflogen. „Das ist lieb von dir."

„Ich sage das nicht, um dir zu schmeicheln", log er eilig, weil er merkte, dass seine Komplimente, auch wenn er sie ziemlich überzogen fand, gut ankamen. Sie schienen tatsächlich Johannas Zunge zu lösen. „Es ist mir einfach aufgefallen. Was hast du gemacht, dass sogar mir, deinem dummen alten Ehemann, deine Verwandlung nicht entgehen kann?"

„Ach, nichts Großartiges." Sie winkte ab. „Ich habe mich nur einfach nicht mit den üblichen Angeboten begnügt. Susi Heinrich, eine Bekannte, die ich dort kennen gelernt habe, hat mich darauf gebracht. Sie hat mir von Anti-Aging-Pillen erzählt, die Marcel Borchert anbietet. Das ist etwas ganz Exklusives, nur ganz wenige Frauen in der Beauty-Oase kommen überhaupt in den Genuss dieser Tabletten. Und dann habe ich ihn überreden können, mir auch welche zu geben."

Klaus Berger presste die Lippen so fest zusammen, bis sie nur noch ein schmaler Strich waren. Das war es also! Er hatte es sich doch gedacht, dass etwas in der Art dahintersteckte. Er ließ sich seine aufkeimende Wut nicht anmerken. „Weißt du denn, was für Wirkstoffe in diesen Tabletten enthalten sind?"

„Nein." Diese Frage hatte sie sich noch nie gestellt. Erst jetzt fiel ihr dies auf. Aber eigentlich fand sie es auch nicht so wichtig, Hauptsache, sie wirkten.

„Meinst du, du kannst mir mal solch eine Pille mitbringen? Vielleicht gelingt es mir dann auch, so jugendlich auszusehen wie du. Das würde mir schon gefallen."

„Na ja, das ist nicht so einfach. Ich muss die Tabletten immer direkt dort schlucken. Ich darf sie nicht einfach mit nach draußen nehmen, das hat Herr Borchert mir verboten.“

Klaus Berger konnte sich ein höhnisches Grinsen nicht verkneifen. Kein Wunder, der Mann wusste schon, warum. Aber er hatte die Rechnung ohne ihn, ohne Klaus Berger, gemacht. Vielleicht konnte dieser so genannte medizinische Berater die Frauen um den Finger zu wickeln, bei ihm würde Marcel Borchert dies nicht gelingen. Er nahm Johannas Hand in die seine und streichelte sie. „Ich würde mich sehr darüber freuen, solch eine Pille zu nehmen. Nur ein einziges Mal, das würde mir schon reichen. Und weißt du, Schatz, dann könnte ich dich bestimmt viel besser verstehen und wir würden uns nicht mehr streiten. Das ist die Sache doch wert, oder?“

Johanna war gerührt, dass er sich so viele Gedanken machte. Sie wollte ihn nicht enttäuschen. Es konnte doch nicht so schlimm sein, wenn sie ein einziges Mal gegen Marcel Borcherts Anweisung verstieß. Das nächste Mal, wenn sie bei ihm war, würde sie eben nur so tun, als schlucke sie die Pille herunter. Und sobald sie sein Büro verlassen hatte, konnte sie die Tablette dann in ihrer Handtasche verstauen. Wenn ihrem Mann so viel daran lag, dann wollte sie das für ihn tun.

Es war ganz einfach gewesen, obwohl Johanna Berger ziemlich nervös gewesen war. Aber Marcel Borchert hatte nichts bemerkt. Nun drückte sie ihre Handtasche fest gegen die Brust und eilte mit starrem Blick auf den Ausgang der Schönheitsfarm zu. Sie hatte den Eindruck, jeder müsse ihr ihr schlechtes Gewissen anmerken, aber niemand folgte ihr oder stellte sich ihr in den Weg.

Als sie das Informationsdesk passierte, winkte Brigitte Werner ihr freundlich zu. „Ich wünsche Ihnen noch einen schönen Abend, Frau Berger."

Johanna starrte sie an, realisierte nur langsam, dass die junge Frau sie nicht aufhalten wollte. „Ja, danke. Äh, das wünsche ich Ihnen auch", brachte sie mühsam hervor. Als sie draußen in ihrem Auto saß, atmete sie erleichtert auf.

Es war erst wenige Tage her, dass ihr Mann den Wunsch geäußert hatte, eine Anti-Aging-Pille einzunehmen. Nun war Johanna gespannt, wie er reagieren würde, wenn sie ihm das wertvolle ‚Wundermittel' überreichte.

Als sie nach Hause kam, hatte ihr Mann sogar bereits ein schönes Essen für sie beide gezaubert.

Sie aßen erst, dann konnte Johanna ihre Neugierde nicht länger bezähmen. Sie holte ihr Pillendöschen aus der Handtasche und stellte es auf den Tisch. „Na, was sagst du nun?" fragte sie und sah ihren Mann triumphierend an.

„Ist es das, was ich denke?"

„Ja.“ Sie nickte eifrig.

Klaus Berger griff nach dem Döschen, nahm die Tablette darin vorsichtig heraus und betrachtete sie. Er konnte nichts Auffälliges feststellen, doch das bedeutete gar nichts, so viel wusste er. Heimlich, sodass Johanna nichts davon mitbekam, hatte er bereits mit einem befreundeten Chemiker gesprochen. Der hatte angeboten, für ihn eine kostenlose Analyse durchzuführen. Klaus Berger war ihm sehr dankbar dafür. Schon bald würde er also Gewissheit haben, was es war, das seine Frau Woche für Woche ihrem Körper zuführte. Geistesabwesend ließ er das Döschen in die Tasche seines Jacketts gleiten.

Johanna starrte ihn entgeistert an. „Aber Schatz, willst du die Pille denn nicht einnehmen? Ich denke, du kannst es kaum erwarten?“

„Ja, das stimmt auch“, versuchte er sich herauszureden. „Sei mir bitte nicht böse, aber jetzt, da ich sie habe, ist sie mir fast zu schade, um sie einfach runterzuschlucken. Ich will noch ein bisschen abwarten, sie ein paar Tage mit mir herumtragen und den passenden Moment abwarten. Ich möchte die Einnahme dieser Pille gebührend zelebrieren, schließlich hast du viel riskiert, um sie mir zu besorgen.“ Er griff nach ihrer Hand und tätschelte sie. „Verstehst du das nicht?“

„Nein, eigentlich nicht“, schmollte Johanna. „Mir

geht es immer nur darum, möglichst schnell den Effekt zu sehen."

„Ja, das ist natürlich auch wichtig. Gib mir noch eine Nacht, um darüber zu schlafen, ja?"

Johanna nickte. „Okay." Trotzdem war sie enttäuscht. Sie hatte mit viel mehr Begeisterung gerechnet, doch davon war bei ihrem Mann gar nichts zu spüren. Aber sie wollte ihn nicht drängen. Männer waren in solchen Dingen eben anders als Frauen, das sagte sie sich, um sich zu beruhigen. Denn langsam beschlich sie das ungute Gefühl, dass ihr Mann ihr vielleicht nicht die ganze Wahrheit sagte.

Marcel war bester Laune. Katharina Mertens würde alles tun, was er von ihr verlangte, daran hegte er nicht den geringsten Zweifel. Seit ihrem kurzen Tête-à-Tête ließ sie sich von ihm problemlos um den Finger wickeln, und er würde dafür sorgen, dass dies auch so blieb. Sein Job in der ‚Beauty-Oase' war bestens abgesichert. Marcel war stolz auf sich und blickte zuversichtlich in die Zukunft.

Fröhlich vor sich hin pfeifend, schlenderte er jetzt durch die verschiedenen Wellnessbereiche des Hauses, verweilte hier und da und tat, was er eigentlich abgrundtief hasste – er machte Smalltalk. Heute fiel ihm das, ganz entgegen seiner Gewohnheit, ausgesprochen leicht. Susi Heinrich war am Vormittag bereits bei ihm gewesen und hatte ihre übliche Menge Hormonpillen gekauft. Zum ersten Mal seit langer Zeit war Marcel wieder einmal rundum zufrieden. Endlich hatte er wieder das Gefühl, alles im Griff zu haben. Er selbst zog die Fäden, entschied, was geschah – und niemand sonst.

Nach einer Weile kehrte Marcel in sein Büro zurück, wo er den Damen der Schönheitsfarm nun für Beratungsgespräche zur Verfügung stand. Diese paar Stunden waren ihm der liebste Teil seiner Arbeit, denn in der Regel blieb ihm in dieser Zeit genügend Freiraum, um seinen eigenen Interessen nachzugehen oder sich einfach nur ein wenig auszuruhen.

Für heute hatte sich noch keine einzige Frau angemeldet, es versprach besonders ruhig zu werden. Marcel machte es sich hinter seinem Schreibtisch bequem, surfte im Internet und nippte genüsslich an einem Kaffee, den er sich gerade frisch aufgegossen hatte.

Als die Tür plötzlich aufgerissen wurde, ohne dass zuvor angeklopft worden wäre, fuhr er erschrocken zusammen und hätte beinahe sein Getränk verschüttet. So ein Benehmen war in der ‚Beauty-Oase' nicht üblich. Es musste sich um einen Notfall handeln, nahm er an.

Als er jedoch sah, wer da in sein Büro stürmte, hatte er das Gefühl, das Opfer einer Halluzination zu sein. Mit der Frau, die vor ihm stand, hatte er nun wirklich nicht gerechnet. Sein Mund klappte auf und dann wieder zu, doch er brachte kein Wort heraus.

Seine Exfreundin Sabine war gealtert, in der Zeit, in der sie sich nicht mehr gesehen hatten. Ein paar neue Falten auf ihrer Stirn und um den Mund gaben ihrem Aussehen etwas Verbittertes. Sie sah müde aus und sehr traurig. Und es war ihr anzusehen, dass sie zornig war, jedoch nicht auf eine spontane Art, sondern es war eher ein Gefühl, das sich tief in ihrer Seele festgefressen hatte.

Marcel erschrak. Er wollte aufstehen und sie begrüßen, doch mit einer entschiedenen Handbewegung gebot sie diesem Vorhaben Einhalt. Sie stemmte die Arme in die Seiten und baute sich vor seinem Schreibtisch auf. „Endlich habe ich es geschafft, hierher zu kommen, um mit dir zu sprechen. So lange schon habe ich mit mir gekämpft, aber einfach nicht die Kraft dazu gefunden. Dafür waren mehrere Therapien nötig." Dies war mehr eine Feststellung als alles andere, gesprochen zu sich selbst.

„Hallo Sabine", antwortete Marcel ziemlich lahm. Er hatte nicht die leiseste Ahnung, was sie von ihm wollen konnte. Die Gedanken in seinem Kopf überschlugen sich. Zwischen ihnen bestand seit langem keinerlei Kontakt mehr. Das letzte Mal hatte er sie gesehen bei der Abtreibung des Kindes, das er ungewollt gezeugt hatte. Sabine und er, sie waren sich einig gewesen, dass dies der einzig vernünftige Schritt war. Ihre Beziehung war schon längst gescheitert und in ihrer beider Leben gab es keinen Platz für Nachwuchs. Marcel konnte sich beim besten Willen nicht vorstellen, was da noch zu klären sein sollte. Und warum hatte sie ihn nicht einfach angerufen oder war bei ihm in der Villa vorbeigekommen? Gefreut hätte er sich darüber auch nicht, aber es wäre allemal besser gewesen, als ihn hier auf der Arbeit aufzusuchen. Jederzeit konnte jemand in sein Büro kommen und Zeuge dieser peinlichen Szene werden. Zwischen Sabine und ihm, das war eine private Angelegenheit. Die Schönheitsfarm war kein Ort, um diese Dinge nach so langer Zeit wieder hervorzuzerren.

Sabine fixierte ihn voller Verachtung. „Hallo Marcel, na, freust du dich, mich zu sehen?“ Ihre Stimme troff vor Ironie. „Ist eine ziemliche Überraschung, wie?“

Unbehaglich rutschte er nun auf seinem Stuhl hin und her.

„Es ist unglaublich, dass du so seelenruhig dasitzen kannst, nach allem, was du getan – oder vielmehr *nicht* getan hast. Heute bin ich aufgewacht und habe gewusst, dies ist der Tag, an dem ich endlich die Stärke aufbringen werde, dir meine Meinung zu sagen, offen und unverblümt.“ Sie rang sichtlich um Fassung.

„Sabine, bitte, wenn du etwas zu sagen hast, dann höre ich dir gerne zu“, erklärte er kühl. „Und ganz nebenbei: Ich habe zu tun. Wenn du es also bitte kurz machen würdest?“

„Okay, ich kann deutlicher werden, kein Problem.“ Plötzlich glitzerten Tränen in ihren Augen. „Nach diesem Eingriff, den wir bei Doktor Behringer haben machen lassen, hast du dich kein einziges Mal bei mir gemeldet und dich erkundigt, wie es mir geht. Die Abtreibung hat mir sehr zu schaffen gemacht, nicht körperlich, aber seelisch. Tag für Tag habe ich mich seither mit den schlimmsten Vorwürfen gequält, hatte Schuldgefühle dem kleinen Wesen gegenüber, dem ich schon im Mutterleib das Leben habe nehmen lassen. Schließlich habe ich sogar eine Therapie machen müssen, um wieder ins Gleichgewicht zu kommen. Und *du* hast mich bei der Bewältigung des Erlebten vollkommen im Stich gelassen. Ich habe lange gebraucht, aber heute will ich dir sagen, wie mies ich das von dir finde.“ Sabine war froh, dass die Worte endlich raus waren, ihr wurde gleich etwas leichter ums Herz.

Marcel wich ihrem Blick aus. „Nun ja, ich hielt es damals für das Beste, dich in Ruhe zu lassen, nach allem, was geschehen war. Es hätte doch nun wirklich niemandem geholfen, wenn wir endlos darüber gesprochen hätten. Die Wunde wäre nur immer wieder aufs Neue aufgerissen worden. Ich bin davon ausgegangen, dir sei es auch am liebsten so.“ Was er da behauptete, entsprach nicht ganz der Wahrheit. Wenn er ehrlich war, dann musste er zugeben, dass es ihn nicht sonderlich interessiert hatte, wie es ihr ging. Für ihn hatte in erster Linie gezählt, dass das ‚Problem' Schwangerschaft gelöst war.

Sabine ließ sich nicht beschwichtigen. „Ich glaube dir kein Wort! Du bist ein Mann, für den Begriffe wie Moral oder Mitgefühl Fremdwörter sind. Oh, es tut so gut, Dir das endlich ins Gesicht sagen zu können. Am liebsten würde ich jede Erinnerung an deine Existenz einfach aus meinem Kopf verdrängen. Ich hoffe, dass es mir nun endlich gelingt. Du hast mich als Mensch zutiefst enttäuscht und ich bereue es, jemals etwas für dich empfunden zu haben. Ich wünsche mir nichts so sehr, wie ein für alle Mal mit dieser unseligen Beziehung und mit dir abzuschließen und in die Zukunft blicken zu können. Es wird höchste Zeit!" Es war ihr deutlich anzusehen, wie aufgewühlt sie war. „Wahrscheinlich wirst du nicht einmal *verstehen,* wie sehr du mich mit deinem ignoranten Verhalten verletzt hast. Aber du sollst es wenigstens wissen." Sie drehte sich um und stürmte nach draußen.

Marcel war froh, dass sie weg war und dass sie es ihm erspart hatte, etwas dazu zu sagen. Er hätte ohnehin nicht gewusst, was. Es tat ihm Leid, dass sie so gelitten hatte, aber er fühlte sich nicht schuldig. Sicher, er hätte sich mehr um sie kümmern können, doch was hätte das an den Tatsachen geändert? Sie beide hatten die Abtreibung gewollt. Marcel atmete tief durch. Für eine kurze Zeit hatte seine Vergangenheit ihn eingeholt, doch er würde ihr nicht die Macht geben, sich wieder in sein Leben zu schleichen. Vorbei war vorbei. Und die Gegenwart war weitaus angenehmer als das, was hinter ihm lag.

Die Sache mit Sabine lag schon ein paar Tage zurück, doch sie ließ Marcel, sosehr er es auch versuchte, einfach nicht los. Nicht, dass er über die Angelegenheit als solche nachgedacht oder sein Verhalten in Frage gestellt hätte, das war es nicht. Aber durch die Tatsache, dass Sabine in der ‚Beauty-Oase' aufgetaucht war, hatte das Gefühl von Sicherheit, das ihn gerade erst wieder umgeben hatte, einen Riss bekommen. Er war sich wieder bewusst geworden, wie zerbrechlich es war, jeden Moment konnte etwas geschehen, das alles, was er sich so mühsam aufgebaut hatte, aus den Fugen geraten ließ. Eine tiefe Beunruhigung trieb ihn seither um. Er hatte das unbestimmte Gefühl, dass sich irgendetwas Schlimmes zusammenbraute – und er hatte nicht die geringste Ahnung, was das sein mochte, und konnte daher nichts tun als abwarten.

An diesem Tag machte Marcel in der ‚Beauty-Oase' etwas früher Feierabend, denn er musste noch ein paar Besorgungen erledigen, bevor er in die Klinik fuhr, wo er seinen Assistenzarzt machte. Er hasste es, immer einen so voll gepackten Terminkalender zu haben, aber leider war es derzeit einfach nicht anders möglich, sein Leben zu organisieren. Zu viele Interessen mussten unter einen Hut gebracht werden.

Marcel trat aus der ‚Beauty-Oase' nach draußen und wollte gerade zu seinem Auto hinübergehen, als ihm von hinten auf die Schulter geklopft wurde. Marcel schrak zusammen, denn er hatte nicht gehört, dass sich ihm jemand näherte. Die Person musste hinter einem der zahlreichen Sträucher, die den Weg säumten, auf ihn gewartet haben. Marcel spürte, wie er eine Gänsehaut bekam. Erschrocken fuhr er herum – und stand vor Klaus Berger.

Der Mann packte ihn an den Armen und schüttelte ihn heftig. „Ich werde dafür sorgen, dass Sie eine gerechte Strafe erhalten. Das schwöre ich Ihnen bei allem, was mir lieb ist. In meinen Augen sind Sie nichts weiter als ein gemeiner Gauner, der mit der Ahnungslosigkeit der Frauen Geschäfte macht." Er hatte gebrüllt, es war ihm egal, wer ihn hörte. *Er* hatte nichts zu verbergen.

Zum Glück war weit und breit niemand zu sehen. Klaus Berger war kräftiger, als Marcel erwartet hatte, und es war gar nicht so einfach, sich aus seinem Griff zu befreien. Schwer atmend gelang es Marcel schließlich. „Herr Berger, nun beruhigen Sie sich doch bitte. Ich weiß überhaupt nicht, wovon Sie sprechen."

„Ach nein? Ich rede von diesen Pillen, die Sie verkaufen“, fuhr er ihn an.

Augenblicklich versteifte sich Marcel. Der Schreck fuhr ihm durch alle Glieder. Er zwang sich aber, sich dies nicht anmerken zu lassen. Eigentlich war es ausgeschlossen, dass der Mann wirklich etwas gegen ihn in der Hand haben konnte.

„Tja, da staunen Sie, was?“ Klaus Berger lachte böse. „Ich habe eine Ihrer Pillen von einem Chemiker untersuchen lassen. Er arbeitet für ein unabhängiges Forschungsinstitut.“ Berger kramte ein Stück Papier aus seiner Jackentasche hervor und wedelte Marcel damit vor der Nase herum. „Hier steht es schwarz auf weiß: Die Bestandteile sind wirkungslos als Anti-Aging-Präparat, dafür können sie aber Nebenwirkungen hervorrufen. Sie, Herr Borchert, belügen die Frauen auf infame Weise und ziehen ihnen dafür das Geld aus der Tasche. Das ist eine bodenlose Unverschämtheit.“

Marcel warf nicht einmal einen Blick auf das Untersuchungsergebnis. Längst wusste er selbst, dass die Pillen nicht die gewünschten Ergebnisse erzielten. Er begann zu schwitzen. Dieser Mann konnte ihm Ärger machten, sehr großen Ärger sogar. „Herr Berger, Sie können mir *gar nichts* nachweisen. Dieses Stück Papier wird vor keinem Gericht dieser Welt als Beweis anerkannt werden.“

Die Gesichtsfarbe des Mannes veränderte sich. Vor

Wut lief er rot an. „Das wollen wir ja erst mal sehen! Seien Sie sich da nicht so sicher!“

„Lassen Sie uns doch wie zwei vernünftige Menschen miteinander sprechen“, versuchte Marcel es nun anders. Vielleicht konnte er dem Mann eine Art Vergleich anbieten, eine Wiedergutmachungsvereinbarung, die Herrn Berger im Gegenzug zum Schweigen verpflichtete. „Ich bin bereit, Ihnen ein gutes Angebot zu machen, wenn Sie die Angelegenheit nicht weiterverfolgen.“

„Wenn Sie glauben, dass Sie mich kaufen können, dann haben Sie sich geirrt. Von der Sorte bin ich nicht. Aber ich kann mir vorstellen, dass diese Masche bei den meisten Menschen funktioniert, mit denen Sie verkehren.“ Fest hielt er das Schreiben an sich gedrückt. „Sie hören dann von meinem Anwalt! Den werde ich nämlich jetzt sofort aufsuchen.“

„Tun Sie, was Sie nicht lassen können.“

Klaus Berger warf Marcel noch einen letzten, vernichtenden Blick zu, dann ging er hocherhobenen Hauptes davon.

Marcel schaute ihm zutiefst beunruhigt hinterher. Er war nicht sicher, wie stichhaltig die Untersuchung der Pille wirklich war, die der Mann hatte durchführen lassen. Bestimmt ließ sich das anfechten. Trotzdem, sollte Klaus Berger weiter auf dieser Sache herumreiten, sie vielleicht sogar in die Presse bringen, dann wäre es um seine Zukunft als Mediziner geschehen. Eventuell musste er dann auch mit einem strafrechtlichen Verfahren rechnen und alles, was er sich jemals gewünscht hatte, würde für immer in unerreichbare Fernen geraten. Marcel machte sich große Sorgen.

Endlose Stunden hatte er nachgedacht, ohne dass ihm eine Lösung eingefallen war. Er konnte nicht länger in der ‚Beauty-Oase' arbeiten, jeder weitere Tag erhöhte das Risiko, dass er dort von einem Hüter des Gesetzes aufgesucht wurde. Er musste weg, irgendwohin, wo ihn niemand kannte, wo er wieder eine blütenreine Weste haben würde.

Noch am gleichen Tag rief Marcel Johanna Berger an und bestellte sie zu sich in die ‚Beauty-Oase'.

Sie war überrascht, weil ein neuer Termin eigentlich erst in ein paar Tagen anstand, aber sie tat, was Marcel Borchert von ihr verlangte. Sie setzte sich in ihr Auto und fuhr umgehend zu der Schönheitsfarm.

Marcel erwartete sie in seinem Büro bereits mit ernster Miene. „Gut, dass Sie sofort gekommen sind. Es handelt sich um eine sehr ernste Angelegenheit. Und ich muss sagen, dass ich von Ihnen persönlich sehr enttäuscht bin."

Johanna erschrak. Sofort dachte sie an ihren Mann und die Anti-Aging-Pille, die sie ihm mitgebracht hatte. Hatte der Arzt davon erfahren?

Im nächsten Moment bestätigte Marcel ihre Befürchtungen. „Ihr Mann war hier und hat versucht, mich unter Druck zu setzen. Er hat die Zusammensetzung der Pille untersuchen lassen und behauptet nun, sie sei wirkungslos. Haben Sie davon gewusst?“ Abschätzig musterte er die Frau.

„Nein, natürlich nicht“, beteuerte sie aufgebracht. „Oh Herr Doktor, das war nicht meine Absicht, bitte glauben Sie mir. Ich wollte nur, dass mein Mann auch einmal in den Genuss kommt, sich jünger zu fühlen.“

„Sie haben meine Anweisung nicht befolgt, das wissen Sie genau. Warum und wieso, spielt keine Rolle. Ich kann ein solches Verhalten nicht dulden.“

Johanna Berger nickte kleinlaut. „Glauben Sie mir, ich bin nach wie vor von der Wirksamkeit der Pillen überzeugt. Ich werde versuchen, meinen Fehler wieder gutzumachen. Ich spreche mit meinem Mann, damit er seine Vorwürfe fallen lässt.“

„Das wäre wohl das Beste. Auch für Sie könnte die Sache sonst Ärger nach sich ziehen, Sie haben schließlich eine Einverständniserklärung unterschrieben. Ich habe Ihnen nichts aufgedrängt.“

Johanna schluckte. Das hatte sie ganz vergessen. „Machen Sie sich keine Sorgen. Mein Mann beruhigt sich schon wieder. Ich werde nicht zulassen, dass er etwas tut, was er nachher bereut.“ Es gab noch einen Grund, weshalb sie verhindern wollte, dass ihr Mann irgendwelche Schritte einleitete. Dann nämlich würde bald jeder in ihrem Umfeld wissen, dass sie Anti-Aging-Pillen eingenommen hatte – und das wollte sie auf keinen Fall.

Seit der Szene, die Klaus Berger ihm gemacht hatte, waren bereits ein paar Tage vergangen. Marcel war seither die ganze Zeit äußerst angespannt gewesen. Die Situation war heikel, er durfte die Dinge nicht einfach auf sich beruhen lassen und hoffen, noch einmal mit einem blauen Auge davonzukommen. Aber was konnte er tun?

Als das Telefon auf seinem Schreibtisch klingelte, schrak er zusammen, so vertieft war er in seine Gedanken gewesen.

Johanna Berger meldete sich. „Hallo, Herr Borchert. Ich habe auf meinen Mann eingeredet, so gut ich konnte. Er ist bereit, die Sache auf sich beruhen zu lassen, allerdings nur unter der Voraussetzung, dass Sie die ‚Beauty-Oase' verlassen. Das hat er gesagt und ich denke, er meint es ernst. Es tut mir sehr Leid. Aber mehr konnte ich nicht für Sie tun."

Marcel legte auf, ohne ein Wort. Klaus Berger wollte ihm also wirklich die Pistole auf die Brust setzen. Fieberhaft dachte Marcel darüber nach, wie und wo es für ihn eine berufliche Perspektive geben konnte. Schließlich wollte er sich nicht verschlechtern.

Immer und immer wieder kreisten seine Überlegungen um diesen Punkt, aber er kam einfach keinen Schritt weiter.

Und dann, ganz langsam, begann eine Idee Gestalt anzunehmen. Zuerst verwarf er sie sofort wieder, denn sie erschien ihm zu hoch gegriffen, um realistisch zu sein. Trotzdem hakte sie sich beharrlich fest in seinen Überlegungen, tauchte immer wieder auf.

Es war die Markland Klinik, die ihm im Kopf herumspukte. Sie hatte einen sehr guten Ruf, bot alle Möglichkeiten, die ein Arzt sich nur wünschen konnte. Sie lag weit genug entfernt für einen Neuanfang, war zugleich aber nicht *zu* weit fort.

Doch das war nicht alles: Natürlich war da, sobald er an die Markland Klinik dachte, sofort auch die Erinnerung an Tamara. Seit jenem stürmisch-wilden Abend hatte sie sich noch nicht wieder bei ihm gemeldet und er sich nicht bei ihr. Normalerweise war es nicht seine Art, einer Frau hinterherzulaufen, doch vielleicht lohnte es sich in diesem Fall, einmal die Prinzipien außer Acht zu lassen und über den eigenen Schatten zu springen. Tamara war eine ganz besondere Frau und die Markland Klinik eine besondere Wirkensstätte. Da konnte es genau das Richtige sein, zu ungewöhnlichen Mitteln zu greifen. Und er würde sich außerdem wirklich freuen, Tamara wiederzusehen. Eine Frau wie sie traf man nicht alle Tage.

Marcel war hin- und hergerissen. Ein paarmal hatte er schon zum Telefon gegriffen, um sie anzurufen, es dann aber doch gelassen. Den Zettel mit ihrer Handynummer hatte er längst aus der Schublade seines Schreibtisches hervorgekramt. Bei ihrem letzten Treffen hatte Tamara die Nummer irgendwann auf einen zerknüllten Zettel gekritzelt und daraus ein kleines Papierflugzeug gefaltet, das sie durch die Luft fliegen ließ. Tamara hatte gelacht und erklärt, wie kostbar ihr ihre Freiheit sei.

Nachdenklich runzelte Marcel die Stirn. Wie würde sie es finden, wenn er sie jetzt anrief und um ein Treffen bat? Disqualifizierte er sich damit in ihren Augen als Langweiler? Marcel kannte sie einfach noch nicht gut genug, um dies einzuschätzen. Doch es musste sich etwas ändern in seinem Leben.

Schließlich entschloss er sich, den Schritt zu wagen. Was hatte er schon zu verlieren? Er würde alles auf eine Karte setzen, vielleicht wurde dieser Mut belohnt. Und was gab es für Alternativen? Sollte er warten, bis die Blätter voll waren mit seinem Bild und negativen Schlagzeilen? Alle Unterlagen, die auf seine Verbindungen in die USA hinwiesen, hatte er bereits vorsichtshalber vernichtet. John Burton hatte er mitgeteilt, dass er in der nächsten Zeit keine weiteren Lieferungen entgegennehmen könne, er müsse aus Sicherheitsgründen ein paar Monate pausieren. Susi würde er erklären, dass die Therapie nun beendet und das bestmögliche Ergebnis erreicht sei.

Marcel gab sich einen Ruck. Das ganze Zaudern machte keinen Sinn. Mit vor Nervosität feuchten Fingern wählte er Tamaras Nummer.

Es dauerte ein Weilchen, bis sie sich meldete. „Dannenberg."

„Ja, hallo. Hier ist Marcel Borchert." Er wartete ab, doch sie schwieg. Marcel war verunsichert. Sie musste sich doch noch an ihn erinnern! Schließlich erlebte auch sie sicherlich nicht allzu häufig ein solch prickelndes Fest der Sinne, wie sie es getan hatten – und noch dazu in einer Situation, deren Umstände dies aus Gründen der Schicklichkeit eigentlich verboten hätten. „Tja, ich dachte, es wäre schön, wenn wir uns noch mal sehen könnten", brachte er schließlich hervor. „Ich meine, wie geht es dir? Hast du die Trauer um den Verlust deines Mannes inzwischen überwunden?"

„Nein. Aber wie ich dich kenne, Marcel, wird es dir leicht fallen, mich auf andere Gedanken zu bringen. Bist du zu Hause?"

„Ja", antwortete er verwirrt.

„Hast du Zeit?"

„Ja."

„Gut, ich komme bei dir vorbei. Bis gleich."

„Schön. Ich freu mich." Marcel legte auf. Er konnte

es kaum glauben, wie zielstrebig sich Tamara bei ihm eingeladen hatte. Immerhin wohnten sie nicht gerade um die Ecke, sondern in unterschiedlichen Städten. Dass sie eine Autofahrt von gut einer Stunde auf sich nahm, ohne mit der Wimper zu zucken, beeindruckte ihn. Diese Frau war wirklich flexibel. Außerdem sprach ihr spontaner Entschluss dafür, dass sie ihr letztes Beisammensein nicht eben in schlechter Erinnerung behalten hatte.

Endlich kam Leben in Marcel. Er hatte noch eine Menge zu erledigen, bis Tamara bei ihm auftauchen würde. Er rief im ‚Gianni' an und bestellte dort eine große Platte von bunt gemischten Köstlichkeiten. Champagner hatte er, wie immer, im Kühlschrank. Dann sprang er schnell unter die Dusche und zog sich um. Alles musste perfekt sein, wenn Tamara kam. Sie sollte sofort spüren, dass sie die Königin des Abends war. Tamara war eine Frau, für die nur das Besondere und das Beste gut genug war, und er war entschlossen, alles zu tun, um ihren Ansprüchen gerecht zu werden.

Als Tamara vor ihm stand, sah sie wieder einmal umwerfend aus. Sie kleidete sich stets modisch, doch nicht zu jugendlich. Und mit ihrer schlanken Figur konnte sie einfach alles tragen. Diesmal hatte sie sich für einen knielangen engen Rock und eine edel glänzende Seidenbluse entschieden. Und natürlich trug sie hochhackige Schuhe.

Marcel begrüßte sie mit einem Kuss auf die Wange und ließ sie eintreten. Er hatte den Tisch bereits gedeckt, die Lieferung vom ‚Gianni' war pünktlich eingetroffen.

Tamara hatte jedoch keinen Blick für die Köstlichkeiten, die er ihr zu Ehren aufgefahren hatte. Sie war nicht hergekommen, um zu essen. Es war ein ganz anderer Hunger, der sie trieb. Tamara ließ keinen Zweifel daran. Langsam, und ohne ihn aus den Augen zu lassen, knöpfte sie ihre Bluse auf. Darunter kam ein sehr verführerischer, zarter Spitzen-BH zum Vorschein.

Marcel schluckte, er konnte seinen Blick nicht von ihr losreißen. Er machte einen Schritt auf sie zu, doch sie streckte abwehrend die Hand aus und hielt ihn zurück. Stattdessen fuhr sie damit fort, sich zu entkleiden. Sie ließ ihre Bluse achtlos zu Boden gleiten. Erst jetzt erlaubte sie ihm, näher zu kommen. Tamara griff nach seiner Hand und zog ihn an sich, doch sie küsste ihn nicht. Stattdessen begann sie nun *ihn* auszuziehen. Mit seinem Kaschmirpulli fing sie an.

Ihre Finger fanden zielsicher ihren Weg, wussten genau, was sie wollten. Gemeinsam sanken sie zu Boden, eng umschlungen. Und jetzt erst ließ sie zu, dass sich ihrer beider Lippen berührten, erst sanft und vorsichtig, dann immer wilder und leidenschaftlicher. Ihre Körper fanden einander, mit einer Selbstverständlichkeit, als seien sie schon lange miteinander vertraut.

Schließlich, sie konnten nicht sagen, wie lange es gedauert hatte, hielten sie atemlos und zufrieden inne. Sie waren erschöpft, ihre Begierden gestillt.

Marcel stand schließlich auf, holte die Flasche Champagner und goss ihnen ein. Sie prosteten sich zu und zum ersten Mal, seit Marcel Tamara kannte, hatte er das Gefühl, dies könne vielleicht mehr sein als nur ein flüchtiges Abenteuer. Sie beide hatten viel gemeinsam, da war keine falsche Scheu, kein Gefühl von Fremdheit. Er ahnte, dass sie auch in anderen Lebenslagen ein unschlagbares Team sein würden.

Noch im Überschwang der Gefühle entschloss sich Marcel, einen Vorstoß in diese Richtung zu wagen. Und er hielt es für das Beste, nicht lange drum herum zu reden. „Tamara, es gibt da eine Sache, zu der ich gern deine Meinung wüsste. Du, als Verwaltungsdirektorin einer ausgezeichneten Klinik, wirst mir da sicher weiterhelfen können. In der ‚Beauty-Oase' ist meine Zeit abgelaufen, und meine Arbeit als Assistenzarzt ist auch in einem absehbaren Zeitraum abgeschlossen. Ich weiß noch nicht genau, was ich danach machen will, aber es muss sehr bald etwas Neues her. Grundsätzlich würde ich eigentlich gerne im Bereich Wellness und Anti-Aging bleiben, aber ich bin für alles offen."

Tamara grinste vergnügt und fuhr ihm durch die Haare. „Das habe ich gemerkt! Willst du denn hier in der Stadt bleiben? Oder bist du ungebunden?“ Da war ein Funkeln in ihren Augen, das ihm nicht entging.

„Gegen einen Ortswechsel hätte ich nichts einzuwenden, ganz im Gegenteil“, beeilte er sich zu beteuern. „Je weiter weg, desto besser.“

Ein feines Lächeln spielte um Tamaras Mund. „So, so.“ Wieder zog sie ihn zu sich heran und küsste ihn. „Stell dir vor, vielleicht kann ich dir tatsächlich helfen. In der Markland Klinik brauche ich dringend jemanden für den Spa-Bereich. Mit deinen Qualifikationen“, sie ließ ihren Blick genüsslich an ihm herabgleiten. „Mit deinen Qualifikationen wärst du geradezu die Idealbesetzung, meinst du nicht?“

„Ja, nicht uninteressant. Ganz und gar nicht. Das wäre auch für mich eine echte Herausforderung. Und es hätte noch einen weiteren Vorteil: Du wärst meine Chefin. Keine unangenehme Vorstellung.“ Er ließ seine Hand über ihre Schulter gleiten. „Allerdings muss ich dich warnen: Ich habe meinen eigenen Kopf und lasse mich nicht gerne herumkommandieren.“

„Das trifft sich gut.“ Tamara lachte. „So finde ich es auch wesentlich spannender. Alles andere wäre eine Enttäuschung für mich.“

„Ach, ich denke, *die* kann ich dir ersparen.“ Nun war es Marcel, der die Initiative ergriff. Er küsste sie auf eine Art, die die Leidenschaft zwischen ihnen erneut entflammte. Und diesmal ging es nicht nur um ihre Körper. Die neue Perspektive trieb sie zu immer neuen Spielarten ihrer Lust an. Marcel genoss jede Sekunde davon. Es war ein Geben und Nehmen, und sie kämpften beide mit gleicher Entschlossenheit darum, dass das Gleichgewicht gewahrt blieb. Sie waren sich nah und doch zugleich fern. Und genau das schien es zu sein, was sie nie genug bekommen ließ. Dies war eine Ähnlichkeit, die sich nicht auf die Intimität der Körperlichkeit beschränkte. Es war Teil ihrer Persönlichkeit und deshalb fühlten sie sich so zueinander hingezogen.

Für Marcel versprach ein Traum in Erfüllung zu gehen und er klammerte sich an diese Chance mit der ganzen Hoffnung, zu der er fähig war.

– ENDE –

Marie LeBlanc

Tessa – Leben für die Liebe
Aufbruch ins Glück

Aufbruchstimmung bei Tessa. Sie weiß, es ist Zeit, den Neuanfang zu wagen. Doch um ihr Glück im neuen Leben zu finden, muss sie das Vergangene erst einmal loslassen …

Band-Nr. 75018

7,95 € (D)

ISBN: 3-89941-268-0

Marie LeBlanc

Tessa – Leben für die Liebe
Den Sternen so nah

Sie sind das Traumpaar schlechthin: Felix und Nadine. Sie lieben das Leben, die Pferde – und sich. Doch ungeahnte Wendungen treiben einen Keil zwischen die beiden – und Nadine ergreift die Flucht …

Band-Nr. 75019

7,95 € (D)

ISBN: 3-89941-269-9

Marcela DeWinter
Julia – Wege zum Glück
Spiel um Liebe und Glück
Band-Nr. 75006
7,95 € (D)
ISBN: 3-89941-256-7

Marcela DeWinter
Julia – Wege zum Glück
Der Lockruf des Falken
Band-Nr. 75007
7,95 € (D)
ISBN: 3-89941-257-5

Marcela DeWinter
Julia – Wege zum Glück
Stürmische Zeit
Band-Nr. 75008
7,95 € (D)
ISBN: 3-89941-258-3

Marcela DeWinter
Julia – Wege zum Glück
Der weite Himmel Afrikas
Band-Nr. 75009
7,95 € (D)
ISBN: 3-89941-259-1